朱良志作品系列

《二十四诗品》讲记

珩佩玉

法

……格

所以绘远神气吹嘘典趣非音非响乞诵而得
之徜清风佩徊抄幽林遗之可爱微径萦纡於
遥翠束之愈深

二十四品

中篇秘本谓之篏用篇以馑思寄勖汤性情使
之苕此类忱偏者得俪能者薰取之始为全

美古今李杜二人而已

雄浑杜少陵

中华书局

图书在版编目(CIP)数据

《二十四诗品》讲记/朱良志著. —北京:中华书局,2017.11
(2025.3重印)
ISBN 978-7-101-12617-4

Ⅰ.二… Ⅱ.朱… Ⅲ.古典诗歌–诗歌研究–中国–元代
Ⅳ.I207.22

中国版本图书馆 CIP 数据核字(2017)第 140799 号

书　　名	《二十四诗品》讲记
著　　者	朱良志
责任编辑	马　燕
责任印制	陈丽娜
出版发行	中华书局
	(北京市丰台区太平桥西里 38 号　100073)
	http://www.zhbc.com.cn
	E-mail:zhbc@zhbc.com.cn
印　　刷	三河市中晟雅豪印务有限公司
版　　次	2017 年 11 月第 1 版
	2025 年 3 月第 7 次印刷
规　　格	开本/920×1250 毫米　1/32
	印张 10　字数 200 千字
印　　数	21001–24000 册
国际书号	ISBN 978-7-101-12617-4
定　　价	59.00 元

○井泉分地脈。稻杵共秋聲。

○流來橋下水半是洞中雲。

○每於言事際便作去朝心。

○如何半年內不異一人來。

虞侍書詩法

三造　十科　四則　二十四品　道統　詩遇

○詩乾坤之清氣唯情之流。也由氣而有物由事而有理必先養其浩然存其實彌綸天合圓攝太虛觸慶成其而道生焉。

三造　一觀　二學　三作

一觀猶禪宗其摩醯眼。視而萬境歸元。舉而群迷蕩迹超物象表得造化先天如是始有觀詩分觀要知身命落處與夫神情變

虞侍书诗法之一：史潜刊《新编名贤诗法》

象差殊亦各求其似者耳。

四律所以條淫氣神咳嘔興趣非音非響誦而得之猶清風排徊於

幽林遇之可愛微逕縈迂於遙翠求之愈深。

二十四品。

雄渾　綺麗
平淡　自然
纖濃　含蓄
沉著　豪放
高古　精神
典雅　超詣
洗鍊　飄逸
勁健　流動

雄渾。

○大用外馴真體内充返虛入渾積健為雄具備萬物橫絕太空荒

荒油雲寥寥長風超以象外得其環中持之匪彊求之無竭。

平淡。

○素處以默妙機其微領之太和獨鶴與飛猶之惠風徑荇在衣閒

虞侍书诗法之二：史潜刊《新编名贤诗法》

唐宋以來諸公所著詩法非一家
近古板行者范德機木天禁語楊
仲宏古今詩法二集皆寶之不
嘗拱璧余亂之淮楊之明年偶得
黑本詩法二部不知何公所編如
德機仲宏之集亦皆載之中間署
有檃括其後又有金鍼集詩學禁
臠沙中金箄集皆公所罕見者余
反覆再四深喜臣魚詩之為法莫
有備於此者矣奈何傳寫字樣訛
舛甚多用是過不自量粗加考訂

別黑二通且便觀覽然又自思與
其私諸巳孰若公諸公遒拾俸繡
梓臣與學詩者共之倪其間魯魚
亥豕亡望四方博雅君子黑啟而
正之幸甚
成化庚子夏四月朔
賜進士第中順大夫知真隸揚州府
事前監察御史三山楊成書于郡
治忠恕堂

《诗家一指》：杨成序

因其虛明淨妙而實悟自然故扵情想經營如

在圖畫不著一字宜乎神生

物

凡引古證今常如已造無為彼奪緣安失真其
如窅然色之膠青空然水之鹽味形趣泯合神

造自如

事

詩揩其一而不可著後不可脫著則落在陳腐
科曰脫則失其所以然必究其形體之微而超

乎神化之奧

四則

句

一詩之中妙在一句為詩之根本本不凡則
花葉自然殊異復如威將不權奇兵翕合君子
在位善人皆來

字

一字之妙所以含趣之微一詩之根所以生一
字之妙故夫圓活善用如轉樞機溫清自然如

瞻佩玉

法

病在腐在乎常在闇弱在生強在無調在槍
棒在帶爪在不經猶陶家營甄本陶一土而名
等差非一然有古形今制之別精朴淺深之殊
貴各具體用形制之似爾詩則詩矣而名非
一漢晉高古盛唐風流西崑穠冶晚唐華藻宋
氏平鏤泊西江諸家造立不等氣象差殊亦各
求其似者耳

格

所以條達神氣吹噓興趣非音非響能誦而得
之猶清風徘徊扵幽林過之可愛微徑縈紆扵
遙翠求之愈深

二十四品

中篇秘本謂之鍛思篇以鍛思者動蕩性情使
之若此類也偏者得一偏能者燕取之始為全
美古今本杜二人而已

推渾 杜少陵

《诗家一指》之一：谢天瑞《诗法》本

目次

甲　破題

一

《二十四诗品》（原名《二十四品》），是元代著名学者、诗人虞集所撰写的《诗家一指》的一部分，也是这部流传并不广泛的诗学著作的核心部分。《诗家一指》可能是虞集晚年归隐江西临川之后的课徒之作，在其身后始得为人所知。虞集生平撰述文字极多，存世文字也不少，元代以来先后刊刻的有《道园学古录》《道园类稿》《道园遗稿》《鸣鹤余音》等，但即便如此，据其友欧阳玄所作虞集碑铭、其弟子赵汸所撰《邵庵先生行状》以及其好友黄溍等的记载，其生平文字有泰半散落。《诗家一指》当是其散落文字中的一种。

元末明初之时，《诗家一指》循着两条不同的途径得以传播。一条途径不明作者为谁，编纂者、刊刻者甚至认为这是一部早于南宋严羽《沧浪诗话》的著作。元末之时，就有此作的钞本或刻本（今元传本不见）出现，明初之时（大致在1380年前后），学者赵㧑谦就见到过此传本，并在其编纂的《学范》中引述其中的内容。数十年后，浙江嘉兴人怀悦在1466年刊刻此书，这是现今所见第一个以《诗家一指》为书名的刻本。其后，1480年，一位出生于福建的进士杨成刊刻《诗法》五卷，收录了《诗家一指》，于是这部曾被人称为"秘本"的著作便播散开来。

另一条途径，则是在元末就有标明为虞集所作的涉及《诗家一指》主要内容的钞本，明初正统年间，进士史潜刊刻《新编名贤诗法》，共三卷，其中下卷收录了题为《虞侍书诗法》的作品，虽然史潜所得是一"残本"，但《诗家一指》的主要内容包含在内。这是至今所见明确《诗家一指》为虞集所作的刻本，但这部刻本流传不广，无法与上举赵㧑谦所见一系版本相比。

　　《诗家一指》是围绕二十四品这个核心而展开的，二十四品文采华
赡，内容深邃，见解独特，深为后世学人所爱。1516年，吴门书家祝
允明曾有单独书写二十四品的书迹传世①，但在17世纪之前并无二十四
品之独立刻本，直到1630年前后，大刻书家毛晋刻《津逮秘书》第
八集，将二十四品从《诗家一指》中独立出来梓行于世，题名《诗品
二十四则》，并托名晚唐诗人司空图所作。此后递相传抄，于是便有
司空图所撰《二十四诗品》之流行。清初以来有大量关于司空图与
《二十四诗品》关系的研究，这部作品便成了唐代诗学的代表性著作，
为人们所广泛知晓。

　　时间过去三百六十余年。1994年秋，在中国唐代文学学会第七届
年会上，复旦大学陈尚君、汪涌豪二位先生提出，《二十四诗品》非
司空图所作。《中国古籍研究》创刊号上，刊登了二位三万余言的长
文《司空图〈二十四诗品〉辨伪》②，详细论述了他们的观点。他们认
为，《二十四诗品》从司空图在世至明万历间的七百年中，从未有任何
记载，各种史传皆未提到司空图著有此书。直至明末天启、崇祯间，
才有人提及司空图《二十四诗品》一书，其后各种论著虽认定为司空
图所著，但所根据的材料仅有苏轼《书黄子思诗集后》说司空图"自
列其诗之有得于文字之表者二十四韵"一句。而苏轼这句话是指司空
图《与李生论诗书》中所引自己所作的二十四联诗。陈、汪二位教授
认为，《二十四诗品》乃明人怀悦所作《诗家一指》的一部分，明末人
将其析出，伪题为司空图之名而行于世。他们的研究结论一时间引起
人们对《二十四诗品》作者的热烈讨论，并推动对该书的深入研究。

　　《北京大学学报》1995年第4期刊登了北京大学张健先生题名《〈诗

---

　　①　曾经清初卞永誉《式古堂书画汇考》著录，但今不知所藏。
　　②　国家古籍整理出版规划小组主办《中国古籍研究》创刊号，第39—74页，
上海古籍出版社，1996年。

家一指〉的产生时代与作者——兼论〈二十四诗品〉作者问题》的论文。他认为，陈、汪二位对《二十四诗品》作者问题的质疑有重要学术价值，但遽然确定作者为怀悦的结论则是错误的。因为怀悦只是《诗家一指》的刊刻者，一位早于怀悦七十多年的学者赵扐谦（1352—1395）在《学范》中就引用过《一指》。该文考察了《诗家一指》的不同版本系统，认为史潜刊《新编名贤诗法》本题为《虞侍书诗法》之版本更接近原貌，而此本刊刻于明初正统年间，远早于刊刻于明成化年间的怀悦《诗家一指》本及稍后之杨成五卷《诗法》本（卷二收录《诗家一指》），从而根据版本及有关材料认为，《诗家一指》（包括《二十四诗品》）的作者"可能"是元代的虞集。

《上海大学学报》2011年第6期发表陈尚君先生《〈二十四诗品〉伪书说再证》，对学界的讨论作了回应，并认为，张健先生提出的观点，"由于充分调查了元明诗格中与《二十四诗品》有关文字的存留情况，其结论足以匡正拙文之不逮"，收回了《二十四诗品》为怀悦所作之观点，但指出："从目前来看，《二十四诗品》的问世时间，还没有突破14世纪初(即公元1300年)的上限。"其实，陈先生已经倾向于《二十四诗品》为元人所撰的观点。

《二十四诗品》作者问题的讨论具有重要价值，这一讨论虽然目前尚难形成比较一致的意见，但围绕此讨论所进行的史料发掘、文献解读，已明显推进关于《二十四诗品》的研究。正因此，自17世纪初年此作风行以来，近二十年以来关于它的研究最多，也最深入，所取得的成果对中国古代诗论乃至中国美学研究都有一定的影响。

本讲记认为，确如陈尚君、汪涌豪二位教授所分析，《二十四诗品》假托司空图之名，产生于作伪风气浓厚的明末；《二十四诗品》非司空图所作。《诗家一指》是一具有严密内在体系的论作，其包括三造、十科、四则和二十四品，这在跋中有明确交代。二十四品是《诗家一指》不可分割的组成部分，也就是说，《诗家一指》的作者就是二十四品的作者。

《诗家一指》中的"四则"有关于两宋的西昆体和江西诗派的讨论，这就说明它不可能出自唐司空图之手。而更重要的是，《诗家一指》后序中明确表明："集之《一指》。"这里的"集"，就是虞集自谓。从整个《诗家一指》文本的语言呈现和思想传达等因素看，包括二十四品的《诗家一指》的作者就是元代的虞集（本书第三部分对此有分析）。

正是在此基础上，本讲记将二十四品放回到《诗家一指》的整体文本中，联系虞集的生平著述、思想坚持，去看它的理论构成和思想特点；同时，将其放到中国哲学、美学的整体氛围中，尝试诠释它独特的理论价值。

二

《二十四诗品》是一篇中国诗学史上的奇文。其词美，其音和，其义深。这是一篇浓缩唐宋以来中国人（尤其是文人艺术）审美特性的妙文字。联系《诗家一指》的其他部分内容，更显示出作者学养深湛，想象力和思辨力俱佳。其言辞表达，看问题的角度，思想的穿透力，与流行的诗法、诗话之类的著作截然不同。

如其跋的一段文字："世皆知诗之为，而莫知其所以为；知所以为者情性，而莫知所以情性。夫如是，而诗远矣。远之，几不失乎！心之于色为情。天地、日月、星辰、江山、烟云、人物、草树，响答动悟，履遇形接，皆情也。拾而得之为自然，抚而出之为几造。自然者，厚而安；几造者，往而深。厚而安者，独鹤之心、大龟之息、旷古之世、君子之仁；往而深者，清风泯泯而同流，素音于于而再往，乘碧景而诣明月，抚青春而如行舟，由之而得乎性。"这样的言说方式，早已超越了一般诗话就诗论诗的层次，它在宏阔的思想背景上来看诗，得出的结论自然与人不同。

《诗家一指》非透关之笔莫办，有元一代，虞集最是其人。

虞集（1272—1348），字伯生，号邵庵，世称邵庵先生，又号道园。祖籍四川陵州仁寿（今仁寿县），宋亡后，随父迁居江西抚州崇仁（今崇仁县）。虞集出生在一个儒学世家。他是南宋丞相、史学家虞允文的五世孙，虞允文与魏了翁等曾在蜀地讲授程朱之学。祖父虞珏亦以儒学知名。父亲虞汲曾经做过黄冈县尉这样的地方官员，入元后隐居讲学乡里，与当时江西著名理学家吴澄为友，成为草庐学派的重要学者，号井斋先生。虞集自幼在母亲的教育下，就显示出不凡的才华。母亲是南宋国子监祭酒杨文仲之女，杨家以治《春秋》而名世。这深厚的家学渊源，对他一生产生重要影响。大德六年（1302）虞集被荐为大都路儒学教授，从此开始了长达三十年的为仕道路。先后做过国子助教、国子博士、太常博士、翰林待制兼国史院编修、秘书少监、奎章阁学士、翰林侍讲等官职，是元代建国之后几代君主重用的文臣，被称为一代文星。元代奎章阁的创制到活动的开展，虞集居功至伟。奎章阁收藏大量的书籍和文物，积聚了许多卓有成就的学者和艺术家（如揭傒斯、柯九思、欧阳玄、苏天爵、陈旅等），虞集是奎章阁的实际思想领袖。其友范梈说"虞生教授司成馆，文字精神万人杰"[①]。他的学术、艺术和思想发展都与这个机构有密切关系。

元统元年（1333），因为朝中的龃龉，也因身体状况（此时他严重的耳疾已影响到生活），更因其山林情结，他辞去官职，回到江西临川他梦魂牵绕的"杏花春雨江南"，过着山居生活，在这里读书、写

---

① 范梈《赠郑元泽别》，《范德机诗集》卷四。

作、课徒，作山林之游，一直到1348年他离开这个世界。他生平大量著述都产生于这个时期。《诗家一指》就作于晚年归隐乡里之时。

有元一代，虞集在文坛的地位，恐怕只有赵孟頫能与之比肩。有论者言及其地位，甚至以唐之杜甫、宋之苏轼来形容[①]。虞集一生留下的诗作数以千计，其中有大量脍炙人口的作品，他是元代最负盛名的诗人之一。杨士奇（1366—1444）说他："若雄深浑厚，有行云流水之势，冠冕佩玉之风。流出胸次，从容自然，而皆由夫性情之正，不拘于法律，亦不越乎法律之外，所谓从心所欲不逾矩。为诗之圣者，其杜少陵乎？"[②]他为人方正，精于诗律，诗风疏朗中有端严之风，前人以"严峻而雅赡"评其诗[③]，其自谓"汉廷老吏"[④]。他对诗学理论有精深研究，世传有他大量的诗法之作（这其中当然有不少托名之作），他与同好们讨论诗法的文字遍及其存世文献中。论诗推宗汉魏、瓣香盛唐，反对两宋以来以议论为诗、以才学为诗的倾向。于诗一道，有掣鲸鱼于碧海中的气势，故时人又以"元之元好问"目之。

虞集是元代著名的书法家，书有宽博纵横、高古寂历之风，尤精于隶书和大字书写。陶宗仪《书史会要》卷七说他"博文明识，精于辞艺，真行草篆，皆有法度，古隶为当代第一"。赵汸云："邵庵先生文章学问冠冕一时，而临池之工，近代莫及。"[⑤]存世书迹今时有见之，其于黄公望、倪瓒、柯九思等作品中的题跋文字，确有不凡功力。虽

---

① 邱江宁《元代奎章阁学士院与元代文坛》，第4页，中国社会科学出版社，2013年。

② 杨士奇《杜律虞注序》，《东里集》卷十四。

③ 王祎《练伯上诗序》，《王忠文集》卷五。他说："范公之诗，圆粹而高妙；虞公之诗，严峻而雅赡；揭公之诗，典雅而敦实：皆卓然名家者也。"

④ 元陶宗仪《南村辍耕录》卷四："尝有问于虞先生曰：仲弘（按：指杨载）诗如何？先生曰：仲弘诗如百战健儿。德机（按：指范梈）诗如何？曰：德机诗如唐临晋帖。曼硕（按：指揭傒斯）诗如何？曰：曼硕诗如美女簪花。先生诗如何？曰：虞集乃汉廷老吏。盖先生未免自负，公论以为然。"

⑤ 赵汸《书苏参政所藏虞先生手帖后》，《东山存稿》卷五。

然他不是画家,但一生留下数百首题画诗以及大量的论画文字,于绘画有很高的鉴赏力①,他与赵孟頫交谊深厚,艺术观念也相互影响。他与倪瓒、张雨等艺术家相与切磋。其深湛的艺术见解,对《二十四诗品》的撰成有一定影响,**毕竟《二十四诗品》论诗又不拘于诗,它说的是文人艺术的境界,所以这部作品为明末以来整个艺术界推崇,并非偶然。**

他更是一位思想家,儒家哲学是其思想的底色,虞集是以治经而名于世的。他是元代大儒吴澄(1249—1333)的学生。当时的学界,北有许衡,南有吴澄,虞集的思想深受吴澄影响②,吴澄论学和合朱陆,又对象山心学有所倚重,故虞集思想中的心学色彩非常浓厚,《诗家一指》中的心学思想也历历可辨(详见分品讲解)。虞集于儒业之外,深明内典,道禅哲学是其另外一个思想来源。他说:“方外之学,虽设教不同,而其所致力者,亦唯心而已矣。”③其学术特点是以儒学为基础,在心性等理论上会通道禅。虞集年幼时就心仪道教思想,这位自称为“青城山樵”、“青城道士”的学者,从道家、道教哲学中汲取滋养,《二十四诗品》深受其沾溉。虞集生活在一个禅宗复兴的时期,他生平与当时的临济宗禅师如中峰明本(1263—1323)、大䜣笑隐(1284—1344)等有很深的交往,对元时影响甚大的高峰原妙(1238—1295)的“万法归一,一归何处”的思想深有契会,而明本的看话禅也对他有一定影响。在二十四品乃至《诗家一指》全篇中都可以看出看话禅影响的痕迹,如“如将白云,清风与归”、“流水今日,明月前身”、“如

① 清人乔亿说:“题画诗……至有元作者尤众,而虞邵庵、吴渊颖,又一时两大也。”(《剑溪说诗》,《清诗话续编》卷下,上海古籍出版社,1983年)

② 黄宗羲《宋元学案》卷九十二言虞集云:“先生文章为一代所宗,而其学术源委则自父汲与草庐为友,先生以契家子从之游,故得其传。”吴澄的长篇《行状》,也是由虞集所撰。

③ 《可庭记》,《道园学古录》卷八。

有佳语,大河前横"等,酷似禅家话头。有些品目几乎是禅家话头的诗意显现。如"清奇"一品,几乎就是高峰原妙"不分南北与西东,大地山河一片雪"、"大地山河一片雪,太阳一照便无踪"、"尽大地一琉璃瓶"等话头的意象呈现。

虞集身后留下了大量的著作,如《道园学古录》《道园类稿》《道园遗稿》等,这些文字为我们深入了解二十四品乃至《诗家一指》提供了必要的佐证资料。

本讲记通过对《二十四诗品》的讲解,尝试对虞集的诗学乃至艺术哲学思想有一个大致的勾勒。这位为今之研究界冷对的一代文雄,有很多值得我们分享的思想。

三

《二十四诗品》,虽然文字不长,但触及传统诗学、美学等很多关键性问题,反映出两宋以来文人意识崛起后新的审美趋向。元代虽然国祚不长,时历多艰,但诗歌和艺术于此时却有灿烂的创造,审美风气也有突出的变化。人们所说的"宋元境界",发端于五代北宋,大成于元代。这是一个诞生绘画"元四家"的时期,"元四家"所代表的新的审美风气对明清以来人们的艺术创造和审美生活产生重要影响,董其昌所说的"江南以有无云林论清俗"一语,可以看出元代审美风味在明代的席卷之势。明中期以来沈周、文徵明为代表的吴门艺术获得突出发展,其流风余韵广泛影响到人们的生活。其实吴门艺术所接续的正是元代的艺术和审美传统。以二十四品为核心的《诗家一指》,是有元一代艺术精神和审美追求的凝聚。

《二十四诗品》每品标有一名,如雄浑、冲淡、典雅、自然、流动等,这些名称,并非出于作者独创,多有所本,有的是前代诗学概念,有的是艺术批评概念，有的则是哲学概念，但有一个共同特点，这些概念都经过长时间的流传，相对凝定，其中包含着丰富的内涵，人们接触这一概念，先行存在着一些可以交换的"密码"，这便给《二十四诗品》的写作由此入手提供了较大的腾挪空间。

《二十四诗品》的"品"，是分类的意思，与此前出现的画品、书品、乐品、诗品等的"品"类著作有明显不同，那些著作一般是选一些历朝历代的书家、诗家、画家，品优劣，分高下，而这篇名为《二十四诗品》、以诗写成的理论篇章，却是利用人们熟悉的雄浑、冲淡之类的概念，每一品讨论一个或数个有关诗学的关键问题，合而形成一篇包罗丰富的诗学理论著作。而这些问题同样为艺术中所并有，因而在艺术和审美方面也有价值。故此，**这篇以诗写成的论诗之作，更像是一篇艺术哲学的论作。**

《二十四诗品》的文字不长，在理论上却卓有贡献。它吸收了前代艺术哲学中的思想，如其重视自然天成、提倡含蓄蕴藉、推崇平淡素朴以及强调妙悟等学说，是自先秦以来中国艺术哲学中不断丰富的思想，是支撑中国美学的一些基础性观念。但这并不意味着，二十四品乃至《诗家一指》全篇只是前代思想的总结，它有不少独创性的见解，即使对前代的一些基础性问题也多作出自己的阐释。如"超诣"一品，开篇以"匪神之灵，匪几之微。如将白云，清风与归"来谈超诣之道，强调摆脱神、灵、几、微等终极价值的追问，没有一个抽象的绝对的精神本体，生命的光源就在生命本身，而不待"道"的光芒来照耀。这样的思想与禅家"青山自青山，白云自白云"的观念有密切关系——只有一颗古淡的心与清风白云相缱绻，没有机微，没有神妙，没有抽象的道的问诘。这样的论述角度和观点在前此诗学中是很少见到的。

二十四品是《诗家一指》的重要组成部分，《诗家一指》其他文字均环绕二十四品而展开。每一品为十二句的四言诗，这种以诗的形式来表达深邃思考的方式，在中国有悠久的传统，《老子》就主要是以诗写成的，隋唐以来禅宗的很多精深的论理文字也是以诗写成的[①]。诗的形式虽然在理解上有一些不确定性，但其包含义理的空间大，阐释的可能性也大，且朗朗上口，易于流传。

《二十四诗品》与那些淡而寡味的论理诗不同，几乎每一品都是一首优美的诗，意象玲珑，文辞优美，出语简省，含义深厚。像"清奇"品："娟娟群松，下有漪流。晴雪满汀，隔溪渔舟。可人如玉，步屧寻幽。载瞻载止，空碧悠悠。神出古异，淡不可收。如月之曙，如气之秋。"作者长于境界创造的特点于此展露无遗：碧绿的青松，潺潺的细流，雪后初霁，乾坤一片白色，阳光照耀，光影绰绰，雪溪中有小舟闲荡。一个装束高逸的隐者，脚着木屐，在雪国中前行，他被置于一片琉璃世界中。诗最后以像清晨挂在天上的月、像秋空里浮动的气作结。读这样的诗，似乎使人灵府被荡涤了一番，作者将关于"清奇"的思考置于特别的诗意氛围中。

这种通过境界创造来表达深邃思考的方式，是《诗家一指》的重要特色。这也决定了这本书从审美理论上说是一部典型的境界论著作。**它讲的二十四"品"，不是风格类型的描述，而是通过境界的创造烘托一颗"诗心"，讲心灵境界的培养、生命体悟的超升，讲超越主观与客观的纯粹生命体验。**

前此有研究说《二十四诗品》，就是二十四种风格，此乃风格学著作，这显然是受西方文艺思想影响所作的判断。风格论就其本质而言，还是一种形式论。而二十四品是超以"象"外的，它作为《诗家一指》之一部分，是指月之指。如果说是"风格"，这个"风格"更接近于古人所说的"风格"一词。金农曾在一梅画题跋中说："画梅须有

---

① 如传为禅宗三祖僧璨所撰《信心铭》。

风格，风格在瘦不在肥耳。"①这里的"风格"显然与今人所说的"风格"（style）不同，它指的是一种"风神气格"，也就是古人所说的"气象"、"境界"。《二十四诗品》通过它创造的独特风神气格，概括中国诗歌发展传统，探讨人的生命存在的价值意义。

《二十四诗品》的这种境界呈现方式，在明末清初以来的中国艺术发展、美学演进过程中有重要影响。如明末清初徐上瀛（约1582—1662）论琴学，著《溪山琴况》，仿《二十四诗品》，列二十四"况"。"况"者，况味也，也就是二十四种境界。分别是：和、静、清、远、古、淡、恬、逸、雅、丽、亮、采、洁、润、圆、坚、宏、细、溜、健、轻、重、迟、速。这二十四况的分列，明显受到《二十四诗品》以境论艺的影响。清人黄钺（1750—1841）是一位画家，又是一位收藏家，他论画，著《二十四画品》，分别为：气韵、神妙、高古、苍润、沉雄、冲和、淡远、朴拙、超脱、奇僻、纵横、淋漓、荒寒、清旷、性灵、圆浑、幽邃、明净、健拔、简洁、精谨、俊爽、空灵、韶秀，也是从境界上立论。而今人王世襄论明式家具，总结出"十六品"：简练、淳朴、厚拙、凝重、雄伟、圆浑、沉穆、浓华、文绮、妍秀、劲挺、柔婉、空灵、玲珑、典雅、清新②，其实也受到《二十四诗品》的影响，是从境上立论的。这成了对明式家具审美特点出神入化的概括。

四

这部讲记，主要疏解《二十四诗品》的内容，联系《诗家一指》

---

① "风格"一词形容人的风神气度，在典籍中多有运用，且时之较早。晋葛洪《抱朴子·内篇·退览》："（郑君）体望高亮，风格方整。"刘义庆《世说新语·德行》："李元礼风格秀整，高自标持。"

② 王世襄《明式家具研究》附录《明式家具的"品"与"病"》，第358—365页，三联书店，2008年。

其他部分、联系虞集存世文献中的相关内容来讲。讲它的文本来源、篇章校核，讲它原本的意思，以及在虞集整体思想背景下的映证；放在文艺美学思想发展的大背景下，讲这部中国诗学史、艺术观念史、美学史上奇文的理论贡献；讲这部论诗篇章中提出的问题，在今天美学思考中的价值，等等。我在每品的分解中，有一个"延伸讨论"环节，一般提出一到两个关涉中国美学和诗学的重要问题进行讨论，尝试帮助读者更好地了解该品的内容。因为在我看来，《二十四诗品》每品四十八字，一般由几个意象群组成，浓缩了丰富的思想，非常不易理解。有时即使表面文字意思清楚了，但对其所包括的理论内涵可能还是不甚了了，延伸讨论想在这方面做些工作。这也是我在北京大学等课堂上与同学讨论中积聚的问题。

在内容上，先分讲各品，再总起来说二十四品与《诗家一指》之关系，我的观点是，二十四品是《诗家一指》的主要组成部分，研究二十四品的作者，也就是探寻《诗家一指》的作者。对于《诗家一指》的作者，我在分说各品中，从文辞使用、境界创造、思想构成诸方面，多加征引虞集相关文献，从而在对比中，看出《二十四诗品》出于虞集之手的可能性。而在"总说"中，主要集中在文本流传等几个关键问题上，集中论述其作者归属。对于二十四品之品目形成，在"总说"中我也有专文论述，我觉得这其中含有作者特别的用心和重要的理论价值。

《二十四诗品》，传世版本较多，我这里校注讲解所依的版本主要有：

1.《虞侍书诗法》本，题为元虞集所撰，现存史潜本为明正统（1436—1449）年间刻本，题"二十四品"名，仅有十六品，缺八品。

这也是目前所见最早的《二十四诗品》版本。以下简称虞侍书诗法本①；

2.明怀悦《诗家一指》本，今存朝鲜刻本，刊于明成化二年（1466），前有怀悦于是年所作之序。以下简称怀悦本②；

3.杨成于明成化庚子（1480）所刻所辑《诗法》五卷本，其中卷二收《诗家一指》，内收《二十四诗品》。此《二十四诗品》后来为黄省曾、朱绂、谢天瑞遍选元人诗法所奉。以下简称杨成本③。

4.卞永誉《式古堂书画汇考》卷二十五录《枝指生书宋人品诗韵语集》，为祝允明（1461—1527）所撰，款正德"丙子秋"，时在1516年，后有冯梦祯明万历癸卯（1603）跋文。开章云："诗有二十四品，偏者得其一，能者得其全，会其全者，唯李杜二人而已。"下接《二十四诗品》，录全文。顺序与通行本略有不同。以下简称祝允明书迹本。此书迹今不存。这是《二十四诗品》的第三个版本系统。

5.明黄省曾《名家诗法》本，刊于明嘉靖二十四年（1545），以下简称黄省曾本。《诗法》共八卷，《诗家一指》在第五卷。

6.明朱绂《名家诗法汇编》本，刻于明万历五年（1577），以下简称朱绂本。

7.明谢天瑞《诗法大成》十卷本，其中第二卷收《诗家一指》。明

---

① 史潜，字孔昭，金坛（今属江苏）人。正统元年（1436）进士，今藏于中国国家图书馆之《新编名贤诗法》刻本分为三卷，卷上《诗评》，卷中《杨仲弘注杜少陵诗法》，卷下《黄子肃答王著作进之论诗书》《王近仁与友人论作诗帖》《范德机述江左第一诗法》《虞侍书诗法》《虞侍书金陵诗讲》《项先生暇日与子至诚谈诗》等。
② 怀悦，字用和，号铁松，嘉禾（今浙江嘉兴）人。景泰至成化年间在世。怀悦辑《诗家一指》而刻之，卷首有成化二年（1466）八月魏骥《诗家一指序》，卷末有怀悦《书诗家一指后》，书刻于是年九月。共收有《诗家一指》《诗代》《品类之目》《当代名公雅论》《木天禁语（内篇）》《严沧浪先生诗法》诸书，原刻本已佚，现存朝鲜翻刻本，日本所藏两种版本均为朝鲜翻刻本。
③ 杨成，字成玉，闽县（今福建福州）人。天顺八年（1464）进士，成化间任扬州知府。今存《诗法》五卷，藏中国国家图书馆，略残。

复古斋刻，刻于明万历年间。以下简称谢天瑞本①。

8.明陈天定《古今小品》本②，清道光刊本，以下简称古今小品本。

9.明毛晋《津逮秘书》第八集收《诗品二十四则》（刻于1630—1632年间），以下简称津逮本。

10.宛委山堂刊陶珽重辑《说郛》本，刊于清顺治四年（1647）。以下简称说郛本。

11.郭绍虞《诗品集解》，人民文学出版社1981年版，以下简称郭绍虞集解本。

12.祖保泉《〈二十四诗品〉校正》，安徽教育出版社1998年版《司空图诗文研究》之第六章。以下简称祖保泉校正本。

---

① 谢天瑞，字起龙，号思山，浙江杭州人。所辑《诗法》十卷，卷二收《二十四品》(无"诗"字)，品后多系唐元诗人名，如"雄浑"后系"杜工部"，"冲淡"后系"孟浩然"，"纤秾"后系"王维"，不甚有章法。

② 陈天定，字祝皇，人称慧山先生，晚明人，生卒年不详。福建龙溪人，天启五年（1625）进士。

乙　分品讲解

一 雄浑①

大用外驯，真体内充。反虚入浑，积健为雄。
具备万物，横绝太空。荒荒油云，寥寥长风。
超以象外，得其环中。持之非强，来之无穷。

※ 校注 ※

大用外驯，真体内充：如果要向外显示出大用，必须向内颐养充盈的真体，外用为动，内充为静，内静为体，外动为用。所谓体精用弘、静中养动。真体，真性之本体。

大用外驯，虞侍书诗法本作"驯"，是。怀悦本、杨成本、祝允明书迹本以及说郛本、津逮本作"腓"。《诗家一指》"十科"之"力"言："要在驯熟，如与握手俱往。"驯，驯顺，驯致，形容力的推行。《周易·坤·象》："履霜坚冰，阴始凝也。驯致其道，至坚冰也。"《文心雕龙·神思》："驯致以绎辞。"

反虚入浑，积健为雄：反，同"返"。浑，浑然整全。此两句意为：雄为力之用，浑为气之养。养浑然整全之气，得自然元真气象，方可雄健超拔。

具备：拥有。怀悦本作"俱"，意亦可通。横绝，意为超出。太空指无限的时空。太空，怀悦本作"太虚"，与诸本不合，误。

---

① 本书对《二十四诗品》作了编号，主要是为讲解方便，流传版本中并没有编号。

荒荒油云：荒荒，形容云纷纭杂沓的样子。油云，飘动之云。《孟子·梁惠王上》："天油然作云，沛然下雨。"寥寥长风：寥寥，诸本均作"寥寥"，我以为当是"飂飂"（liù）之误，本形容长风之声。《庄子·齐物论》："夫大块噫气，其名为风。是唯无作，作则万窍怒呺，而独不闻之飂飂乎？"

超以象外，得其环中：欲得象外之妙，必契合浑成自然之道。《庄子·齐物论》："枢始得其环中，以应无穷。"又，《庄子·则阳》："冉相氏得其环中以随成。"清杨廷芝《二十四诗品浅解》云："超以象外，至大不可限制；得其环中，理之圆足混成无缺，如太极然。"虞集云："超乎象外，蔚然缤纷。中有至真，独立不群。"[①]怀悦本"环"作"寰"，误。

持之非强，来之无穷：此二句强调，雄浑之境的创造，不能靠刻意追求勉强而得，而应顺应自然之道，培养充实圆融的心灵，才能有无穷的应会。持，追求。强（qiǎng），勉强。来，动词，使之来。虞侍书诗法本此二句作："持之匪盈，求之无穷。"有明显错误。

※ 延伸讨论 ※

说雄浑之"浑"意

"雄浑"一品推崇的精神气象，一如孟子"万物皆备于我"的充满圆融境界，又参有道家浑然与天地同体的精神气质，《易传》的与天地同其体、与万物同其流的"大人"精神在此也可见其影子，甚至中国佛教哲学"独坐大雄峰"的精神也与此相关。可以说融会了儒佛道三

---

① 《道士小像赞》，《道园学古录》卷四十五。

家哲学精神。

"雄浑"作为《二十四诗品》第一品，仿《周易》乾卦而立。乾卦《象辞》"大哉乾元，万物资始"的精神贯彻在本品中。

"雄浑"作为一个诗学范畴，在唐宋时已广为使用。陆游《白鹤馆夜坐》："袖手哦新诗，清寒愧雄浑。屈宋死千载，谁能起九原？中间李与杜，独招湘水魂。"[1]又，《江村》云："书希简古终难近，诗慕雄浑苦未成。"[2]以雄浑为诗之崇高境界。严羽《沧浪诗话·诗辨》："诗之品有九：曰高、曰古、曰深、曰远、曰长、曰雄浑、曰飘逸、曰悲壮、曰凄婉。"

本品有以下问题值得注意：

第一，雄浑的美学概念的形成，与"浑"的哲学渊源有关。《庄子·应帝王》中有一个关于浑沌的故事："南海之帝为儵，北海之帝为忽，中央之帝为浑沌。儵与忽时相与遇于浑沌之地，浑沌待之甚善。儵与忽谋报浑沌之德，曰：'人皆有七窍以视听食息，此独无有，尝试凿之。'日凿一窍，七日，而浑沌死。"这一故事居《庄子》内篇之末，带有总摄庄子哲学之意。"儵"和"忽"之名，寓涵时之迅疾，以喻纷纭复杂之世事，它是分别的、具体的。而浑沌是它的反面，代表浑然一体、无分别的境界。这一故事的根本意旨在于超越知识的分别见解，臻于浑然一体的道的境界。《庄子·徐无鬼》中另有一故事，说黄帝一天驾车远行，随从都是学富五车的智者，却在途中迷了路。黄帝问众人，众人面面相觑，都不知道。问一个路过的牧童，牧童却知道。所谓"七圣不知，牧童知之"，同样在申说这一思想。

这种浑然一体的无分别境界，如佛教中观派所讲的"不落边见"的不二法门，是东方哲学的重要思想。中国哲学长期以来有对知识反

---

① 《剑南诗稿》卷八。
② 《剑南诗稿》卷六十三。

思的传统（从《老子》的"绝学无忧"到《庄子》的"天地有大美而不言"再到禅宗的"不立文字"等，都属此思想之义脉）。不是反对知识，而是思考知识对人的生命存在的遮蔽。只有在"浑然"（非知识）的状态中，才能与天地万物为一体，不是站在世界的对岸看世界，不是去分解世界、欣赏世界、消费世界，而是融入世界。

虞集思想中这一色彩极为浓厚，这可以说是他的基本理论坚持。其《护法论后序》云："吾尝宴坐寂默，心境浑融，纷然而作，不沦于有。泯然而消，不沦于无。"（《道园学古录》卷三十四）不有亦不无，不陷入分别之境，就是"浑"。"浑"是中国哲学中与印度大乘佛学中道思想内涵相似的概念。虞集《为熊曼初赋静观》诗说："睡觉东窗鼻息微，水流不竞落花稀。风幡底用生分别，尘镜何情辨是非。春去蝶随游子梦，秋深萤入定僧衣。可能袖手高闲者，看到行云作雨归。"[1]这里由庄子和佛教思想来谈静观问题，如何静观，则在于不生"分别"，不辨是非，超越边见，从而浑然与落花行云同在。这一思想贯穿于二十四品乃至《诗家一指》全篇之中，是我们把握《一指》思想不可忽视的角度。

雄浑，作为《二十四诗品》第一品，透露出中国美学和艺术观念中的思想倾向：它反对向外寻求知识的拓展，主张向内诉诸心灵的超越，返归精神的虚浑状态；它反对目的性的追求，认为任何功利、欲望的努力，都会与这样的精神相违背；它的超于象外的努力不是精神的遁逃，而是要超越心物、意象、形神的分别，与世界泯然一体。

第二，雄浑，与壮美（或西方之崇高美）不同。它虽然也是一种力，但是内蕴之力、含蓄之力、浑璞整全之力，它源自人生命深层的力量，如孟子所说的至大至刚的浩然之气来自性灵的颐养。道家哲学

---

① 《道园遗稿》卷三。

却从返归虚静之心、蓄聚雄奇之力来谈素朴浑成。如《庄子·天地》："性修反德，德至同于初。同乃虚，虚乃大。"这雄奇博大又蓄聚内敛的"势"，与中国美学所推崇的沉郁顿挫、潜气内转、笔底金刚杵以至"何为百炼钢，化为绕指柔"的艺术哲学是相通的。

第三，此品所讲"具备万物，横绝太空"，也反映了中国哲学的重要思想。《孟子》讲"万物皆备于我矣"；《周易·系辞上传》讲"知周乎万物，而道济天下，故不过；旁行而不流，乐天知命，故不忧"；《庄子·天地》讲"以道泛观，而万物之应备"，都是类似的表达。人如果将万物当作知识的对象、情感的对象、欲望的对象，万物不可能为人所"具备"。物与我相对，只能处于一种互相奴役的状态中。但当人荡去我的执着、目的的求取、知识的拣择，用澄明之心映照世界，世界与我为一体，此时如庄子所言，由"物于物"而进入"物物"的状态中，你就"具备万物"了——不是对物的拥有，而是物我的融合。具备万物发自于真性中。正如虞集所说："与天地同流则无所亏欠间断。"①

《诗家一指》以此为其基本思想，如其论心之接物，"知别区宇，省摄备至，畅然无遗"，就是说"备"。在《二十四诗品》中，"豪放"品所说的"真力弥满，万象在旁"，其实就是万物皆备于我的另外一种表达。《诗家一指》"十科"最后一科"物"说："指其一而诗，不可著，复不可脱。著则堕在陈腐窠臼，脱则失其所以然。必究其形体之微，而超乎神化之奥。"心物关系是诗学中最基本的关系，**这里提出"一"的原则，就是与物冥合为一，这样就能既不"著"——粘滞于物，又不"脱"——游离于物。心之于物，不离于物，离物则无以见我；又不在物，在于物，为物所牵也。超然物象之外，又冥然化于物中。此**

———————————
① 《乐全堂记》，据乾隆《江南通志》卷三十一。

之谓与物为"一"——人从观照世界的对岸回到世界中。

第四，唐初以来诗坛有感于六朝诗风的绮靡，欲以刚健朗畅的建安风骨拯其弊，以造诗界出群之雄。中唐五代以来，近体诗兴起，诗家蜂拥，流派纷呈，诗风渐趋琐屑柔弱，以致诗成骂人之具、论说之所、呈辞竞句之地，此时多有呼吁诗中健拔雄浑的诗风的出现，推崇古典风味和气象，一时成为美学趣尚。如杨万里评杜甫"蓝水远从千涧落，玉山高并两峰寒"，言其"雄杰挺拔，唤起一篇精神，非笔力拔山不至于此"[①]。严羽论诗，推崇如李杜之"金鸡擘海，香象渡河"的创造[②]，金鸡擘海，激浪奋飞；香象渡河，截断众流，有一种雄浑阔大、单刀直入的力的美感。严羽所说的"汉魏之诗，气象混沌，难以句摘"(《沧浪诗话·诗评》)也是一种雄浑之美。虞集在元诗中的地位，一如金之元好问，其论诗也志在振刷精神，一改诗坛衰敝柔弱之势。《二十四诗品》以此作为第一品，与他的这种努力有关。

---

① 见南宋魏庆之《诗人玉屑》卷一。
② 金鸡擘海，又作"金翅擘海"，出自佛典《华严经》卷三十六："譬如金翅鸟王，飞行虚空，安住虚空，以清净眼观察大海龙王宫殿，奋勇猛力以左右翅搏开海水，悉令两辟，知龙男女有命尽者而撮取之。"

二 冲淡

素处以默，妙机其微。饮之太和，独鹤与飞。
犹之惠风，荏苒在衣。阅音修篁，美曰载归。
遇之匪深，即之愈稀。脱有形似，握手已违。

校 注

冲淡，虞侍书诗法本作"平淡"，与品中"冲和"思想不合。杨成本作"中淡"，"中"乃"冲"之误。祝允明书迹本、说郛本、津逮本作"冲淡"，是。冲淡，意为冲和淡雅。

素处以默，妙机其微：守宁静素淡之心，便可契合大道机微。素处，淡处。虞集说："养素以朴，通真以诚。"[①] 机，此用为动词，意同感悟。妙机，即微妙玲珑的感悟。微，动之机也。虞集说："先儒曰：动可以见天地之心。一动一静之间，其几甚微，非潜心以居，不足以见之也。"[②] 这里明显体现出虞集受理学影响的痕迹，所谓"动静相寻于无穷，理事不碍于形迹"[③]。素处，虞侍书诗法本作"索处"，误。

饮之太和，独鹤与飞：饮领天地太和之气，化入一片天机之中，如同一只独鹤在天地间轻飞。鹤本淡逸之物，用在此突出冲淡的精神。

---

① 《三茅山四十五代宗师赞》之第四十四代宗师赞辞。见《茅山志》上清品第六篇卷七。
② 《静斋记》，《道园类稿》卷二十八。
③ 《止止斋铭》序，《道园类稿》卷十四。

饮（yìn），饮领，吸取。太和，天地真元之气。《周易·乾·象》："乾
道变化，各正性命，保合大和，乃利贞。"大和，即太和。朱熹《周易
本义》以太和为"阴阳会合冲和之气"。虞集重道教太和之思。其《三
茅山四十五代宗师赞》中之第二十代宗师赞云："域中之大，惟王与道。
我以虚神，彼以位宝。华阳之传，其书孔多。以佐时功，阴阳太和。"①
饮之太和，虞侍书诗法本作"领之太和"，与诸本异。独鹤与飞，祝允
明书迹本作"与鹤独飞"，误，如此表述，韵律不合。

犹之惠风，荏苒在衣：惠风，和顺之风，多指春风。王羲之《兰
亭集序》："是日也，天朗气清，惠风和畅。"荏苒，形容和风吹拂的柔
缓姿态。

阅音修篁：倾听着翠竹在微风吹拂下发出的清越之音。阅，经历，
领受。美曰载归：发出一声感叹，真美啊，让我化入这一片天地中。
美曰，虞侍书诗法本作"美目"，怀悦本作"笑曰"，均误。

遇之匪深，即之愈稀：此境就在当下，相遇于不期然之顷，有意
去追求，则渺然难寻。遇之匪深，虞侍书诗法本作"过之非深"，与诸
本异，系误录。即之愈稀之"稀"，杨成本、说郛本、津逮本作"稀"，
他本或作"希"，作"稀"是。

脱有形似，握手已违：假如你从形迹上追求，这样的领悟就会遁
然隐去。脱，假如。虞侍书诗法本"握手已违"作"握手以违"，误
"已"为"以"。

---

① 《茅山志》上清品第六篇卷七。

※ **延伸讨论** ※

说冲淡之"冲"意

雄浑取《周易》"大哉乾元"之精神，冲淡则取《周易》"至哉坤元"之精髓。二者皆循沿内至外之路，但却有不同的气象境界。道禅哲学的流行，陶潜诗风的深远影响，唐代王孟诗派的流布，冲淡在五代北宋以来成为重要的审美境界。本品写道，悟入根性，如清潭照物，影象昭昭，饮太和之气，得自然真髓，如独鹤轻飞，冥然于物，无所对待，像山风轻拂，似修竹潇潇，自在显现，一片天机，乃此品之境。

"雄浑""冲淡"两品，一阳一阴，附《周易》的乾坤之道，为这部"艺术哲学概论"奠定了基调。乾坤，为《易》之门户，"乾坤毁，则无以见《易》"。而"雄浑""冲淡"二品，也是进入《二十四诗品》的门径。

冲，冲和；淡，淡泊。冲和淡泊，是一种独特的看世界的态度和诗性情怀。**此品附雄浑而行。雄浑乃是和顺积大，发为英刚之气；冲淡则是虚静淡泊，平和冲素，发为阴柔之风。**虞集说："盛德孔容，象其粹冲。"[1]粹在清健俊朗，属雄浑；冲在冲和颐然，属冲淡。

冲淡作为一个概念，六朝时已有使用，《晋书》卷九十一："夷清虚冲淡，与俗异轨，考槃空谷，肥遁匿迹。"白居易评人云："公为人温良冲淡，恬然有君子德。"[2]此指人的性情平和温顺。作为一个诗学范畴，皎然《诗式·六逆》："以虚诞而为高古，以缓漫而为冲淡。"冲淡在此已成一格。《二十四诗品》通过诗意的境界，展拓它的内涵。

冲淡的境界，是中国古代和谐美感的重要体现。中国美学中和谐

---

① 《河图仙坛碑铭》，《道园类稿》卷三十六。
② 《礼部尚书范阳张公墓志铭》，《全唐文》卷六百七十九。

思想起源早，思想丰富而复杂。它可以说是中国美学发展的主脉。儒家的和谐观体现出"中和"的特性，道家的最高境界也是一种和谐境界，不过是一种"与天而乐"的"天和"境界。禅宗也提倡和谐，它重视的是诸法平等的思想，以"平常心是道"为其基本哲学坚守，它尊崇一种"平和"的思想。"冲淡"作为一种和谐美学思想的表达，受三家哲学影响，但更多地体现为一种"天和"的境界，与道家哲学、道教思想最是密切，其中也有儒学的因素。

《庄子·刻意》说："淡然无极而众美从之。"《天道》又说："夫虚静恬淡寂漠无为者，万物之本也。"平淡才会有大美，寂寞才会有本真。苏东坡说："绚烂之极，归于平淡。"[①]中国人以自然平淡为崇高的人格境界，也以此作为重要的审美理想。为文、为艺、为人乃至一切文化创造，都不能不追求"装饰"，追求美的形式，但不能有"美的恣肆"，否则就会落入美的陷阱，成为一种欲望伸展的借口。**所以中国美学强调以平和淡雅来收摄之，不是程度的斟酌，而是回归于本初，成就于本色，大成于天真，顺应乎自然。**

然而，此品不作"平淡"，而言"冲淡"，将平淡之怀与冲和之神融合，摄《周易》"至哉坤元"精神与庄老平淡于一体。作为《周易》乾坤之道之不可或缺者，"坤厚载物，德合无疆。含弘光大，品物咸亨"。乾之以始，坤之以成；乾道清刚简净，坤道柔顺平易。坤之精神，"黄中通理，正位居体，美在其中，而畅于四支（同"肢"），发于事业，美之至也"[②]，所以这一种"太和"之气，成为诗家"独鹤"奋飞的内在力量。虞集云："太和氤氲，元气融结。"[③]冲和淡雅，是阴阳之道相合的结果。

---

① 苏轼之语不见其文集所载，引见元王构《修辞鉴衡》卷一。
② 《周易·坤·文言》。
③ 《袁州路万载县重修宣圣庙学记》，《道园学古录》卷三十六。

虞集论诗论艺推崇冲和淡雅的审美理想，可以辅证此品中的一些观点。如《诗家一指》重视"气"的培养，诗要出自人的真性，要流天地之清气。虞集认为，天地间一草一木，一丘一壑，无不在一气中浮荡。所以吮吸天地中冲和淡荡之气，乃诗家养性之根本。"十科"之"气"云："贵乎流通，灵运无碍，盛大等乎空量，熹微蔼如春和。"陶渊明所谓"问征夫以前路，恨晨光之熹微"，熹微者，晨曦也。所谓"熹微蔼如春和"，光明初启，带着晨露的清新，轻染上微花的芳香，沐浴于一片天和之中，生生不已，新新不停。他说："陶渊明集传于世且千年矣，临川吴幼清先生以为其诗泊然冲澹，而甘无为者，安命分也。"①"冲淡"一品，就是要诗家养出这样的通天地、贯人伦的"蔼如春和"之气。

《诗家一指》跋写道："清风泪泪而同流，素音于于而再往，乘碧景而诣明月，抚青春而如行舟"，这与本品所说的"饮之太和"的思想是一致的。颐养心性，吮吸宇宙的精气元阳，心灵就如一只独鹤在蔼然春和的境界中飞翔，犹如他诗中描绘的："积水众鸥灭，春空霭余云。掩室坐修竹，天花散缤纷。"——种种意象之形容，都在于突出人与世界冲突感的解除。这正是"冲淡"品要突出的心灵气象。

虞集的"冲"有这样一些值得注意的内涵：

其一，**虞集提出"冲淡"，而不说"平淡"，在一定程度上是为了矫正南宋以来审美领域渐渐流于空寂的倾向。**他说："澹然有余，而不堕于空寂。"②又说："澹然冲和，而不至乎寂寞；郁乎忧思，而不堕乎凄断；发扬蹈厉，而无所陵犯；委曲条畅，而无所流佚。"③他有诗云：

①　《跋子昂所画陶渊明像》，《道园学古录》卷四十。
②　《杨叔能诗序》，《道园学古录》卷三十一。
③　《琅然亭记》，《道园类稿》卷二十八。

"大千妙用一毫端，不是寂空聊自足。"①作为一位深受道禅哲学影响的学者，他反对空寂，这里有他深入的思考。

五代北宋以来，受道禅思想影响，诗和艺术中追求寂寞、枯澹、清冷、荒怪一时蔚为趣尚，宽大的气象、温雅的情致、春意盎然的生机、活泼悠然的风味渐渐远去。虞集由冲和入手，明显有纠偏的考虑。他说："吾闻善养生者，咀咽太和，不在乎谷肉菜果也；品配阴阳，托象乎夫妇男女也。"②"咀咽太和"，一如本品所说"饮之太和"，他要在寂寞中融进冲和之气。

他信奉道教，由此中提取出春、和的精神素养。虞集说："合冲纳和，伸凭虚生。"③他认为，倾心道教者，应该"嘘和吸精"，方有融融春色④。他将此冲和颐畅之气引入自己的身心修养与艺术评论中。他说："处身于至约之地，毓物于太和之中。"⑤又说："凌虚有音，履水无迹。有道之朝，暖如中春。"⑥在秋空尘消、春渊冰释的境界中，一切都自在飞舞，气息伸张。他在评《醴泉铭》书法时说："唐人云，书贵瘦硬方通神。瘦近清寒，清寒则气易弱。硬则坚苦，坚苦则势易危。深山道人，积精炼神，滓秽日去，清虚日来，虽颇清羸，而冲和内融。"⑦

其二，这冲和淡雅之怀，是一种深心的平宁，是真性之呈露。这与他论诗提倡回归"性情之真"有关。他的《天心水面亭记》一文，由邵雍的"月到天心处，风来水面亭"说起，谈到冲和淡雅的思想。他说："月到天心，清之至也；风来水面，和之至也。""风来水面"何

---

① 《牧牛歌赠自牧上人》，《道园遗稿》卷二。
② 《悦生堂记》，《道园学古录》卷九。
③ 《临江路玉笥山清真宫碑铭》，据雍正《江西通志》卷一百二十，《文渊阁四库全书》本。
④ 《三茅山四十五代宗师赞》之第四十三代宗师赞辞。
⑤ 《封张真君制》，《道园类稿》卷十二。
⑥ 《三茅山四十五代宗师赞》之第二十三代宗师赞辞。
⑦ 《跋黄勉所藏醴泉铭》，《道园类稿》卷三十五。

以有"和"的气象？他说："必也至平之水，而遇夫方动之风，其感也微，其应也溥，涣乎至文生焉，非至和乎！譬诸人心，拂婴于物，则不能和；流而忘返，又和之过，皆非其至也。是以君子有感于清和之至，而永歌之不足焉。"①如大自然一样，冲和是一种内在的颐宁，深心的平和。他所推崇的大乘佛学的不二法门，也是无分别的至和之地，如大海，不增不减，不像小河，风激水起，就咆哮起来。陶渊明诗云："纵浪大化中，不喜亦不惧。"倪瓒诗云："无爱亦无憎。"虞集也有诗云："寂寂象愚朴，容容无怿厌。"②——容容者，怡然而和；无怿厌者，不爱亦不憎也，这是深心的冲和。

其三，他的冲淡之"冲"，与他"性与空等"的哲学主张有关。"冲"有空意，这来自于老庄。虞集《虚白斋铭》说："泛景太虚，接轨贞白"，要"宝我谷神，守我幽玄"、"冲而不盈，涅而不淄"。老子说："谷神不死，是谓玄牝。""道中，用之或不盈。"（老子此中之"中"，即冲）归于真源，乃是空王之道，这是虞集的根本思想。用他在《诗家一指》中的话说，就是"独适冲真"。冲，空也，真也。

其四，他的冲淡美学观，提倡静穆幽深中的飞动、空灵澄澈中的腾踔。这是虞集一生追求的审美境界，微妙难测，细绎其文理，却处处可感。鹤，是道教的法物，也是虞集一生重要的象征物，也是其理想的一个标志物。他的理想生活状态是"乔松如云，舞鹤在侧"③，本品中的"饮之太和，独鹤与飞"，极为简洁而又优雅地表达出他这方面的情趣，这两句话几乎成为《二十四诗品》的象征。他有诗云："倬彼云汉，有飞者羽。如雪映空，载翔载舞。"④"驾言清秋鹤，同承太阳辉。

---

① 《道园学古录》卷二十二。
② 《赋彭氏静深堂》，《道园类稿》卷三。
③ 《吴公画像赞》三首之二，见朱存理《珊瑚木难》卷三。
④ 《瑞鹤赞》，《道园类稿》卷十五。

何期老铩翮，素心竟成违？"①"寨云自天上，和鹤止松梢。"②正因此，他在冲淡的王孟本色中，看出了太白的高蹈。

"赋诗托飞鸟，长空何寥寥"③，在暖然如春的气氛中，任心灵自在飞翔，他认为，这是诗家诗心培植的至为关键者。《一指》所指，以雄浑冲淡导夫先路，开始了他的畅想里程。

---

① 《答胡士恭》二首之二，《道园类稿》卷二。
② 《赋茅山道士云松巢》，《道园学古录》卷一。
③ 《题许愿夫抗云楼》，《道园类稿》卷三。

三　纤秾

采采流水，蓬蓬远春。窈窕深谷，时见美人。
碧桃满树，风日水滨。柳阴路曲，流莺比邻。
乘之愈往，识之愈真。如将不尽，与古为新。

❈ 校　注 ❈

纤，纤细秀雅；秾，秾艳靡丽。纤秾，即纤秀秾华的美，形容柔媚、细腻、富丽、润泽的境界。此品描绘着重色彩鲜亮、景致绮丽的特点，具有春风淡宕、弱柳扶风的美。是一种亮丽的美感，而非俗艳。

纤秾这一术语，唐时已普遍使用。元稹在批评当时的诗坛风气时说："好古者遗近，务华者去实，效齐梁则不逮于魏晋，工乐府则力屈于五言。律切则骨格不存，闲暇则纤秾莫备。"[1]苏轼说："发纤秾于简古，寄至味于淡泊。"[2]他们的论述，都不反对纤秾的美感。

虞侍书诗法本，"纤秾"作"纤浓"，误。

采采流水，蓬蓬远春：缓缓流水在阳光照耀下漾起密密锦纹，放眼望去一派浓浓春意。采采，形容流水亮丽的縠纹，唐李肃云："采采春渚，芳香天与。"[3]又可形容花木的亮丽。陶潜《荣木》："采采荣木，结根于兹。"

---

① 《唐故工部员外郎杜君墓系铭并序》，《元氏长庆集》卷五十七。
② 《书黄子思诗集后》，《东坡后集》卷九，《苏文忠公全集》本。
③ 《全唐文》卷四百三十五。

窈窕深谷，时见美人：纤秾之美，于深邃幽眇处见之。窈窕，此处指深邃。美人，大德之人，有很高修养。虞集《暖草生竹间》诗云："暖草生竹间，翠色相绸缪。美人欣有托，君子故忘忧。"（《道园学古录》卷一）

风日，风和日丽之时。虞集《次韵叶宾月山十首》之十："风日宜芳岁，烟霞乐燕居。"（《道园遗稿》卷二）

乘之愈往，识之愈真：如果心与这纤秾鲜丽的世界同在，就能识其真境，而不是只得其表相的华丽。乘，趁也，随也。乘之愈往，虞侍书诗法本作"乘之愈远"，与诸本异，误。

如将不尽，与古为新：此句说纤秾之境的描写，妙在常写常新。虽是寻常之景，若脱胎于我心，便可别故致新。将，求。古，通"故"。如将不尽，虞侍书诗法本作"如将不违"，不合文义，误。

▨ 延伸讨论 ▨

色乃诗之惠

长期以来，读《二十四诗品》，读"雄浑"，读"冲淡"，总觉得，"纤秾"放到这两品之后有些不类，为何有强烈道禅倾向的《二十四诗品》，给予浓丽的美人、碧桃之类的意象和境界这么高的地位？当我们将本品放到《诗家一指》的整体思想中看，便豁然而解。这一品几乎有禅家"灵云悟桃花"的意味。

读《诗家一指》，便知作者将"纤秾"放在这一突出位置有其特别的用意。受道禅哲学影响，唐宋以来的审美观念中，有一种对"色"的恐惧、力求排除的倾向（这其实是对道禅哲学的误解）。而《诗家一指》则直面这一问题，它深领禅宗"心不自心，因色故有"（马祖语）、

"法不孤起，仗境方生"（希运语）的思想，离色则无以谈心。更看到，对于诗来说，"色"可谓诗家第一等事，无色即无诗，诗人不能躲在心中暗自扪摸，在文字、典故、义理上打圈圈，必须与"色"相接相遇。

所以，《诗家一指》将"心之于色"作为其论述的起点。其跋云："夫今有人，行绿阴风日间，飞泉之清，鸣禽之异，松竹之韵，樵牧之音，互遇递接，知别区宇，省揸备至，畅然无遗，是有闻性者焉。"以"目"接色而掠其相，以充满感情倾向、知识态度的"心"去分析、支解、消费外在世界，此非真正的诗人所当具有的态度。"诗家之心"当以"性"去照亮、去发明一个鲜亮的生命世界。

《一指》说："心之于色为情。"情之归于性，是诗心培植之要冲。

跋文还说："往而深者，清风滒滒而同流，素音于于而再往，乘碧景而诣明月，抚青春而如行舟，由之而得乎性。"这也正是"纤秾"品最后四句话"乘之愈往，识之愈真。如将不尽，与古为新"所说的意思，它体现中国美学的重要观点：写景造境，重在一心往之。《一指》跋所言之"同流"、"载往"，与"纤秾"品说到的"乘"，都是这个意思，与物优游，相与徘徊，如水之潆洄，如云之缱绻。诗人要放下"观"者的态度，融入世界中，他是世界的存在者，而不是外在的观照者、欣赏者。因此，这一品强调世界的阳春之景、鲜丽品格，是在人"真性"映照下产生。这样的"心之于色"，"色"不与"心"对，既不缠绕"心"，又不为"心"所控制，而是相与契合，成一澄明之世界。这是纯粹体验之世界。"纤秾"一品的描绘，就是这个皎皎呈现的澄明世界。在"性"所照亮的这个世界中，无物，也无心。如禅宗石头希迁所说，物既不在心内，也不在心外，以目见（看）色让位于以性见（现）色。

希运曾说："一切声色，是佛之惠。"也可以说，一切声色，乃诗之惠。外在的色相世界，是对诗家的恩惠。"纤秾"实际上就是讨论

"以性见色"的问题。

中国美学说平淡，说枯槁，说拙朴，给人印象这一美学传统是反对色彩富丽，反对满眼风华，不事雕琢，只向简淡中求取。这是一种误解。此品续雄浑、冲淡之后，如阳春之景，韶华文章，在《二十四诗品》中占有重要位置，这是值得注意的。

以中国和日本为代表的东方美学，是非常强调绚烂、强调艳丽的。就像中国美学讲的冷艳，日本美学讲的幽玄，都不是反对艳丽。**自然而然，一切皆美，不在于绚烂，不在于平淡，而在于超越外在形式，将艺术发展为一种心灵的吟唱，将创造交给生命的直觉，这才是最重要的。**无论是绚烂，还是平淡，如果不能诉诸真情的表达，都是不可取的。中国美学所推重的淡然无极、众美归之的境界，排除将绚烂作为追求的目的性行为，并非对绚烂本身的否定。

中国美学重视冷艳的美感，其所言之平淡，是"绚烂之极"的平淡。就像孙过庭《书谱》中所说的，初学求平正，得平正后求险绝，既得险绝后，复归于平正。平淡，不是淡如水；平正，不是刻板而没有沟壑；素朴，不是寒蹇酸楚；古拙，也不是枯槁无生气。中国美学所言之"发纤秾于简古，寄至味于淡泊"，是要人超越简单复杂、朴素繁缛、冷艳古雅的表面相对性考虑，超越形式上的分别，进入真性的传达，以最佳的形式，表现最充满的心灵、最活泼的感觉。

中国画的水墨表现，抑制色彩，建立一种新的色彩语言，但它的出现并非出于一种对黑白色彩简淡风味的兴趣，而是让人淡去表相，直溯生命的真实。那种认为文人画就是排斥色彩的观点，是一种皮相之论。**文人画的发展中，有一种"即色即真"的观念，不必离色而求真，就像孟子所说的"形色即天性"。**生命的真性可以从淡然中获得，也可从色中觅取。心中无色，纵然满纸绚烂，也可臻于高致，直达生命纵深。

我在石涛研究中发现，作为文人画家杰出代表的石涛并非排斥色彩，他的画可以说是山花烂漫，色彩浓重。倪云林号"幻霞子"，他的烟霞只是一种虚幻，他要在烟霞之外求烟霞，石涛却于烟霞之中求浪漫，他走的不是简澹冷寒的道路，而是浓涂大抹。在他看来，重要的是超越对色相世界的执着，而不是对色的排斥。他有一册页画灿烂的桃花，题云："度索山光醉月华，碧空无际染朝霞。东风得意乘消息，变作夭桃世上花。如此说桃花，觉得似有还无，人间不悟，何泥作繁华观也！"画的是桃花，着意却不在桃花之相，而是抖落一种春意，那种碧空无际中染出天地明霞的种子，桃花只不过是借一阵春风，将此明霞之意吹落。他画的是桃花的"种子"——明霞，而不在桃花。禅宗中有"如春在花"的思想，所谓譬如青春，藏于花身，随其枝叶，疏密精神。春是"一"，是全体，是真如，而"花"是"一切"，是分身，是事相。如春在花，随处充满，明秀艳丽，在在即是。石涛将"即色即真"的思想贯彻到他对色彩的理解中。

如春在花，如意在琴，诗家所取在纤秾华美表相之外的春意，春意在花又非花。

虞集一生论学论诗论艺，心态融和，有阳春之象。读他的文集，给我印象极深的是，"凤凰鸣矣，于彼高冈；梧桐生矣，于彼朝阳"[1]是他的座右铭，在清澈，在飞舞，在阳光。这可能也是他服膺道教的底色。他所欣赏的生命境界，韶华满目，自然清新。在本品中，春光明媚，艳逸动人。这样的鲜丽非俗艳所可同日而语，这样的创造非有大力者不能至。这鲜丽之美，是悠远的：如品中言"采采流水，蓬蓬远春"之貌；又是深厚的：如品中所言"窈窕深谷，时见美人"，有"幽香散空谷中"的深幽境界；更是细密的：如品中描绘"碧桃满树，风

---

[1]　他曾多次引用《诗经》中此语，欧阳玄在虞集碑铭中也谈到这一点。

日水滨"，一如唐人郎士元"重门深锁无寻处，疑有碧桃千树花"的诗境，有细密之思；还是曲折的：古人所谓景愈曲而境愈深，造园如造"曲"是也：如品中所谓"柳阴路曲，流莺比邻"，正是言此。

他有两句诗似可概括这方面的思考："青城万里怀空谷，沧海千年望太霞。"[1]他要在这空相中，仰望漫天的霞光。

王国维在《人间词话》中说："山谷云：'天下清景，不择贤愚而与之，然吾特疑端为我辈设。'诚哉是言。抑岂独清景而已，一切境界，无不为诗人设。世无诗人，即无此种境界。夫境界之呈于吾心而见于外物者，皆须臾之物。惟诗人能以此须臾之物，镌诸不朽之文字，使读者自得之。遂觉诗人之言，字字为我心中所欲言，而又非我之所能自言，此大诗人之秘妙也。"做一个世界的"能"观者，即是创造者、发现者，而不是描述者。

天下的美景自在，人人可以观之，但人人心中有不同，重要的不是外在的景、物、形，而是心与世界构成的"境"——一个当下此在所构成的世界。因为你来了，你和世界就发生关系，你照亮了这个世界，这个世界于是有了意义，有了生命。

如中国园林，追求借景。眼光流动，从窗户看出去，一切风月借过来。非园中之物，乃园中之物，因为我的存在，我的观照，一个新的世界出现了。"借景"的"借"，是用心灵去融汇外在世界。中国山水画家观山水，有可行、可望、可居、可游的"四可"，"四可"之中，可行可望不如可居可游，因为可行可望，还是一个外在的观照者，而可居可游，是流眄世界，心与之游，人与世界共成一天。世界因我而

---

[1] 《次韵答陈众仲相寿》，《道园类稿》卷七。虞集有《步虚词》四首，其二云："稽首望太霞，离罗间层霄。氤氲结冲气，要眇出空谣。"（《道园学古录》卷一）其著名的《苏武慢》十二首第一首云："日晏玄洲，晞发太霞林杪。苍龙腾海，白鹤冲宵，颠倒一时俱了。"也是这个意思。

通灵透澈，我因世界而有了生命安顿的居所。这才是"云客宅心，韵人纵目"。

园林创造是步移景改，扩之以整个中国艺术，可以说常观常新。以我的心灵、我的生命去融汇这个世界，一切景色都是"新"的——虽然是旧的：过去常在，人人所观，而我眼中之物，我心中之境，又是各各不同的。如同我们看苏州的拙政园，时间流动中，它有不同，风雨雪雾中，它有不同，那是它的丰富性。而我来了，虽"旧"如"新"，观之于目，呈之于心，都是属于我当下此在的觉悟，所以她"与古（故）为新"。这正是虞集论艺中的重要思想。他有诗云："长松千尺起，白石下磷磷。隐居惬素念，燕坐见闲身。溪流宛无异，月色亦常新。悠悠宇宙内，住亭名主人。"①我来了，我就是此亭此景的主人，在我的心灵体验中，虽然溪涧常在，但我观常新，每一次都是发现。所谓"幽鸟时时现，山花日日新"②、"故人远访闲相对，共看流泉日日新"③，中国美学所言之创造精神，正是此一精神。

这一品涉及中国美学的重要思想，值得我们记取：与物同游，常观常新。

---

① 《题王眉叟真人溪居对月图》，《道园遗稿》卷一。
② 《远法师图像》，《道园遗稿》卷二。
③ 《浙西提举陈众仲以其省之命请考秋试其还也赋此赠之》，《道园学古录》卷三十。

四　沉著

绿杉野屋，落日气清。脱巾独步，时闻鸟声。
鸿雁不来，之子远行。所思不远，若为平生。
海风碧云，夜渚月明。如有佳语，大河前横。

※ 校　注 ※

此品要在深沉厚重，气韵沉雄。沉言其不浮，著言其不游。得沉著之韵，必痛快，必凝重，实实在在，爽爽快快。此品言顿挫的美感。

沉著乃艺林之胜境，如书法下笔有顿挫之致，如万岁枯藤，如锥划白沙。南朝宋羊欣《采古来能书人名》："吴人皇象，能草，世称沉著痛快。"[1]后人称杜诗有沉郁顿挫之美，也是沉著。黄庭坚谈书法之妙时说："今方悟古人沉著痛快之语，但难为知音尔。"[2]严羽《沧浪诗话》将诗之妙分为两类："（诗之）大概有二，曰优游不迫，曰沉著痛快。"前以李白为代表，后以杜甫为代表。

绿杉野屋，落日气清：诗境与《诗经》的"考槃"之境有关。《卫风·考槃》说："考槃在涧，硕人之宽。独寐寤言，永矢弗谖。"凡三段，此乃隐者之歌。考槃，筑木屋，在水边，在山坡，在野旷的平原，落日气清之中，隐者独步，人所不知，亦所不顾，迥然特立，不落凡尘。沉著痛快，是一种落落寡合、高蹈远蹇之境。绿杉，怀悦本

---

[1]　见张彦远《法书要录》卷一所引。
[2]　《豫章黄先生文集》卷二十八"题跋"。

作"绿衫"，古今小品本作"绿林"，均误。

　　脱巾独步，时闻鸟声：古代处士束巾，官员结绶。颜延年《秋胡诗》曰："脱巾千里外，结绶登王畿。"李善注曰："巾，处士所服。绶，仕者所佩。"脱巾，言此人为山林隐逸布衣之士。脱巾披发，独步山林，偶尔听到一两声鸟鸣，更觉得山静气清。此写幽人山居的潇洒无羁。沉著之境，是一种脱略凡尘的潇洒情怀。脱巾：虞侍书诗法本作"脱卷"，古今小品本作"脱中"，均误。

　　鸿雁不来，之子远行：鸿雁指书信。之子，这个人，所思念之人。所思不远，若为平生：虽然所思之人远行他方，但此刻，在这寂静的山林里，思之愈切，又觉所思之人就在近前，又觉襟期如昨，手泽犹在。此四句由思念说潜气暗转的顿挫之感。鸿雁：怀悦本作"鸣雁"，与他本不同，误。

　　海风碧云，夜渚月明。如有佳语，大河前横：在这清风明月之夜的海边，海涛阵阵，一丸冷月高悬，尘襟涤尽，世虑都无，心中有语，欲说已忘，满目云山朦胧，在月光下闪烁的鳞波就是我的心语。此数语渲染得意忘言之韵，又透露出道禅哲学的几微。唐希运《宛陵录》："心外无法，满目青山。虚空世界皎皎地。"正欲语时，一条大河前横，言语道断，我不需要说，山河大地正在皎皎为我说。最后二句收摄急速，亦见顿挫。夜渚，虞侍书诗法本作"夜露"，怀悦本作"夜睹"，均误。

　　　延伸讨论

沉郁顿挫之美

　　沉著，讲一种顿挫的美感。

明徐渭有《画荷寿某君》诗云:"若个荷花不有香,若条荷柄不堪觞。百年不饮将何为,况值双槽琥珀黄。"[1]哪一朵荷花没有香味,哪一枝荷柄不能用来做酒杯,人生短暂,生命脆弱,何必怨怨愤懑怀、昵昵女儿语,还不如斟上美酒,独对苍天,痛饮自在,享受生命中凄绝的风华。琥珀黄是一种玉制的酒杯,一般是单槽的,双槽琥珀黄是最好的玉酒杯。此喻人生中无时不在的美,虽然总不免在一种"凄婉"(严羽"九品"之一)的底色中呈现。"沉著"一品,就说这样的诗境。

前一品"纤秾"是秀出,这一品是沉潜。如果说"纤秾"品说阳春之景,如"阳春召我以烟景,大块假我以文章"的李白,那么,此品的沉郁顿挫则非杜甫莫属。

严羽说诗之大概,一为优游不迫,一为沉著痛快。优游不迫,飘逸潇洒,从容流荡,如李白之诗。沉著痛快,则是一种内在的顿挫。杜甫诗最具此一风味。如《登岳阳楼》:"昔闻洞庭水,今上岳阳楼。吴楚东南坼,乾坤日夜浮。亲朋无一字,老病有孤舟。戎马关山北,凭轩涕泗流。"洞庭湖吞吐日月,如此开阔;岳阳楼千古名胜,登临何其快哉!然而,此时此刻,它们所唤起的则是诗人忧伤的情怀:俯仰之势,吞吐之力,弥望于天地,逍遥于古今,都是为诗人现实处境做铺垫,看当下,如此窘迫的处境,如此贫寒的生活,如此孤独的生涯,如此衰落的人生……诗人正是由此演为沉郁顿挫的调子。《登高》也是如此:"风急天高猿啸哀,渚清沙白鸟飞回。无边落木萧萧下,不尽长江滚滚来。万里悲秋常作客,百年多病独登台。艰难苦恨繁霜鬓,潦倒新停浊酒杯。"在这秋末时分,天地广阔,人的生命短暂,而偏偏自己又病魔缠身,孤独的人生,如此潦倒,此时当以酒来浇胸中之块垒,又因生病断了杯酌。诗人在此中灌注了深沉阔大和潜气内转。有酒可

---

①《徐文长文集》卷十二题画绝句,明刻本。

自宽，无饮独踟蹰。这两首人们最为熟悉的杜诗，原来都是在沉郁顿挫中说痛快。

人们同样熟悉的杜牧《清明》小诗："清明时节雨纷纷，路上行人欲断魂。借问酒家何处有，牧童遥指杏花村。"诗短却暗含机关。诗中写道，面对困顿的人生，想要喝一杯酒，解此千年愁，于是才有"借问酒家何处有，牧童遥指杏花村"。此一情感逻辑潜藏得很深。潜气内转，极尽周旋，将生命感叹推向纵深。这也就是徐渭所说的"百年人做千年梦"。"百年人"是对生命资源匮乏的感叹，"千年梦"是对人生命永恒的沉思。怎样才能超越短暂脆弱的人生获得永恒的价值？怎样才能超越人生的种种局限回归心灵的平衡？这里有一种意绪的回旋。

其实"沉著"一品正着意这内在回旋感。本品中三个意象群都是言此。前四句绿杉野屋下，隐者脱巾独步，潇洒沉著。他的意绪在现实的观照与山林的清幽中回旋。中四句，写人生苦短，又有像亲人离别种种黯然销魂之事折磨，但在襟期如昨中似获得释然，将思念、苦痛推向更深。后四句，则说一种"欲说还休，欲说还休，却道天凉好个秋"的内在盘旋。"沉著"与"旷达"品相似，又有微别。**这里讲欲说还休、欲进还止、欲飞飞不起、欲死死不成的痛楚和超越。似超越又非超越，痛不欲生似又有开解——解不开的人说解之轻松，更增其不解之痛。最终在独步中，在痛饮中，在如牧童般的浑然中，不解人得其解也。**

这在中国艺术创造方法中叫"涩"。据说东汉书法家蔡邕传授书道秘法，就两个字，疾和涩。疾在淋漓恣肆，而涩如跃马收绳。一流畅，一凝滞。二者都有独特的美。而就书论之总体精神看，为了创造书之"势"，"涩"的地位更重要。故后人又有书之道即"涩"之道的说法。《易》者，"逆意也"；而书者，"涩势也"。

董其昌非常欣赏米芾对书法的体会。《画禅室随笔》开篇"论用笔"即云:"米海岳书,无垂不缩,无往不收。此八字真言,无等等咒也。"[1] 视"无垂不缩、无往不收"为书法最高的法则,其要义正在一种"涩"功,书之势胎生于此。米芾曾说,书"如撑急水滩船,用尽气力,不离故处"。董其昌以此来比喻书法的收摄之功。书论中说"狡兔暴骇,将奔未突"的美,也正是这种"涩"功。词论中也多有与此相关的观点。如吴梦窗词中有"败窗风咽"一句,一个"咽"真将沉郁顿挫的美感说尽。至如所谓"雾敛寒江"、"断浦沉云"、"断云笼日"、"空帘剩月"等等词境,都在注释这一顿挫的美感。

郭绍虞《集解》谈到对最后四句话的理解:"窃以为大河前横,当即言语道断之意。钝根语本谈不到沉著,但佳语说尽,一味痛快,也复不成为沉著。所以要在言语道断之际,而成为佳语,才是真沉著。"其引《皋兰课业本原解》语:"此言沉挚之中,仍是超脱,不是一味沾滞,故佳。盖必色相俱空,乃见真实不虚,若落于迹象,涉于言诠,则缠声缚律,不见玲珑透彻之悟,非所以为沉著也。"郭先生认为此论"似为得之"。

言语道断,是禅宗的重要思想,僧璨《信心铭》(传)说:"一即一切,一切即一。但能如是,何虑不毕。信心不二,不二信心。言语道断,非去来今。"妙高顶上不容商量,不二法门的基本内涵就是超越分别见解,言语道断,单刀直入,直接切入真实。

禅宗的"香象渡河",与本品所谓"如有佳语,大河前横"的境界非常类似。佛经里有这样一个故事:"如恒河水,三兽俱渡,兔、马、香象。兔不至底,浮水而过;马或至底,或不至底;象则尽底。"[2] 意思是兔子渡河是浮在水面上的,马渡河半身在下,半身浮上,是半

---

[1]　无等等咒:佛教般若波罗蜜多咒有四,其中以无等等咒为最高的咒语。《般若心经》说:"故知般若波罗蜜多是大神咒……是无等等咒。"

[2]　《优婆塞戒经》卷一,北凉昙无谶译。

吊子。而香象（处于发情期的公象）渡河，则脚踏河底，截断众流。佛教认为，领悟的最高境界就是单刀直入，香象渡河，截断众流，成为禅家推崇的境界。如百丈怀海说："如日月在空，不缘而照。心心如木石，念念如救头。然亦如香象渡河，截流而过，更无疑滞。"①北宋以来也为诗家之境界。如前文曾谈到严羽论诗，推崇如李杜之"金鸡擘海，香象渡河"的创造，金鸡擘海，激浪奋飞；香象渡河，截断众流。此种"沉著"，乃从生命根性上做起的沉著。

①　《五灯会元》卷三。

五　高古

畸人乘真，手把芙蓉。泛彼浩劫，窅然空踪。
月出东斗，好风相从。太华夜碧，人闻清钟。
虚伫神素，脱然畦封。黄唐在独，落落玄宗。

※ 校　注 ※

高古至唐代，已经成为一成熟的审美范畴。以之评诗论艺，已是常说。李白《宣城青溪》诗："山貌日高古，石容天倾侧。"白居易《与元九书》："以渊明之高古，偏放于田园。"晚唐皎然《诗式》卷一说到诗之"六迷"："以虚诞而为高古，以缓漫而为冲淡。"又说诗之"七德"："一识理，二高古，三典丽，四风流，五精神，六质干，七体裁。"严羽《沧浪诗话》论"诗之九品"，第一为高，第二为古，将高、古放到突出的位置。在艺术批评中，高古也被推崇为重要境界。张彦远《法书要录》卷六引窦蒙《述书赋》云："超然出众曰高"，"除去常情曰古"。《诗家一指》论诗，在四则中的第三"格"中，论前代诗谓："晋汉高古，盛唐风流。"

畸人乘真，手把芙蓉：畸人，奇异之人，通天之人。《庄子·大宗师》："畸人者，畸于人而侔于天。"乘真，乘宇宙之真气。芙蓉，道教想象中升天之人常持之花。李白《古风》之十九："素手把芙蓉，虚步蹑太清。"虞集存世文字多谈到此，"秋水芙蓉华月上，春苔翡翠晚风轻"是其传世名句。其云:"圣具大慈者,手执妙莲华。"①又,《三茅山四十五代宗师赞》第七代宗师赞云:"采秀黄华,濯清素蕖。"②乘真,祝允明书迹本作"乘云"。

泛彼浩劫,窅然空踪:泛,度,经历,如人随舟泛滥尘世称为泛。浩劫:劫本是佛家计算时间的单位,以此说明事物的生成变坏的过程,一般以事物的成住到坏空为一劫,浩劫形容经历很长的时间。窅然,渺然,无形无迹。这二句,"泛彼浩劫"说超越时间,即古;"窅然空踪"说超越空间,即"高"。空踪:说郛本作"空纵",不同于他本,误。

月出东斗,好风相从:东斗,斗宿,二十八宿之一。斗宿在东方,意味着是夜晚。苏轼《赤壁赋》:"月出于东山之上,徘徊于斗牛之间。"

太华夜碧,人闻清钟:太华,华山。道教以太华为神境,太华登仙是道教中的传说。如《云笈七签》卷一百六:"遇王乔,受素奏丹符,乃登太华山,遇南岳赤松子。"人闻清钟,清幽的钟声从太华的天宇中传出,暗指来到一片天国,极言其高。虞集《雪中次韵陈溪山》:"太华高人观物表,诗成先寄鹤飞来。"③虞侍书诗法本、怀悦本"人闻"作"人间",误。

虚伫神素:虚者心也,伫者存也。神素,乃一点真心。此句意为归复虚静真素之心。脱然畦封:畦封,界限,畛域。《庄子·齐物论》:"夫道未始有封,言未始有常,为是而有畛也。"道是没有界限的,有界限则不为真道。脱然畦封,指超越尘世的欲望、语言、知识等人为的"界限"。虞侍书诗法本"脱然"作"脱焉",与他本不同。

① 《辛澄莲花菩萨像赞》,《道园学古录》卷四十五。
② 《茅山志》上清品第六篇卷七。
③ 《道园类稿》卷七。

黄唐在独，落落玄宗：黄唐，黄帝和唐尧。黄唐在独，语本陶潜《时运》："黄唐莫逮，慨独在余。"意为时间淡去，茫茫太古就在当下。落落玄宗，意为融入玄奥大道中。"陶令去彭泽，茫然太古心。"[①]陶渊明《与子俨等疏》说："常言五六月中，北窗下卧，遇凉风暂至，自谓是羲皇上人。"虞集有诗云："中夜坐烧香，微吟思至言。身生尧舜后，意在羲皇前。隤然泯知识，经时雪垂看。"[②]在心灵的浮游中忘怀一切，其中所体会的怡然自得，直觉羲皇上人。

※ 延伸讨论 ※

时空的超越

作为一个美学范畴，"高古"在西方没有对等的概念，它却是中国美学的核心概念之一。在一定程度上可以说，不懂得"高古"，则很难理解中国艺术的精髓。

关于《二十四诗品》中"高古"的解释，前代研究者多有发明。清杨廷芝《二十四诗品浅解》云："高则俯视一切，古则抗怀千载。"清孙联奎《诗品臆说》云："高对卑言，古对俗言。"二人所言，大体道出了这个概念的意思。高与卑对，说空间的无限。古与今（俗）对，说时间的无限。高古，则指时空的无限。高乃空间的超越，古乃时间的超越。前人所谓"高蹈乎八荒之表，而抗心乎千秋之间"，正是此品所言之意。追求永恒时空的无限性的"高古"，与"寂寥"（《老子》所谓"寂兮寥兮"）一词颇相似，寂，就时间而言，由时而至于无时，

---

① 此二句为李白《赠临洺县令皓弟》，见瞿蜕园等《李白集校注》卷十，上册，第644页，上海古籍出版社，1980年。

② 《十月十八日听诵道书》，《道园遗稿》卷一。

乃绝对静止。寥，就空间而言，由空间而至于无形之世界，乃绝对空虚。寂者，无声也。寥者，无形也。《集韵》卷十："寂寞，无声也。"《集韵》卷三："寥，空也。"寂寥，其实就是纯粹体验中的绝对宇宙。

《二十四诗品》所言"古"，与"古质而今妍"的审美倾向并无关涉，也不是为了复古。在中国传统审美观念中，"古"大概有三层含义：一指对传统的崇奉，赵子昂所提倡的"古意"就属于这种。二指一种艺术趣味，像《小窗幽记》所说的"余尝净一室，置一几，陈几种快意书，放一本旧法帖，古鼎焚香，素麈挥尘。意思小倦，暂休竹榻。饷时而起，则啜苦茗。信手写汉书几行，随意观古画数幅。心目间觉洒洒灵空，面上俗尘当亦扑去三寸"，就是一种古雅的趣味，明清以来不少文人深染此一风习。三指一种超越的境界，通过古——这一无限时间性概念，来超越人时间性粘滞所带来的束缚。而这第三层意思正是本品所要讨论的思想，所谓抗心乎千秋之间。

"高"和"古"分别强调时间和空间的无限性。人不可能与时逐"古"、与天比"高"，但通过精神的提升，可以膺有此一境界。精神的超越可以"泛彼浩劫"（时间性超越），"脱然畦封"（空间性挣脱），完成精神性腾踔，从而直达"黄唐"——中国人想象中的时间起点，至于"太华"——空间上最邈远的世界，粉碎时空的分别性见解，获得性灵的自由。

虞集生平与赵子昂为至交，二人都致力于走出两宋、恢复汉唐的审美趣味，都欣赏"古趣"，但赵子昂偏重于归复过往，虞集论此却有明显不同，他更重视一种不古不今的永恒超越境界。虞集在《邵庵老人画像自赞》二首其一中所说的"邈乎千载之下，而谓古今一时也"，正触及这"脱然畦封"的冥思。

虞集论学论诗，极昌清丽高古之境。他心中的艺术境界如"翠藤弥天，竹树绵密。古雪在山，敻绝人踪"①，具有绝去人迹、超越古今的独特美感。元僧大诉笑隐（1268—1344）为其时高僧，虞集非常推重他的学说，笑隐有诗云："千年桃核里，觅甚旧时仁。"②在虞集为其所写行道碑中特别提出此诗句，在时空的背后追踪生命的真实（实相），也是虞集的旨趣。

虞集在《三茅山四十五代宗师赞》中极言此超越时空的境界。第四代宗师赞云："委形虚坛，合莫太始。"太始者，无始无终也，也即是对时间的超越。第十四代宗师赞云："神凭虚生，至灵为宝。世尘纷扬，独静以保。时成返空，我知其归。来无所欣，去无所悲。"虚空入世，静心对尘，无时空之际隔，无悲喜之情动，往来无绝，心如流水，此也是超越时空的高古。第二十八代宗师赞云："土木之崇，时息时兴。我行无为，彼梦有征。峨峨象帝，玉质天粹。临化俱返，孰执其契？"③正像《二十四诗品》中"流动"品所说的"来往千载，是之谓乎"，契合大化，返归真源，无始无终，即此为高古之境也。

超越时空，追求永恒，通过时空的无限来丈量生命的价值，到高古寂历中玩味存在的意义，这是中国古代审美意识的重要倾向。高则不卑，古则不俗。正像有人评倪云林的画所说："千年石上苔痕裂，落日溪回树影深。"④这其实就是从高古的角度来评云林艺术的。石是永恒之物，人有须臾之生，人面对石头如一瞬之对永恒，在一个黄昏，落日的余晖照入山林，照在山林中清澈的小溪上，小溪旁布满青苔的石头说明时间的绵长，夕阳就在幽静的山林中，在石隙间、青苔上嬉戏，将当下的鲜活糅入历史的幽深之中。虞集诗云："时来石上自闲吟，解

---

① 《大辨禅师宝华塔铭》，《道园学古录》卷四十八。
② 《全元文》卷八百五十八。
③ 上引几段文章均见《茅山志》上清品第六篇卷七。
④ 胡宁跋云林《山郭幽居图》，《珊瑚网》卷三十四名画题跋十。

听天风半空起。"①天风浪浪，海山苍苍，都在石上闲吟中。

清人曾以"高古奇骇"来评明末画家陈洪绶的画②。陈洪绶的画真可以说是"高古"一境的典范。他的画不类凡尘，总非人间所有，造型有强烈的非现实特征，给人陌生、新奇的感觉。看他的画，如见三代鼎彝，他似乎只对捕捉遥远时代的东西感兴趣，画面中几乎非古不设，往往一个镇纸，一个小小的如意，侍女浇水的花盆，都来历不凡，锈迹斑斑，似乎都在向观者倾诉：我是多久多久之前的宝物。他以怪诞的形式结构（高）从空间上粉碎人们对事物凡常的见解，又以画中突出的古淡天真的"古"，来挣脱人们当下的时间性迷思。

这样的美学精神对传统艺术影响极为深远，在一定程度上可以说，宋元以来的文人艺术就是追求"古"的艺术。文人艺术家可谓常怀高古心，如在中国画中，林木必求其苍古，山石必求其奇顽，山体必求其幽深古润，寺观必古，有苍松相伴，山径必曲，着苍苔点点。中国画中习见的是古干虬曲，古藤缠绕，古木参天，古意盎然。在园林中，造园家不约而同地认为，园林之妙，在于苍古，没有古意，则无好园林。在中国园林中，多是路回阜曲，泉绕古坡，孤亭兀然，境绝荒邃，曲径上偶见得苍苔碧藓，斑驳陆离，又有佛慧老树，法华古梅，虬松盘绕，古藤依偎。如在书法中，追求高古之趣蔚为风尚，古拙成了书法之最高境界。在中国诗中，更以高古为出落凡尘之境。

"高古"一品，使我们从理论上对此审美情趣有了更深的理解。

---

①　《题柯敬仲画松》，《道园类稿》卷四。

②　周亮工引杨犹龙说："为予作画数幅，高古奇骇，俱非耳目所玩。"（见《读画录》，于安澜编《画史丛书》第五册，上海人民美术出版社，1980年）

六 典雅

玉壶买春，赏雨茅屋。坐中佳士，左右修竹。
白云初晴，幽鸟相逐。眠琴绿阴，上有飞瀑。
落花无言，人淡如菊。书之岁华，其曰可读。

※ 校 注 ※

典雅是一种优雅细腻的审美呈现，一种风流潇洒的人格境界，所谓"幽深清远，自有林下一种风流"。中唐以后文人意识崛起，典雅之义的变化，与此审美风气的演化有关。此品造景、用语上都注意清雅宁静的氛围，所用入声韵（平水韵屋韵），也易于造成短促利落的效果。"典雅"与前一品"高古"相伴而行，二者气息有勾连，高古侧重于时空的超越，而典雅则侧重在浅近生活中的人生趣味。《二十四诗品》的品目排序，颇有意味可寻。

"玉壶买春"四句：春，酒之代称。唐人多以春代酒。岑参《喜韩樽相过》诗云："三月灞陵春已老，故人相逢耐醉倒。瓮头春酒黄花脂，禄米只充沽酒资。"明张自烈《正字通》卷五引《唐国史补》云："酒有郢之富春，乌程之若下春，荥阳之土窟春，富平之石东春，剑南之烧春，皆酒名。"春在此亦暗指春色。

"白云初晴"四句：雨后初霁，白云悠悠，清篁笛韵，幽鸟相逐。诗人沉醉此境，以松风涧瀑为音乐，携琴而至却不弹，枕琴而赏之。相逐：古今小品本作"相遂"，与他本不合，误。眠琴，虞侍书诗法本作"眠云",误。

落花无言,人淡如菊:虞集有诗云:"香象渡河姑且置,端然听得落花声。"[1]人淡如菊,陶渊明独爱菊,故后世以菊为花之隐逸者也,以菊况淡逸之怀。

书之岁华,其曰可读:岁华,即"岁之花",时光流淌,阴惨阳舒,自然之物在在有变。心契大化流衍的节奏,也在在有得。将这样的体会记录下来,一定是可读的佳章。此诗所描写的境界,与"典雅"品颇相似。其曰:怀悦本作"其日",与他本异,误。

▨ 延伸讨论 ▨

浅近中的典雅

《二十四诗品》中"典雅"一品表现的是中唐以来文人意识崛起所形成的新的审美风范。它是一种艺术创造的理想,也是一种理想的人格境界。其中显示出一些值得注意的新倾向,我将其视为一种新的"典雅观"。

典者,经典,典正,典重,可以称为经典之范式(典型)。此言经得住时间考验,可以作为为人为学为艺之范式。典雅常常和过去联系在一起,和权威联系在一切,和格调、时尚联系在一起,成为某种身份所逸出的风雅(如贵族气)、某种权威所铸造的范式(如经典化)。但《二十四诗品》所论之典雅却与之不同。

第一,这是一种不同于儒家合乎典正范式的典雅观。

典雅与俚俗相对,意为典重雅驯。《诗经》之大小雅,"雅"就有

---

[1]　《留题龙门寺》,《道园学古录》卷三十。

正的意思。《荀子·荣辱》:"君子安雅。"杨倞注:"正而有美德者谓之雅。"所以,"典雅"一词,在先秦时就带有雅正之义,强调思想典正温雅,尤其重视合于儒家经典的范式。如《孔丛子》卷二云:"子思曰:《书》之意,兼复深奥,训诂成义,古人所以为典雅也。"《文心雕龙·体性》云:"若总其归涂,则数穷八体:一曰典雅,二曰远奥……典雅者,镕式经诰,方轨儒门者也。"又于《定势》中云:"模经为式者,自入典雅之懿。""章表奏议,则准的乎典雅。"

然而,《二十四诗品》所言之典雅,与此明显不同。**如果说以《文心雕龙》为代表的"典雅"论者强调的是合乎规范,那么此中所重视的则是远离俗韵,表现一种萧散的、自由的、脱离物欲的气质,是在纯净的本然的心灵中("性")显现的典雅。**

本品前四句写道,玉壶载美酒,茅屋赏春色。坐中皆是佳士(茅屋就暗喻山林之士),放眼全是清流,丝丝春雨茅屋过,清清修篁四面围。玉壶意涵清澈,所谓一片冰心在焉;买春深蕴潇洒,生命苦短,人生几何,酒中自宽,酒中自适!中四句又道,白云初晴,幽鸟相逐。雨后初霁,山林中气息清新,光影绰绰于千年古潭上,幽鸟相逐于山林丛树间。抱着一把琴来,在绿荫下休憩,援琴初为声,忽听得飞瀑历历,正所谓"松风涧瀑天然调,抱得琴来不用弹"(沈周诗),于是枕琴而眠,尽享与世界共成一体的大乐。末章与道,大道不言,如落花轻下,无声无息。天地有大美而不言,不是不说话,而是心灵淡泊,荡却尘埃,如落花之于大地,契合无间。此时,人间鄙吝的欲望、名利的渣滓,都不知何在,惟有一颗真实的心灵(性)在宛转。

薜荔可衣,不羡绣裳;蕨薇可食,不贪粱肉;箕踞散发,可以逍遥。翛然与翠竹清流同韵,飘然与岭上白云同游。这种典雅的旨趣,与喧嚣、浅俗、艳丽等相对。它细腻而精致,有一种古朴温雅的情致。又是远俗的,古淡幽深,不落凡尘。其思想主要源于道禅哲学,这样的典雅不是一种恪守经典的端雅、忸怩作态的风雅、重视繁文缛节的文雅，而是一种纵肆的、野逸的情怀。

第二，这是一种不同于金谷、洛社之类的名士风流的典雅观。

清杨振纲《诗品解》引《皋兰课业本原解》云："此言典雅，非仅征材广博之谓，盖有高韵古色，如兰亭金谷、洛社香山，名士风流，宛然在目，是为典雅耳。"西晋石崇有金谷园，豪奢无比，往来多富贵之人。兰亭燕集，千古风流，多为文豪相会。唐宋时退隐高官的洛社、香山之会，虽也有白居易、司马光之类的雅逸之士，但他们的身份显赫，不待多言。《皋兰课业本原解》的解释，以为典雅就是名士风流的显现。这样概括，并不允当。

古人有云："净几明窗，一轴画，一囊琴，一只鹤，一瓯茶，一炉香，一部法帖；小园幽径，几丛花，几群鸟，几区亭，几拳石，几池水，几片闲云。"又有所谓："余尝净一室，置一几，陈几种快意书，放一本旧法帖，古鼎焚香，素麈挥尘。意思小倦，暂休竹榻。饷时而起，则啜苦茗。信手写汉书几行，随意观古画数幅。心目间觉洒洒空灵，面上俗尘当亦扑去三寸。"（以上二段均见《小窗幽记》卷五《素》）此可谓名士风流型的典雅生活方式和生活态度的呈现。

在这典雅世界中，其人多为退隐高官、文坛胜流，其器多为玲珑之古物，其居多为饮酒会琴品茶玩鹤之事，它还总是与风雅相连，身份、知识的标记若隐若现，这样的典雅并非普通人所能具有。

传统的名士典雅每每流于卖弄风雅，绝俗常常沦为怨弃俗事的借口，山林之游也成为不关世事的托词，追求古趣淡去了精神，惟剩下"古玩"，追求典雅，反而沦为一种无力感，以至矫揉造作，拿腔拿调。

唐宋以后，士风丕变。在道禅哲学等思想的引领下，典雅的内涵也发生了变化。《二十四诗品》"典雅"一品所表现的散发出浓厚"士夫气"（此士夫，非士大夫）的格调，虽然其中也包含温软细腻、精致沉静的成分，但更强调融入世界的乐趣，指向大自然，指向心灵的自由。典雅不是身份的显现，文中的"茅屋"，与"金屋"显然不同。在这里，典雅不是幽阁中的把玩，而是在天地中抖落精神。它是纵肆的、独立高标的情怀，不是将自己抽离出这个世界，而就在亲近世界、融入世界中得到。佛经上说："一切烦恼皆佛之惠。"就在烦恼中，就在污泥浊水中，成就性灵中清净的莲花。**这样的典雅，是清静而不清高，远尘而不离世，精致而富有力感。**正因此，在此品中，典雅有一种力量，一种抵制喧嚣、抑制心魔的力量。小河中，大雨一来，就喧嚣，就咆哮，而大海不增不减，永恒的寂静。落花无言，人淡如菊，就是这不增不减的情怀。他们所追求的是一种精神的自适，如八大山人所说："净几明窗，焚香掩卷，每当会心处，欣然独笑；客来相与，脱去形迹，烹苦茗，赏文章；久之霞光零乱，月在高梧，而客在前溪矣。遂呼童闭户，收蒲团，坐片时，更觉悠然神远。"

第三，这也不是一种清高的贵族式的典雅观。

牛津大学艺术史教授柯律格（Craig Clunas）曾谈到明中期以来中国文人中存在相当广泛的"清高"（pure and lofty）现象，他们普遍有"清"的追求，不近俗务，不染世尘，隐然深山之中，又有"高"的情怀。他甚至联系到罗马帝国时的庄严神性米解释这一问题，他们有高出世表的追求，在社会中具有崇高的道德表率作用，体现出士人高逸的品性。清高所透出的是一种贵族特性。他以文徵明为例，详细论证了自己的观点。

文人艺术所追求的典雅并非"清高"，与柯律格所说的"贵族气"正好相反。在道禅哲学的影响之下，他们更强调在朴素、平实、浅易、近物中培养的高出世表的精神气质。就像禅家所谓打柴担水无非是道，他们要在浅近生活中体会真实。在物质生活上追求朴素，反对奢靡。

他们在精神生活中追求不染世尘，但并不是提倡"贵族气"；他们珍惜自己的性情清洁，并不等于要力证自己高出世表。山林中徜徉，典雅间顾盼，处处都有意，与万物一例看、与众生同呼吸，才是他们的根本追求。我在《南画十六观》讨论文徵明时说："衡山将生活充分的艺术化，也在艺术中极力保持生命的情趣，荡却贵族气。他在小山丛树中安心，在山林场圃中优游。其文雅而不风雅，清净而不清高，远俗而不傲世。……他有诗吟道：'茗碗清谈浑欲醉，草檐红日暖于春。'充满了盎然的生活意味。他的艺术有浓厚的乡野情趣、朴素情怀。他有诗云：'平原膏雨润芳华，村巷飞飞燕子斜。坐惜时光问花柳，相逢邻里话桑麻。东风鱼鸟欣忘我，落日牛羊自到家。车马不到山径绝，溪藤引蔓上篱笆。'这样的诗，真有放翁的意味。他有诗云：'横笛何人夜倚楼？小庭月色近中秋。凉风吹堕双梧影，满地碧云如水流。'此诗曾为王渔洋所击节称赏，其妙也在浅近亲切处。"

　　杨成本《虞侍书诗法》卷三录《名公雅论》，其中述："虞待制云：典雅、抛掷、出尘、浏亮、缜密、渊雅、温蔚、宏博、纯粹、莹净"，以此为"诗之十美"。其中将"典雅"置于第一，可能出于虞集之手的《二十四诗品》，也重"典雅"，或与此有关。

七　洗炼

如矿出金，如铅出银。超心炼冶，绝爱缁磷。
空潭泻春，古镜照神。体素储洁，乘月返真。
载瞻星辰，载歌幽人。流水今日，明月前身。

▨ 校　注 ▨

洗炼，本指洗涤萃取，多与道教修为有关。宋蒲积中《山中伏
日》："萧然水曲与山根，洗炼丹灵绝垢痕。世上炎炎三伏热，难教热
到不争门。"（《古今岁时杂咏》卷二十三）宋张君房《云笈七签》卷
六十八："取作虎脑之法……多尘浊，当以汤水洗炼去垢，取令光明而
无滓者可用。"或作"洗练"，沈约《宋书》卷八十一《顾觊之传》："澡
雪灵府，洗练神宅。"

一般来说，在诗学领域，洗炼是一种炼词造境的方法。清孙联
奎《诗品臆说》："不洗不净，不炼不纯，惟陈言之务去，独戛戛乎新
生。"杨廷芝《二十四诗品浅解》："凡物之清洁出于洗，凡物之精熟出
于炼。"然就本品强调的内容看，并不在词语的炼就之功，而主要在人
的精神境界的淬炼。此篇大旨即可用"洗心"二字概括。一如庄子所
说的"心斋"，《文心雕龙·神思》所谓"疏瀹五脏，澡雪精神"。艺
术论中所说的"雪涤凡响，棣通太音"、"陶铸性器，悦怪神风"，也
即此意。

如矿出金，如铅出银：金从矿石中汰出，银从铅中炼取，人心灵

的洗炼也是如此，需要精心炼取，方有纯净超迈之致。此似儒家如切如磋、如琢如磨的个体修养之主张。君子如玉，在石的切磋琢磨中得之。如矿，虞侍书诗法本、祝允明书迹本作"犹矿"。如铅出银，虞侍书诗法本又作"如铅得银"。

超心炼冶，绝爱缁磷：超心，精心，全心。绝爱，根绝爱怜之意，即舍弃、抛弃。《论语·阳货》："不曰坚乎，磨而不磷；不曰白乎，涅而不缁。"磨而不磷以见其坚，涅（染）而不缁（黑色）以见其白。心灵的洗炼也是如此，洗涤尘埃，独保清真，遮蔽去除，使本色得见。以本色之性去映照万物，一片清明。虞集推崇"冲而不盈，涅而不淄"的美感[1]。他说："石之似玉者，不曰白乎！光芒之璀璨，圭角之廉厉，非所谓白也，不曰坚乎！"[2]

空潭泻春，古镜照神：空潭寂静无波，古镜铮亮不染世尘，用以比喻心灵的洗炼之功。禅宗常以澄潭月影来表达心灵之开悟。如宗密说："虚隙日光，纤埃扰扰。清潭水底，影像昭昭。"[3]泻春，虞侍书诗法本、古今小品本作"写春"，亦可通，"写"通"泻"。古镜照神，祝允明书迹本作"古镜照人"，与他本异，意不合，误。

体素储洁：体和储均为动词，存也，贮也。素、洁形容洁净无染之心。返真：返归自然的真元之气。《庄子·秋水》："无以人灭天，无以故灭命，无以得殉名。谨守而勿失，是谓反其真。"返真，怀悦本作"月真"，误。

载瞻星辰，载歌幽人：载瞻、载歌之"载"均为语首动词。此二句描写的是一种道教的境界。幽人逸士，岩栖谷隐。山空松子落，天净孤月悬，以此突显清幽高逸的情怀。虞集《和陈溪山韵》云："幽人

①　《贞白斋铭》，《道园类稿》卷十四。
②　《刘琼彦温字说》，《道园学古录》卷三十九。
③　《禅源诸诠集都序》卷上，《大正藏》第四十八册。

慎素履，古道思独往。瞑目登高台，浮云不足上。丹砂炼仙骨，沆瀣濯神爽。远怀澄江静，耿若孤月朗。河汉自倾注，山川邈游想。……"（《道园学古录》卷二十七）诗意与本品颇相似。星辰，古今小品本作"星气"，不合韵，误。郭绍虞集解本亦作"星气"。

流水今日，明月前身：今夜所见流水，流水中所映照的明月，还是旧时的月，还是那遥远的历史之前的流水。所谓青山不老，绿水长流，明月永在。此喻瞬间永恒之意。虞集《苏武慢》十二首，其中一首描绘的境界类此："雾景浮空，天光眩海，一体本无分别。便堪称，六一仙公，千古太虚明月。"

▧ 延伸讨论 ▧

濯炼精神

《诗家一指》之十科中第三为"神"，其言"变化诗道，濯炼精神，含秀储真，超源达本，皆其神也"。其四"情"云："于诗为色为染，情染在心，色染在境，一时心境会至而情生焉。其于条达为清明，滞著为昏浊。"一如虞集曾说："无时无处，莫不通达条畅，无所滞碍，然后快于其心。"[1] 虞集认为，诗不能拒斥于色，必须表之物色，显之理事，正因此，不可能无染。然而，染之在外，性不可染。濯炼精神，就是将真性之外的染著荡去，如拂去外在的灰尘，使真性朗然，圆融活络地显现，故而为"条达清明"。如果情粘滞于色相、义理、欲望，情离于性，如乌云遮蔽，以此情发之为诗，岂有不"昏浊"哉！

此品其实是对《诗家一指》"十科"中此二科的延展，主论濯炼精

---

① 《御风亭记》，《道园类稿》卷二十八。

神，显露真性。

本品要在人精神境界的净化和超越，认为诗要做得好，必须发自本心、本性、本色。道家哲学认为人还归自然之天性，就能得其真，人为知识、欲望、功利的因素左右，就会造成对天性的遮蔽。还归本真、天性的过程，也就是去除这种遮蔽的过程，从知识的"有封"到"浑"的无分别，从嗷嗷地为世所用到"拙"的无用于世，从"物于物"的物我双方互为奴役的状态到"物物"的融通一体，这就是"心斋"、"坐忘"、"洗心"的结果。此可谓"洗炼"。而以禅宗为代表的中国佛教哲学，以一切众生都有佛性为理论基石，认为人人都有个"如来藏清净心"——一切众生本来具有的清净本然的觉性，正是在这个意义上说，人与人是平等的，人人都有个"佛性"在，然而人心本净，客尘所染，生出种种妄想。禅宗的南北两宗虽然开出了不同的觉悟路径，但就静心洁虑这一点来说，是没有差别的。而儒家哲学乃"成人之学"，重视静、净二字，强调通过精神的养炼，切磋琢磨，而使性灵玲珑温润起来。而对中国人的审美生活产生重要影响的楚辞，也将精神的清净作为人生命价值的根本。《文心雕龙·辨骚》说："若《离骚》者，可谓兼之。蝉蜕秽浊之中，浮游尘埃之外，皦然涅而不缁，虽与日月争光可也。"屈原奉"举世皆浊我独清，众人皆醉我独醒"为圭臬，以"朝饮木兰之坠露兮，夕餐秋菊之落英"为性灵之追求。总之，中国文化哲学中有关"洗心"的思想，成为"洗炼"一品的思想基础。没有这样的文化，也不可能出现本品的思想延伸。

本品说："空潭泻春，古镜照神。"苏轼说："欲令诗语妙，无厌空且静。静故了群动，空故纳万境。"二诗描述的思想是一致的，都涉及传统美学的"虚静"理论。

虚静理论虽然来源复杂，儒、道、墨、法诸家均有所论，然其理论影响最大者，当推道家。老子的"致虚极，守静笃"，是关于

"虚静"的最早表述。归于道，不是来自于知识的拣择，而是返归于心灵中虚静之体验，要"涤除玄鉴"——荡涤心灵中尘埃，从而去"玄""鉴"，去映照、契合大道之精髓。《庄子》一书对"虚静"理论阐发颇细密，如书中说："虚室生白，吉祥止止。"回归洁净空灵之心灵，将遮蔽的东西荡去，发明生命深层的"本明"（白），这时，"吉祥的鸟儿就会落到你生命的枝头"（前一个"止"为栖息意，后一个"止"为语气词）。又说："虚则静，静则动。"庄子将"虚静"分为三个层次，一是"虚"（动词），即心灵的虚廓，所谓"心斋"、"坐忘"、"非己"、"忘物"、"形固可使如槁木，心固可使如死灰"，都是"虚"之功。"静"是在"虚"之荡涤过程所产生的结果，也就是心灵中"本明"状态的归复，人的"性"的回归。这个"静"不是与外在喧嚣相对的环境之安静，也不是与躁动相对的心灵之平静，而是一种至静至深的体验，也就是老子所说的"归根曰静，静曰复命"，是对生命本真状态的发明。而第三个层次是动，其意并非指外在的运动，而是与天地精神的契合。所谓"静而与阴同德，动而与阳同波"，达到体验的最高境界。老庄所言之"静"，是作为根、体之"静"，是超越动静关系之静，是一种绝对的体验境界。它与《周易》的"翕辟成变"、"阴阳互动"之静是不同的，那是动静相对关系中的"静"。

中国美学讲"澄怀观道"、"澄怀味象"（宗炳语），讲"疏瀹五脏，澡雪精神"（刘勰语），讲"胸次洒脱，中无障碍，如冰壶澄澈，水镜渊渟"（吴宽语），讲"忽焉而淡，忽焉而浓，究其胸次，万象皆空"（郑板桥语），都是在传统哲学的大背景下产生的，使之成为中国美学中最有特色的学说之一。

《二十四诗品》，将虚静说的理论精髓贯彻在其叙述中。"洗炼"品中将诗的创造，归之于一个内在本明的发现过程。其要义，一在去蔽，所谓"超心炼冶"；一在归真，所谓"乘月返真"。这正是庄子"虚则静，静则动"的虚静理论所强调的内容。这一思想在《二十四诗品》其他诸品中也有涉及。如"冲淡"品所言之"素处以默，妙机其微"，"高古"品所言之"虚伫神素，脱然畦封"，"劲健"品所言之"饮真茹强，蓄素守中"，都是虚静观的不同表达。《诗家一指》"十科"中的"境"有云："亦因其虚明净妙，而实悟自然。""虚明净妙"一语，正道出了"静"之心灵本体的内核。

作为一位讲学家，虞集虽然主张会通朱陆，然对陆象山的心学思想尤有所重，他的主"静"论受心学影响甚深。他论学重视"虚灵不昧"的静之本体的创造。他说："心之本体，虚灵不昧，未有不明者也。"①这一"静"的本体是永恒的、纯粹的、绝于对待的。他说："吾闻学仙者，炼气以养神，炼神以养虚。余阴不存，纯阳粹明，熙熙然其常春也，无四时之辨焉。"②他对道教的成仙之道有浓厚的兴趣，其实，这永恒无妄想的静心，就是他的仙境。由此真一本体出发，方有大机大用。

他在《大本堂记》中说："人之受命于天，与血气俱禀而生，其为性本静也。知识生而情欲作，接于物而动者，纷至叠起，互为应感，反复相因于无穷，虽梦寐休佚之顷，其憧憧者未尝小止而定也，是以一往而不复，倒行逆施，谬迷颠沛，以终其身，而莫知反其本原者多矣。彼为佛老亦或知此以为忧，乃为绝物壁立以自胜……今夫天道之行也，必有敛肃以启发生之机，人之为学，何可无所涵养以为动而泛应之地乎？苟自始及终，无一息之静，则隐微之间，动机之发，亦何以察其辨而致其力？况于风靡澜倒、溃冒冲突而后从而制之，将何及

---

① 《易晋用昭字说》，《道园类稿》卷三十一。又《平心说》："心之本体，虚灵不昧，无平无不平者也。"（《道园类稿》卷三十）
② 《题吴氏春晖堂记》，《道园学古录》卷三十八。

乎？"①这段话几乎可以作为本品的理论背景来对待，它所表达的思想正是本品所申述的。

虞集的主静论还有道教因缘。他在《静明斋赞》中说："外物不接，内欲不起。碧空澄浑，明月秋水。"②他以"孤峰接云海之空明，白日映江潭之澄澈"为心灵至高境界③，所谓"空明"、"澄澈"成为他学说的标志之一。他在《三茅山四十五代宗师赞》中详细谈到这一思想，如其云："委形虚坛，合莫太始"（四代宗师赞）、"人以腹实，我以虚宁"（八代宗师赞）、"茂松清泉，亦复何须？冥心合真，乐出太虚"（十一代宗师赞）、"至神合虚，应物无迹"（十二代宗师赞）、"神凭虚生，至灵为宝。世尘纷扬，独静以保。时成返空，我知其归，来无所欣，去无所悲"（十四代宗师赞）④，等等。

"洗炼"品另外一个值得注意的理论点是瞬间永恒观念。正如上引虞集所论，"静"是永恒的。此品十二句，每四句一个意义单元，前四句谈精神的洗炼本身，中四句谈虚静问题，而末四句的内容表面看与整篇有些脱节。一连串的意象使人理解产生困难。幽人空山之中，又有满天星辰，在这空茫的宇宙中，远离尘寰，时间似乎也凝滞，但见得一丸冷月，照在深林中的空潭。诗人似乎在发问，这眼前的月，还不是那旧时的月？这林中的水，还不是那千千万万年以来的水？缅邈的世界在向我敞开，绵延的时间正与我对接。我就在这当下，这目前，将自己灵动活泼的心，糅进了无限的时空中。它所表现的思想正如李白《把酒问月》的诗境所陈："青天有月来几时，我今停杯一问之？……今人不见古时月，今月曾经照古人。古人今人若流水，共看

---

① 《道园学古录》卷三十八。
② 《道园类稿》卷十三，元至正刊本，明初翻刻。
③ 《水陆会缘起文》，《道园类稿》卷十三。
④ 均见《三茅山四十五代宗师赞》。

明月皆如此。唯愿当歌对酒时，月光长照金樽里。"

此品中铸就的"流水今日，明月前身"的警句，五百多年来为无数人所引用，给无数的艺术家、诗人以生命存在的启示。清吴锡麒说："夫羚羊挂角，沧浪托之微言；明月前身，表圣标其隽旨。探诗人之奥，窥作者之藩，莫不冥契圆灵，旁通定慧。"①将其与严羽之"羚羊挂角，无迹可求"并列为两大诗禅相通之例证。**清张商言说："流水今日，明月前身，余谓以禅喻诗，莫出此八字之妙。"**②其所言极是。禅宗有所谓莲台香静蒲团破，明月前身证喜欢，与此说相合。禅家以"落叶满空山，何处寻行迹"③为第一境；以"空山无人，水流花开"④为第二境；以"万古长空，一朝风月"⑤为第三境。这"万古长空，一朝风月"，与"流水今日，明月前身"所言之境正相合。此即是对瞬间永恒境界的发现。瞬间永恒，就是没有瞬间，没有永恒，就是对时空的超越，进入到一种绝对体验（或称纯粹体验）之中。

荡涤一切束缚，将生命的本明从遮蔽的状态中拯救出来，臻于瞬间永恒的境界，从而洞见生命的真实，这是洗炼之极致境界。

---

①　吴锡麒《有正味斋集》卷四，《存素堂诗集序》。吴锡麒（1746—1818），字圣征，号穀人，清乾嘉时期著名文学家，浙派诗人。

②　张埙，字商言，号瘦铜，江苏吴县人。乾隆三十四年进士，此引自《竹叶庵文集》卷九。

③　此取唐代诗人韦应物《寄全椒山中道士》诗，《全唐诗》卷一百八十八。

④　《苏轼文集》卷二十："饭食已异，樸钵而坐。童子茗供，吹籥发火。我作佛事，渊乎妙哉。空山无人，水流花开。"

⑤　此用天柱崇慧禅师语，《五灯会元》卷二："僧问：如何是天柱境？师曰：主簿山高难见日，玉镜峰前易晓人。问：达磨未来此土时，还有佛法也无？师曰：未来且置，即今事作么生？曰：某甲不会，乞师指示。师曰：万古长空，一朝风月。僧无语。"《古尊宿语录》卷二十七佛眼禅师："上堂：万古长空，一朝风月，古人恁么告报，大好言筌。岂可以一朝风月，昧却万古长空？岂可以万古长空，不明一朝风月？此是广大深法，自在之宗。若也明得，何处更有一丝头剩法来。"

八　劲健

行神如空，行气如虹。巫峡千寻，走云连风。
饮真茹强，蓄素守中。喻彼行健，是谓存雄。
天地与立，神化攸同。期之以实，御之以终。

※ 校　注 ※

　　劲健作为一个艺术批评概念，六朝时就有使用。在书法中，虞世南《笔髓论》引王羲之云："每作一点画，皆悬管掉之，令其锋开，自然劲健矣。"在绘画中，释彦悰《后画录》云："笔力劲健，风韵顿挫，模山拟石，妙得其真。"《历代名画记》卷十评韦子鹍："工山水、高僧奇士、老松异石，笔力劲健，风格高举。"在诗学中，唐皎然《诗式·辩体有一十九字》："题材劲健曰力。"劲健，是一种雄健有力的境界。

　　"行神如空"四句：极言劲健之爽直阔大之特点。劲健之神气运行如寥落长空，无所滞碍，又如一弯虹霓横跨天际，又如山峰高耸，直插云霄，狂风大作，云雷滚滚在其中。劲健的核心是具有无穷的张力。怀悦本"行神如空"作"行空如神"，误。"走云连风"一句，怀悦本作"走雷"，虞侍书诗法本作"走雪"，杨成本、说郛本、津逮本作"走云"。相比较，还是以"走云"意较适当。

　　饮真：饮领自然之真气，如"冲淡"品之"饮之太和"。茹强：涵容自然强劲之力。茹，涵容，包括。蓄素：蓄聚朴素之心。守中：

守冲和空灵之心。中，空也。《老子》第五章："多言数穷，不如守中。"蓄素守中：虞侍书诗法本作"蓄微牢中"，明显是文字误植。

喻彼行健：此言《周易·乾·象》："天行健，君子以自强不息。"这句话的意思是《周易》以天来比喻人的自强不息精神。是谓存雄：本道家"存雄"观。《老子》第二十八章："知其雄，守其雌。"《庄子·天下》在谈到惠施哲学的缺陷时说："天地其壮乎，施存雄而无术。"意为他只知道逞雄强，而不知存雌术。

天地与立：人与天地同立，所谓鼎立而三，三才也。《周易·系辞下传》："易之为书也，广大悉备，有天道焉，有人道焉，有地道焉。兼三才而两之，故六；六者非它也，三才之道也。"神化攸同：阴阳不测谓之神，《周易·说卦传》："神也者，妙万物而为言也。"神化攸同，就是加入到天地阴阳变化的节奏之中去。契合大化，饮天地刚健之气。神化：《周易·系辞下传》："神而化之，使民宜之。"攸：所。

期之以实，御之以终：意思是，只有内心充盈笃实，才能存有恒久的劲健之气。以实，虞侍书诗法本作"已失"；以终，虞侍书诗法本作"非终"，二处均为误植。怀悦本，误"以实"为"非实"。

※　延伸讨论　※

养其浩然

此品着力描写雄强刚健的境界。与第一品"雄浑"相似，又有分别。二者虽都有雄强之特点，但雄浑强调内敛的美感，以潜气内转、雄浑博大为尚，而劲健则侧重于刚健有力。

中国哲学有一种崇尚刚强雄健的传统。在《周易》，表现为"健"的哲学；在《老子》，表现为"大"（或"雄"）的思想。造化是一种有力的创造形式,天地中蕴涵着无穷的力量,人的文化创造也需要此放之四海、扩之天地的大开大合的动势。但这种力的形式,不是外在的强势,而是一种心灵的推展形式,一种心灵扩张(或者如理学所说的"大其心")的功夫。

《周易》六十四卦以乾卦开其端,此书虽标阴阳,但又明显有"崇阳抑阴"的倾向。一句"天行健,君子以自强不息",可以说是《周易》的思想基础。人只有刚健有为,才能自立于天地之间,才能德配天地,允为三才。《易传》处处推阐这种刚健有为的精神气质。如大畜卦下乾上艮,乾为健,艮为止,故有"能止健"之象,象辞以"刚健,笃实,辉光,日新其德"释之。大有卦下乾上离,乾为健,离为丽,有附丽刚健之象,故象辞又以"刚健而文明"释之。又,需卦下乾上坎,乾为健,坎为险,此卦又以严阵以待,"刚健而不陷"释之,等等。

老子哲学是尚"大"尚"雄"的哲学,所谓域中有四大,"道大,天大,地大,人亦大"(二十五章)。老子这一思想,与他的"上善若水"哲学相融为一体,他认为,真正的强大不以强为强。所以他说:"知其雄,守其雌,为天下谿。为天下谿,常德不离。"(二十八章)老子不是在雌雄(柔刚、阴阳)二者之间选择雌柔一路,而是放弃强弱、雄雌之间的分别,以一种"朴素"的心胸、冲淡的情怀(蓄素守中)去应之,自然无为。如大卜之"谿",平和淡荡,映照万物,而又能包括万有。

本品就是在这二家哲学基础之上来论劲健的。所以,此劲健,力戒逞强斗狠,无"子路事夫子时气象",从心灵颐养做起,养得胸中宽快洞达,就会有大机大用。所以此品论劲健,主要落在"蓄健"。一如《老子》中所说:"吾不知其名,字之曰'道',强为之名曰'大'。大曰逝,逝曰远,远曰反。"道的特性是"大",而"大"是心性的推展,人心之大,不是想得多,想得广,而是由人局限、狭隘、闭塞的超越,大，是一种超越。逝，就是人与天地自然的契合无间，由此达到"周流而不殆"的"反"（返）。老子之"大"的精神，一如《周易》所说的"大人者，与天地合其德"、《孟子》所说的"我善养吾浩然之气"的论述，是一种存雄之修为。

虞集在谈到琴的制作时说："天在山中，其象空同。大音发焉，微妙玄通。君子制器，盖取大畜。条理始终，弦指斯触。其静也虚，其动也神。天人合和，无为以纯。"[①]本品提出的"饮真茹强，蓄素守中"的思想，也是循着这一思想义脉。"冲淡"品中讲"饮之太和"，饮是饮领，"真"为性，动而为太和之气。茹是涵容、包括。它强调，劲健的提升不是学而至，须胸中"涵容"，修养熏习，渐渐开阔胸襟，扩大气象，进而"涵括"世界。蓄素守中，出自《老子》："多言数穷，不如守中。"守中不是讲中道，中者，冲也。就是自然而然，冲和淡雅，不张狂。故此品与第二品"冲淡"有密切联系。

我在研究八大山人的过程中，有一幅作品给我很深印象，现藏于日本京都泉屋博古馆的《安晚册》中的一页，是八大晚年的作品，第六开画一条鳜鱼，眼神怪异，除了鱼，空无一物，显得鱼水空明，极清远之致。有题识说："左右此何水，名之曰曲阿。更求渊注处，料得晚霞多。八大山人画并题。"诗中所用典故出自《世说新语·言语》："谢中郎经曲阿后湖，问左右：'此是何水？'答曰：'曲阿湖'。谢曰：'故当渊注渟著，纳而不流。'"谢安的弟弟谢万，每遭贬抑，并无沮丧，心平如水。八大在诗中写道，湖水静卧于群山之中，如镜子一般，天光云影在其中徘徊，山林烟树在其中浮荡。山人画一条鱼，要见其"渊注处"，所谓"渊注"，即海涵一切。山人知道，只有在空明澄澈的心湖中，才会有无边的晚霞。一个出没于破屋烂庵、穿戴如乞丐的

---

① 《空同琴铭》，《道园类稿》卷十四。

人，心中想的却是"天光云影"，是摄得更多的"晚霞"，这正是八大清空幽远之不可及处。

《诗家一指》之序言说："诗，乾坤之清气、性情之流至也。由气，则有物；由事，而有理。必先养其浩然，存其真宰，弥纶六合，圆摄太虚，触处成真，而道生矣。"在史潜刊《虞侍书诗法》中，这一段话置于"三造"、"十科"、"四则"等之前，可谓最简短的序言。正因为简短，它所表达的内容在《诗家一指》中即很关键了。这段话的主要意思，就是本品所论之存雄之术、涵容之方，所谓养其浩然、存其真宰云云，强调人只有胸中有沛然之气象，方有诗中之大开大合处。这是作诗之道，也是为人之道，诗是发乎人之性情的，所以这是《诗家一指》所"指"之根本。

九 绮丽

神存富贵，始轻黄金。浓尽必枯，浅者屡深。
雾余水畔，红杏在林。月明华屋，画桥碧阴。
金尊酒满，伴客弹琴。取之自足，良殚美襟。

▨ 校 注

　　杨廷芝《二十四诗品浅解》说此品意在"文绮光丽，本然之绮丽，非同外至之绮丽"。绮丽，华美亮丽，与"纤秾"品意近而又有别。纤秾侧重于心之于色、当下呈现的生命发现，而绮丽则侧重于枯槁与缛丽、平淡与幽深关系的讨论。本品与第十品"自然"相对，一绮丽，一自然，绮丽是自然中的绮丽，自然是让世界活泼地呈现，二者也有联系。

　　《文心雕龙·情采》："庄周云'辩雕万物'，谓藻饰也。韩非云'艳采辩说'，谓绮丽也。绮丽以艳说，藻饰以辩雕，文辞之变，于斯极矣。"钟嵘《诗品》："小谢才思富捷……又工为绮丽歌谣，风人第一。"这都是辞采葱丽的形容，《二十四诗品》将其上升为一个独立的艺术理论概念。

　　神存富贵，始轻黄金：黄金美玉不足贵，惟有精神上存有富贵才是根本的。

　　浓尽必枯，浅者屡深：苏轼有"外枯而中膏，似淡而实美"，可与此二句同参。其意为，绮丽不能从色相上求，枯杨可生华，平淡出幽深。浅者屡深，传世诸本多有不同，虞侍书诗法本、怀悦本、祝允明书迹本均作"浅者屡深"，而古今小品本、说郛本等作"淡者屡深"，浅与深对，以前者意较合。

"雾余水畔，红杏在林"下六句，均强调绮丽不在于竞红斗紫，满眼富贵，而在于境的呈现。如雾余水畔，徘徊优柔，欲藏还露，颇有境界之美。他本多作"露余山青"，如虞侍书诗法本、祝允明书迹本。怀悦本作"露余青山"。而说郛本、古今小品本作"雾余水畔"，郭绍虞集解本从之，祖保泉校正本也从之，以为"就意象求之，以'雾余水畔'较清明，可取"①。

月明华屋：虞侍书诗法本作"日明华屋"，误。

金尊酒满：虞侍书诗法本作"金尊满前"，杨成本作"金樽酒满"。而怀悦本、祝允明书迹本作"金尊酒满"，从之。

取之自足，良殚美襟：取绮丽之景，来慰足我追求美的胸怀。殚，尽也。取之自足，虞侍书诗法本作"取用自足"。

※ 延伸讨论 ※

"超于象外"与"意在言外"的不同

此品之意，不是提倡作诗要绮丽，而是探讨适当的文辞表达，以多种可能来制约过分的雕饰所带来的负面因素。它从几个方面谈这种制约因素。

"神存富贵，始轻黄金"，在本品看来，真正的绮丽不是文辞绚烂、徒然外表的美，而必须有内在的精神。丹青难写是精神。重要的是

---

① 《司空图诗文研究》，第118页，安徽教育出版社，1998年。

神韵的呈现，而不是言辞的华美。这也是《二十四诗品》一篇的基本观点。

本品的雾余水畔，红杏在林，月明华屋，画桥碧阴，金尊酒满，伴客弹琴，都是在讲一种存在的格调，而不是形式技巧的斟酌。雾余水畔，如词家所谓雾敛寒江，将出而未出，有一种内在的涵蕴。红杏在林，所谓一枝红杏出墙来，艳艳绰绰，别具风致。丽阁华屋，在月光的笼罩下朦朦胧胧，幽淡的色彩更显得屋子别具风采。此处化用杜甫"四更山吐月，残夜水明楼"诗意。画桥很美，但有弱柳扶风相映，遮遮掩掩，更见美观。而有酒盈樽，佳客围坐，伴以清雅的琴声，意味幽永。**美的创造是一种内在张力形式的创造，力戒表面涂抹；美感的来源在人的心灵，而不在外在的形式。**

本品所涉问题看起来简单，其实非常复杂。绮丽，或云绚烂，是一种华美的形式，人类历史其实就是追求装饰的历史，审美活动的展开在一定程度上就是追求细腻和丰富的形式美感。但是如何呈现这样的绮丽，或者说如何呈现这样的美，本品，乃至《二十四诗品》全篇都在关注这一问题。

第一品"雄浑"之"超以象外，得其环中"，可以说是《二十四诗品》纲领之一，也是六朝以来美学思想方面的基本坚持。从顾恺之的传神写照、谢赫的气韵生动第一，到唐代美学中的境生象外、追求言外之意，一脉相承，此风在中唐五代以来更有新的发展趋势。

究其理论发展大势而言，虽然都是言外之意、以形写神，但在理论倾向上是有区别的。我将其分为三个方面：一是余味论，含不尽之意如在言外，包括苏轼提倡"士夫气"，重视"牝牡骊黄之外"，强调"言有尽而意无穷，天下之至言也"，都是如此。司空图所说的"戴容州云：'诗家之景，如蓝田日暖，良玉生烟，可望而不可置于眉睫之前也。'象外之象，景外之景，岂容易可谈哉"（《与极浦书》）；欧阳修

所说的"古画画意不画形，梅诗咏物无隐情。忘形得意知者寡，不若
见诗如见画"（《盘车图》）；梅尧臣所说的"状难写之景于目前，含不
尽之意于言外"（据宋葛立方《韵语阳秋》引），都属于这方面的典型
表述。

二是重神说，在形神二者之间，以神统形，形神结合，以至于神
超形越。重神似，轻形似，这样的倾向在先秦时期就已具有，至魏晋
南北朝此风更炽。苏轼的"论画以形似，见与儿童邻。赋诗必此诗，
定非知诗人"是这方面的代表性观点。本品所说的"神存富贵，始轻
黄金"也属于这类观点。以至后来如石涛所说的"天地浑熔一气，再
分风雨四时。明暗高低远近，不似之似似之"[1]；"名山许游未许画，画
必似之山必怪。变幻神奇懵懂间，不似似之当下拜"[2]，也可以归于这方
面的论述。

三是真实论。这与上二者立论有明显不同，如《二十四诗品》由
《庄子》中脱胎而出的"超以象外，得其环中"说，就不是简单的"象
外意"的问题，而是一个契合大化节奏、呈现生命真实的问题。正像
《庄子》中所论，道——真实世界，是一个"象罔"："黄帝游乎赤水之
北，登乎昆仑之丘而南望，还归，遗其玄珠。使知索之而不得，使离
朱索之而不得，使吃诟索之而不得也。乃使象罔，象罔得之。"（《庄
子·天地》）纵然知识再多，感官的捕捉能力再强（离朱之目可视千
里），力量再大（吃诟乃古代传说中的大力者[3]），都无法得到，只有
"象罔"得到道的玄珠。"象罔"不是像还是不像的斟酌，而是一个有
关道的真实问题；不是对"象"的舍弃，而是如何去观照世界的问题。

---

① 藏于香港虚白斋之《天地浑熔图》之题跋。
② 诗录自神州国光本《大涤子题画诗跋》卷一，又见程霖生辑《石涛题画录》
卷一。
③ 陆德明《经典释文》："吃，口懈反。诟，口豆反。司马云：'吃诟，多力
也。'"谓吃诟为大力者。

此一学说发展到隋唐时期又有新的变化，此期禅宗的出现，激活了庄子哲学的相关思想，道禅一体，世界的真实问题成为此期思想的关键点。如禅宗中药山弟子船子德诚禅师的《拨棹歌》所说："别人只看采芙蓉，香气长粘绕指风。两岸映，一船红，何曾解染得虚空。"在真幻问题的激发下，此期审美思想出现了大的转变。水墨画的出现就与此一风气有关。五代荆浩《笔法记》通过问答的形式，推出两种观点，一是"画者，华也"，这是传统画学的主流观点，即绘画是运用丹青妙色图绘天地万物的造型艺术，绘画被称为"丹青"就含有这个意思。荆浩认为，"华"，只能是"苟似"，只具表面的相似性。一是"画者，画也"。"画"是"图真"，表现世界的"元真气象"，展示出"物象之原"。这种同字诠释，所强调的是"依世界的原样而呈现"的思想。在荆浩的辨析中，存在着两种真实，一是外在形象的真实，一是生命的真实。荆浩认为，绘画作为表现人的灵性之术（接近于今人所说的"艺术"），必须要反映生命的真实，故外在形象的真实被他排除出"真"（生命真实）的范围。

正因此，"超以象外，得其环中"说的就不是追求象外之象、言外之意的问题，也不是在象与意之间孰为主的问题，而是生命真实如何呈现的问题。《二十四诗品》深染这一思想智慧，其有关这方面的论述丰富而复杂。这篇"绮丽"说，其实着眼点，正在讨论如何是真正的"绚烂"的问题。

本篇的讨论引出两个问题，一个是平淡的问题，一个是枯槁的问题。苏轼曾说："外枯而中膏，似淡而实浓。"就涉及此二问题。

平淡的问题，在第二品"冲淡"中已有讨论，"典雅"中的"落花无言，人淡如菊"也涉及此问题。此品侧重于绮丽（或绚烂）与平淡之间的关系。苏轼的"绚烂之极，归于平淡"是这方面最著名的表述^①。本品的"浅者屡深",其意思也正是如此。这使我想到水墨画的讨论中,有"无色而具五色之绚烂"的观点,水墨之黑白,在中国人的色彩观中为无色,而五色是传统中国的正色系统,丹青以尽五色是绘画的基本观点,无色而有五色,不是色彩之间的转换,张彦远"运墨而五色具",也不是通过"墨彩"可以表现其他色彩的问题,而是超越表象世界、直溯世界纵深的问题。苏轼所说的"无一物中无尽藏,有花有月有楼台"^②,也是关于如何呈现世界真实的问题。至于茶道中所说的"真源无味,真水无香"^③,其意也是如此。

由此我们看"绮烂之极,归于平淡",不是绚烂、绮丽发展到极致,而归于平淡,以平淡来调整;也不是平淡的东西具有绮丽、绚烂一样的美感,而是透过世界表相,寻求生命的真实,寻找最能展现生命关怀的内涵。艺术不是外在表相的雕琢,而是心灵真实的发明。庄子的"淡然无极而众美归之",是对美的"不拣择"(一切对美的拣择都是知识的)、不追求(一切对美的追求都是有为的)、不起念(山林皋壤,使我欣欣然而乐,"乐又未毕,哀又继之",生命是一种"逆旅"——反向的过程,要止住这样的趋势,就只有放下念头),**绝非推崇平淡。淡,其实是一种不以绮丽为绮丽的观念。或者说,对绮丽持一种淡然的态度。**

枯槁的问题。此中枯与浓相对;在苏轼,是将枯与膏相对;在艺术论中,枯又多与润相对。枯者,燥而无生感;润者浓者,圆润丰满,生机活泼。其实,枯槁的问题涉及中国传统"生生"哲学的内涵,涉及"气韵生动"这一审美纲领。《二十四诗品》之"精神"品强调"生气远出,不著死灰",就是重视这活泼泼的生命感。他所谓"浓尽必

---

① 不见苏轼诗文集,引见元王构《修辞鉴衡》。

② 《白纸赞》,见明徐长孺所编《东坡禅喜集》。

③ 北宋隐者、茶学家张天骥语,引见明陈继儒《岩栖幽事》。

枯"，并非对枯槁本身有什么独特的美感。

中国艺术在五代北宋以来已经有追求枯槁的风尚，如在绘画中，寒山瘦水，枯木寒林，成为山水画的主要意象。明唐志契说得好："写枯树最难得苍古，每画最不可少，即茂林盛夏，亦须用之，山水诀云'画无枯树则不疏通'，此之谓也。"（《绘事微言》卷一）清初程邃所说的"干裂秋风，润含春雨"的"枯燥"一时成为人们崇尚的对象。这在书法、篆刻等艺术中也有广泛的体现。今藏于北京故宫博物院的苏轼《枯木怪石图》，可以说是这一风尚的形象写照。瑞州九峰道虔禅师，是青原一系的石霜楚圆的弟子，他上堂说法，人家问石霜大师法如何，道虔回答说："先师道：休去，歇去，冷湫湫地去，一念万年去，寒灰枯木去，古庙香炉去，一条白练去，其余则不问。"①

要言之，中国艺术中对枯槁境界的提倡，并不是觉得枯槁的形式本身有独特的美感（西方学界就有人认为中国人有病态的审美观念，如盆景中的枯槁虬结，偶有鹅黄淡绿），也不是像上引唐志契所说的，通过枯槁的调节，更有苍古感，更有疏通的韵味，而大旨在于对生命的态度。与平淡的追求相似，就是不从表相上去认识世界。像苏轼所说的："天公水墨自奇绝，瘦竹枯松写残月。梦回疏影在东窗，惊怪霜枝连夜发。生成变坏一弹指，乃知造物初无物。"②要人们荡去表象的执着，切入生命的纵深。如此看枯槁、枯燥，可能更接近于中国人审美观念的事实。

---

① 《五灯会元》卷六。

② 《次韵吴传正〈枯木歌〉》，《东坡后集》卷三，《苏文忠公全集》本。

十　自然

俯拾即是，不取诸邻。俱道适往，着手成春。
如逢花开，如瞻岁新。真与不夺，强得易贫。
幽人空山，过水采蘋。薄言情悟，悠悠天钧。

校　注

自然是中国美学最为重要的范畴之一，中国美学在一定程度上就是由这一范畴所溢出的理论而书写的。受庄禅哲学影响，《二十四诗品》将其作为专门的问题来讨论，具有重要的理论价值。此品写自然的心胸、自然的境界以及自然的表达。

俯拾即是，不取诸邻：杨廷芝《二十四诗品浅解》以"随手拈来，头头是道"的禅家语来解释，颇中肯綮。禅宗强调当下的解会，此在的证会，是一种切断时空联系的纯粹体验，任由世界自在显现，这在本质上与道家的自然学说有密切关系。

"俱道适往"四句：俱道适往：《庄子·天运》："道可载而与之俱也。"即是与大道优游缱绻。着手成春：出手就是妙境，眼前无非自然。如逢花开，如瞻岁新：就像花开的季节到来，百卉竞绽，就像一年将尽，新的一年又要到来，就是这样自然。着手，怀悦本误为"着乎"。

真与不夺，强得易贫：真，指自然真性，人若从此真性出发，就能所在皆适。如若背离真性，为目的、知识控制，勉强而作，最终必无所取，而使自己的生命资源干渴（贫）。

幽人空山，过水采蘋：这自然而然之境如同幽人在深山漫游，如同雨后去采蘋草。采蘋，《诗经·召南·采蘋》："于以采蘋，南涧之滨。"蘋为多年生水生蕨类植物，夏末秋初开花，花色洁白，可入药，与浮萍相类而异种。此以过水采蘋，喻清新自然的仪止。幽人空山，诸本多如是，虞侍书诗法本作"幽人空谷"。过水采蘋，虞侍书诗法本、说郛本等作"过雨采蘋"，而祝允明书迹本、津逮本等作"过水采蘋"，意较稳实。

薄言情悟，悠悠天钧："薄言"为语首助词。天钧，《庄子·齐物论》："是以圣人和之以是非，而休乎天钧，是之谓两行。"天钧，天之转轮。钧本是制作陶器时所用的转轮。此二句意为，悟出天地万物自然而然的运转，就得到了自然一品的真髓。情悟，怀悦本作"情语"，误。

※　延伸讨论　※

说"天籁"

自然是传统美学最为重要的范畴之一，本品以诗的方式，较为细致地阐释此范畴的基本特点，故为当今学界所重。

邵雍《清夜吟》诗云："月到天心处，风来水面时。"[①]虞集终生服膺。月到天心处，归于澄明之性；风来水面时，自然成文。

《诗家一指》有云："心之于色为情……拾而得之为自然，抚而出之为几造。自然者，厚而安；几造者，往而深。"这里将"自然"与"几

---

①　虞集有《天心水面亭记》（《道园学古录》卷二十二），详细谈对邵子此思想的理解。

造"（同机造，心灵的独造）相对而言。其实，即自然即几造。这里所谓"拾而得之为自然"，就是本品所说的"俯拾即是，不取诸邻"。顺乎自然，触处便是，人与世界融于一天，履遇形接，如同"拾"取，没有知识的分别，没有感情的取与，没有欲望的肆意。所谓"厚而安者，独鹤之心、大龟之息、旷古之世、君子之仁"——独立的情怀（独鹤之心）、永恒的寂静（大龟之息）、超迈的器宇（旷古之世）以及生生不息（生生不已之意属仁）的精神，均源于自然而生。

虞集尝将自己的诗集命名为"天藻"，即取此自然之意。他在《道园天藻诗稿序》中说："昔从吴兴赵文敏公于集贤，赵公临池之际，顾谓仆曰：人皆求予书，子独不求吾书，何也？对曰：不敢请耳，固亦欲之。……尝读《黄庭经》，有曰：'寸田尺宅可治生。'是则我固有之，其可为也。又说：'恬淡无欲道之园。'遂可居有哉！赵公为书'道园'两古篆，自是有'道园'之名。后常治斯田园，以居安宅，神明粹精，生息流动，无物我彼此之间，不能喻之于言。予题其宇曰：天藻。"他要通过此天赐之藻，"以观乎造化之迹，有志于斯文者也"[①]，以见其恬淡自然之心。《诗家一指》作于他退隐躬耕之晚年，此"天藻"之思，也成为《二十四诗品》的核心精神。

"自然"是道家哲学的核心概念，传统美学也以此作为最高范畴。什么叫自然？用庄子的话说，叫作"自己而然"。《庄子·齐物论》中讲"三籁"（人籁、地籁、天籁）的区别。庄子通过南郭子綦和子游的一段对话来讨论这一问题。子游感觉到三者似乎是渐次而上的，从他的问题（"地籁则众窍是已，人籁则比竹是已，敢问天籁"）中也能看出。到底如何理解这三籁呢？篇中说，"地籁则众窍是已，人籁则比竹是已"，因气、因风吹孔穴发出的声音，是大地的声音（地籁），人通

---

① 《道园类稿》卷十八。

过丝竹等乐器发出的声音叫作"人籁"。"敢问天籁"——天籁难道是天上的声音吗？子游问他的老师子綦。子綦说了一段很深奥的话："夫吹万不同，而使其自己也，咸其自取，怒者其谁邪！"

天地间有万万种不同的声音，都是由它们内在的原因造成的。它们都取自己内在的因素而发出不同的声音，你想想，发动者（怒者）还能有谁呢？言下之意，不就是它自己吗？

"天籁"不是一种与地籁、人籁不同的声音，天籁是一种万物生长的必然性，是自己发动自己，是"自然而然"——自己使之如此。而人的文化创造应该取一种"天籁"的态度，这也就是老子所说的"道法自然"的核心意旨。在庄子，自然，是一种顺乎天然、不取知识之态度、冥合于世界的纯粹体验境界（这与后来郭象的阐释旨趣大异）。

由此我们明白两个问题：**第一，天籁不是一种天外来音，不是一种"此曲只应天上有，人间能得几回闻"的音乐，在自然万物，天籁是一种发自于自性的必然性生长因缘（性），在人的文化活动，它却是一种自然而然的态度。第二，不存在一个人籁、地籁、天籁的区别模式，不存在一个区别于天籁的地籁，即如他们讨论的孔穴，自然而然，就是天籁。人能按自然而然的态度去创造，也是天籁。也根本不存在子游所说的人籁不如地籁，地籁不如天籁的等级模式。"齐物"之思，何来等级！**

这是一段非常精致的哲学讨论。强调的是人要放下理性解释世界的努力，放弃驾驭世界、控制世界的欲望，回到世界中，如北宋郭熙所说的"身即山川而取之，则山川之意度见（xiàn）矣"，王国维所说的"以自然之眼观物，以自然之舌言情"、"唯自然能知自然，唯自然能言自然"。

但这绝不等于说回到外在的自然界，道家哲学所言之自然，中国美学中所使用的这一概念，绝不是对外在自然物的重视，绝不是培养一种爱自然、投入大自然怀抱的情愫，绝不是一种有关"环境哲学"、"环境美学"的思考，而是回归无所遮蔽的、发自本性的、纯粹的心灵感悟中。正是在这个意义上说，天籁，其实是纯粹体悟心灵中所依持的态度。庄子中所说的"与天为徒"，也不是对外在于我的"天"的效法，其实并没有一个外在于我的"天"，而是对这种自然而然态度的坚守。

唐代张璪的"外师造化，中得心源"，是中国传统美学的纲领之一。我们很容易将这一原则理解为既重视外在世界，重视客观的东西，又重视自我心灵的创造，于是，这一原则便被理解为主观和客观的结合，其实，这是很大的误解。这一纲领强调，艺术创造的根本在于回到本心，以人的"本来面目"、"本性"，或者说是以"自然而然的态度"去照耀，与造化合而为一。这个纲领不是西方哲学背景中所言之主客观结合，而是重视生命体悟，顺应自然法则，这是创造的根源。

"自然"品以形象的语言，来敷衍传统哲学、美学这一思想。开篇以"俯拾即是，不取诸邻"二禅语引领，说的正是这样的道理。我低下身去拾取，在在都是，禅宗"头头是道"、"触着便是"，自然而然到这种地步。

本品说自然之道是"俱道适往，着手成春"①——一如"目送归鸿，手挥太玄。俯仰自得，游心太玄"的描写。与大道同往，奉行自然而然的精神，所在皆是妙境。"如逢花开，如瞻岁新"，就像一年一度的花开，就像过了冬天后新春的到来。回归生命的真性，荡涤外在的执着，绸缪万物，俯仰于天地万物之表，无往而非佳绪。如果不循此道，

---

① 《诗家一指》中的"着手成春"、"玉壶买春"、"空潭泻春"、"蓬蓬远春"、"熏微蔼如春和"、"春花初胎"等内容，与虞集存世文献中所体现出的"寻春"观念是相合的，这来自于北宋理学的影响，尤其多得于邵雍之学，邵雍"拍拍满怀都是春"的思想，为这位自号邵庵的思想者所崇奉。

以欲望之心去消费世界，以知识之心去分解世界，那么这就是"强"（qiǎng）——勉强之为，非自然之为，就是背离自然之法则，如何有真实的创造！这就像幽人在空山中踱步，沿着幽曲的小路去山溪中采蘋草，没有杂虑，也没有目的（这里的过水采蘋，并非是比喻一种目的性的行为），一切都自然而然。

最后两句，可谓此品之警策——薄言情悟，悠悠天钧。怎么来领会"自然"的旨趣呢？那就看看天地的轮转，世界的运动，万物的节奏，一切原来就是这样自然而然。此品除题名之外，无一语言及自然，却处处在谈自然的精神。

传统美学中的自然观，强调有一种顺应自然的创造，避免"大人主义"所带来的盲动，避免人的片面的曲解，并非放弃人的能动性、人的独立创造。传统美学正是在顺应自然的基础上，谈人的创造精神（言其能也）、原创精神（言其初也）和真性精神（言其本也）。自然而然也是一种选择，人的生命过程就是一个选择的过程，每时每刻都意味着肯定和否定，即如就空间而言，在就意味着不在，就时间而言，人不可能在不同的时间里踏入同一水流。自然而然的选择，是一种回归真性的选择，不以知识的拣择为特点，创造非以目的的求取为发动，由真性发动，这是一种更高的选择。

中国哲学和美学崇尚自然的态度，是要矫正文明发展所带来的沉疴，文明本身越来越呈现出"荒漠化"的倾向，人类以文明的手段，将自己武装到牙齿，但离真正的文明所要追求的目的越来越远，**崇尚自然，其实是要在"文明的荒野"中，寻找人类文明发展的真谛，寻找人的存在所应该依托的根本的东西。**崇尚自然的思想，是传统中国文明的一种重要智慧，这种智慧在未来也会有重要的价值。

十一　含蓄

不着一字，尽得风流。语不涉难，若不堪忧。
是有真宰，与之沉浮。如渌满酒，花时返秋。
悠悠空尘，忽忽海沤。浅深聚散，万取一收。

▨ 校 注 ▨

含蓄是体现中国美学特点的重要概念，此概念唐时已有广泛使用。如皎然《诗式》卷二："虽有功而情少，谓无含蓄之情也。"《二十四诗品》论诗以含蓄立品，以为创造之法式，颇见眼光。

不着一字，尽得风流：虽然没有明确的语言表白，但却有无限韵味藏于其中。《诗家一指》"十科"中"境"云："不着一字，育乎神生。"意也同此。"不着一字"的学说，或与佛学有关。禅宗强调不立文字。所谓佛祖拈花，迦叶微笑，维摩一默，皆是不依文字，尽传心法。黄檗希运说，别人说的是五味禅，他说的是一味禅。一味就是无味。赵州和尚他所信奉的是无字禅。一字不出，一言不立，妙在其中。虞侍书诗法本作"不着一事"，"字"作"事"，误。

语不涉难，若不堪忧：语词中并未有危难的描述，心灵就好像被触动，形容含蓄之深。难，危难。语不涉难之"难"字，虞侍书诗法本、祝允明书迹本等作"难"，怀悦本作"离"，误。而说郛本作"己"，也系误植。

是有真宰，与之沉浮：真宰，自然宰制群有，控制万方，故称为真宰。语本《庄子·齐物论》："非彼无我，非我无所取。是亦近矣，而不知其所为使。若有真宰，而特不得其联。"联(zhèn)，端倪，迹象。《诗家一指》前序"必先养其浩然，存其真宰"，也谈到"真宰"的概念。

如渌满酒：渌，过滤。满酒，发酵成酒。此句意为，发酵好的酒过滤不尽，有淳漉之美。花时返秋，花将要开放，忽遇寒气，将开又收，有含苞之韵。虞侍书诗法本、祝允明书迹本、怀悦本均将"渌"误为"绿"。

"悠悠空尘"四句：犹如空中的一粒微尘，大海中的一滴水泡。然而一粒微尘就是茫茫大千，一滴水沤就是浩浩大海。这就是"浅深聚散，万取一收"的精义。此义来自佛学。《华严经》卷七《普贤三昧品》云："此国土所有微尘，一一尘中，有世界海。"希运《宛陵录》云："见一尘，十方世界山河大地皆然；见一滴水，即见十方世界一切性水。"虞集也说："一毛孔中一切见，半月满月诸宝玉。"[1]海沤，虞侍书诗法本误为"海鸥"。万取，虞侍书诗法本误为"万类"。

※ 延伸讨论 ※

至藏者无藏

含蓄的思想在中国丰富而复杂。中国哲学是一种"成人"哲学，审美中很多概念的形成与这一因素有关。含蓄，首先是一种修养之道，人应该含蓄内敛，有内在的力，所谓"反虚入浑"。《诗经》所讲的"高

---

[1] 《龙眠华藏变相赞》，《道园学古录》卷四十五。

岸为谷，深谷为陵"①，《易传》的"用晦"之道②，《中庸》的君子之道"费而隐"（广大而又深沉），宋明理学所说的"涵泳"之道，本质上都是含蓄问题。

从语源上说，含蓄与《周易》哲学关系密切。《易传》推宗"含弘光大，品物咸亨"（《周易·坤·文言》）之美，要藏纳深厚，包容万有，"坤厚载物，德合无疆"的坤之道就膺有此一精神。六十四卦中多有关于"蓄"（精神的蓄聚，即《易传》所说的"君子以多识前言往行，以畜其德"③）的思想表现。其中大畜、小畜卦之"畜"，就是蓄。大畜卦下乾上艮，乾为健，艮为止，有"能止健"的意思，形容人心灵包容含纳，以"畜其德"。《彖辞》说："刚健笃实辉光，日新其德。"刚健有为，笃厚充实，生命的光辉朗照，美德日日增新。此"畜"之力也。小畜卦乾下巽上，此卦讲"小有蓄聚"的道理，下乾为健，上巽为顺，有"健而巽，刚中而志行"（此卦象辞）之意，内而刚健有力，外而顺有文章，卑以自牧，即有生命之光辉。《周易》认为，天道下济而光明，所以它极推"谦"之道（如谦豫、损益、剥复等都说此道理），所谓"谦，尊而光"，"谦，德之柄也"（均见《系辞传下》），含蓄蕴藉的谦之道成为道德的基石，性灵的光明由此而出。易名三义（简易、不易、变易），"简"在其中，《周易》以至简之符号（阴阳两爻）涵括一切可见的世界和不可见的道理，此亦含蓄凝聚之功。后来程伊川所说的"看一部《华严经》，不如看一艮卦"④，其中"艮者，止也"的道理，也与含蓄蕴藉有关。

在中国古代，含"畜"的思想由《周易》等中抽绎而出，渐演为

---

① 《诗·小雅·十月之交》，这两句诗的意思是，以高高的河岸为深谷，以深深的山谷为高岸，这是讲做人的隐之道。

② 《明夷·象》："明入地中，明夷；君子以莅众，用晦而明。"

③ 《易经·大畜·象》。

④ 《二程遗书》卷六。

中国人的基本思维特性，并深刻影响中国人的艺术创造和审美生活。在长期发展中，含蓄成为一种艺术创造原则，诗、书、画、乐、建筑园林等无不以含蓄作为其创作大法，要深文隐蔚，寄意遥深，不能直露，要将需要表现的内容深藏在作品的形式结构中。像清钱泳所说的，园林创造就是做"曲"的功夫，"曲"就是含而蓄之。衡量审美对象价值的高低，往往看它产生意义层次的多寡，诗家说，要有象外之象、言外之意，要篇终结混茫，言有尽而意无穷。乐者说，好的音乐要余音绕梁，三日不绝。画家说，一木一石，千岩万壑不能过之，敢云少少许，胜人多多许。只有一片梧叶，不知多少秋声，等等。以小见大，以少总多，以一总万，万万千种光景，都含摄在一尘一沤中。

但这并不意味着，含蓄只是一种技巧，一种权宜之方，有时候需要，有时候不需要，有时候重隐藏，有时候重秀出。**在中国，含蓄是一种心灵的功课，这就意味着它的必然性。**它是一种生命存养之方，不是韬光养晦的等待，静如处女动如脱兔的选择时机，那究竟未脱"机心"，按庄子的说法，机心一存，纯白就不备。含蓄不是隐而不发、等待时机，使利益最大化。它是无目的的，是"拙"的。**高岸为谷，深谷为陵**，它是当下即是、随处充满，与高低权衡无关。至禅宗，由佛教的六度对"弘忍"之法的阐释，忍更非技术的权衡，而是从性上说"忍"，真正的忍者，是并无可忍处。当你觉得尚有忍处时，你还有分别心。

中国传统思想中有一条隐在的线。这和我们的气化哲学因缘有关。如我们看人的生命，以形、气、神三者来厘之，神与形相当于西方哲学中所说的灵与肉，而中国人认为人的生命在灵与肉二者之间还有一个"气"的层面，气既是维持人生命存在的生理性因素，又是一个关乎人风神气度的精神性因素。形、气、神构成了一个生命整体，身心一如，"身"既是获取知识、凝练精神的发动者，又是一个人整体精神气象的载体。这是一种整体的生命观。"气"这条隐在之线,成为这个生命整体的核心因素。这个气,援知识之途径并不能达至,需要"养",养"神"(灵)就是养"形"(身),二者不可分割。而在艺术中,也有这条隐在的线,传统艺术论的诸种类别,无不着眼于气。如书画中的一笔书、一笔画。它涉及三层次的内容:一、气的存在,使在在各别的点,有了联系;二、气是相关的点产生往复流动的动力性因素,这就是"势",所以一笔书、一笔画,并非一笔写就,而是笔断而"势"联;三、因为有"气"的存在,使"显"有了可能。没有隐之气,没有笔断产生的内在动势,平顺地写,直白地说,其韵味泉源就会干枯。

含蓄理论产生于气化哲学中。气,是善于藏者。一阴一阳之谓道,这两大生命单元,除了阴阳相摩相荡之外,还有一人少言之的层面,就是显隐的层面。如清布颜图所说:"大凡天下之物莫不各有隐显。显者阳也,隐者阴也。显者外案也,隐者内象也。一阴一阳之谓道也。"(《画学心法问答》)就显隐二者关系而言,阳是"秀出",阴是"潜藏",古人所说的"黑入太阴",阴有含纳于内、潜气内转的意思。阴是阳的背面,显隐二者不可或缺。秀出是由内在的隐中的突现和呈露。

传统思想中有关于"藏"的学说,所谓至藏者无藏。《庄子·大宗师》:"若夫藏天下于天下而不得所遁,是恒物之大情也。特犯人之形而犹喜之。若人之形者,万化而未始有极也,其为乐可胜计邪!故圣人将游于物之所不得遁而皆存。善夭善老,善始善终,人犹效之,又况万物之所系,而一化之所待乎!"又,《应帝王》:"至人之用心若镜,不将不迎,应而不藏,故能胜物而不伤。"《达生》:"圣人藏于天,故莫之能伤也。"藏天下于天下,就是无藏,这是庄子独特的"生命存在观"——所谓无遁而存也。

而禅宗对此也有理论发明。船子德诚禅师是唐代高僧药山的弟子,他以"乐在风波"的思想来说"藏"和"显"的问题。他说毕生所悟，关键在一个"藏"字。弟子夹山善会将远行，来向他告别。船子说："汝向去，直须藏身处没踪迹，没踪迹处莫藏身，吾三十年在药山，只明斯事。"船子这里讨论的藏身，是心灵的安顿，而不是身体的显藏。"直须藏身处没踪迹"，说的是般若空观的意思，也就是船子歌中所说的"满船空载月明归"。无住无相，而非表面地隐没踪迹。"直须藏身处没踪迹"说的是"不有"；"没踪迹处莫藏身"说的是"不无"，不是在空处无处求身之所"藏"。既在"不有"，又在"不无"，即《信心铭》所谓"从空背空，遣有没（mò，淹没）有"，体现出中观"不落两边"思想之要义。船子叮嘱夹山："师再嘱曰：子以后藏身处没迹，没迹处藏身。不住两处，实是吾教。"[1]所谓"不住两处"，就是不落两边。从这个意义上说，船子的藏，就是不藏，身无所藏，心无所系。

传统美学关于"隐秀"的讨论，也是有关藏与露关系的学说。张世英先生在《哲学导论》第14章中，根据艺术以有限表现无限的本质特点，按照超越有限的空间之广度，把艺术价值和美的境界区分为模仿美、典型美和隐秀美三个层次。被认为是最高层次的隐秀说，相当于海德格尔的"显隐说"。秀是在场的显现的东西，而隐则是不在场的隐蔽的东西，这无限幽深的不在场的东西是觉得在场显现的关键[2]。张先生的观点深有启发，但他以在场与不在场的结构分析，似乎并未尽中国传统思想中"隐秀"之意。中国传统美学中关于隐秀的思想非局限于显隐、表里之间，更是一种"成人之学"，其理论落脚点在"隐处即秀处"，隐秀一体、无隐无秀。

南宋张戒《岁寒堂诗话》引刘勰云："情在词外曰隐，状溢目前曰

---

① 此条资料亦见《祖堂集》卷五。
② 张世英先生在《进入澄明之境》《哲学导论》《美在自由：中欧美学思想比较研究》等多本著作中谈到对"隐秀"的理解。

秀。"①刘永济在《文心雕龙校释》中将此概括为"隐处即秀处",如同泛着涟漪的水面蕴涵着湍急的流水,隐与秀二者为一体,不可分别。《文心雕龙·隐秀》残篇开章总论二者云:"夫心术之动远矣,文情之变深矣,源奥而派生,根盛而颖峻,是以文之英蕤,有隐有秀。"隐是源,是根;秀是派,是颖。没有深隐之源,则无灿烂的涟漪;没有深深的根系,则无佳卉丽英。如虞集所云:"文采已彰那可隐,芙蓉出水正华年。"②

"含蓄"一品最后四句"悠悠空尘,忽忽海沤。浅深聚散,万取一收"值得重视,我们不能从量的扩大、典型概括乃至显隐关系等角度来理解,它反映的是中国佛教哲学"一即一切,一切即一"的内涵,可以说是一种"无量的含蓄",而非"量的广延"。一粒微尘就是茫茫大千,一朵浪花就是浩瀚海洋,在浅中有深致,在散处有凝聚,万"收"于"一"中,"一"可囊括万有,所突出的思想,是隋唐以来佛教天台、华严、禅宗等有关一与万的思想。一即一切,并不意味含蓄得太深太广,包容得太丰富,而是当下圆满、自在圆成的道理。一花一世界,一草一天国,如月印万川,处处皆圆,每一个存在都是圆满自足的,它的意义不待他者去决定。正所谓一月普现一切月,一切水月一月摄。据说为禅宗三祖僧璨所作的《信心铭》说:"宗非促延,一念万年。无在不在,十方目前。极小同大,忘绝境界。极大同小,不见边表。有即是无,无即是有。若不如此,必不须守。一即一切,一切即一。"③这样的含蓄是一种非知识的"不二"之境界,此又一意也。

虞集论学,受华严、禅宗等影响,推崇以一总万、以万归一的"非计量"思想,宋濂曾引其为妙果禅师所作语录序说:"至正初,余

---

① 《文心雕龙·隐秀》是个残篇,张戒所引这两句话当是佚文。
② 《送文学隐上人》,《道园遗稿》卷三。
③ 此见《景德传灯录》卷三十,又见敦煌写本伯4638、斯4037。

得邵庵虞公所著妙果禅师语录序而读之，其称师之道，有云：江河朔南，一碧万顷，有大尊宿，譬若摩尼之珠，高悬虚空，日月星辰，山河草木，悉现其中，人天鬼神，蠢动之众，一一内向，皆以为得所摄受，而珠本无留碍。"[1]此中所言，即是"一即一切，一切即一"的道理。故此品所论"悠悠空尘，忽忽海沤。浅深聚散，万取一收"云云，说"一花一世界，一草一天国"的道理，正是其所持守的基本哲学思想。

---

[1] 宋濂《妙果禅师塔铭》，《宋文宪公集》卷四十二。

十二 豪放

> 观化匪禁，吞吐大荒。由道返气，处得以狂。
> 天风浪浪，海山苍苍。真力弥满，万象在旁。
> 前招三辰，后引凤凰。晓策六鳌，濯足扶桑。

※ 校　注 ※

　　豪放本指人性格豪宕不羁，如《魏书》卷六十四《张彝传》："彝少而豪放，出入殿庭，步眄高上，无所顾忌。"唐吴兢《乐府古题要解》卷上："（刘生）任侠豪放，周游五陵三秦之地。"又指艺文中纵肆潇洒的境界。如朱熹评陶渊明《咏荆轲》诗："渊明诗，人皆说平淡，余看他自豪放。"南宋胡仔《苕溪渔隐丛话》前集卷七引《遁斋闲览》云："白之歌诗豪放飘逸，人固莫及。"

　　观化匪禁：观天地大化流衍，无所窒碍，以见其无穷尽也。郭绍虞集解本以为"吞云梦者八九，于其胸中曾不芥蒂"。虞侍书诗法本作"化"，祝允明书迹本、说郛本、津逮本等多作"花"，亦可通。似以"观化"意为胜。"观化"一词语本《庄子·至乐》："且吾与子观化，而化及我，我又何恶焉？"后用以表现同于大化流衍之义。此为道教中重要术语，道教修炼有"遨步观化"一目。

　　吞吐大荒：海涵天地，吞吐宇宙，极言其气势。大荒，形容莽莽原畴。李白《渡荆门送别》："山随平野尽，水入大荒流。"虞集《可庭记》："西游昆仑之圃，北望大荒之野。"（《道园学古录》卷八）

由道返气：豪放之气由道转出，所谓弘中肆外。此语当从《孟子·公孙丑上》孟子之语转出："我知言，我善养吾浩然之气。""其为气也，至大至刚，以直养而无害，则塞于天地之间。"此句怀悦本作"由道以气"，"返"误为"以"。处得以狂：自在处世，狂放不羁。虞侍书诗法本此句作"素处以强"；祝允明书迹本作"处得以强"。说郛本作"处得以狂"，意较胜。

天风浪浪，海山苍苍：浪浪，风疾貌。唐王延翰《瀛州天尊院画壁赞》："海天苍苍，海波浪浪。岛屿碎破，乾坤开张。指我片壁，坐收八荒。"（《全唐文》卷九百五十二）

前招三辰：三辰，日、月、星。六鳌：《列子·汤问》："而龙伯之国有大人，举足不盈数步而暨五山之所，一钓而连六鳌，合负而趣，归其国，灼其骨以数焉。"晓策六鳌：虞侍书诗法本、怀悦本、祝允明书迹本等作"晓看六鳌"，而津逮本作"晓策六鳌"，意较胜。

濯足扶桑：扶桑乃神话传说中太阳升起的地方，《淮南子·天文训》："日出于旸谷，浴于咸池，拂于扶桑，是谓晨明。"在扶桑洗足，以见其豪放之气。濯足：祝允明书迹本作"濯手"，误。

※　延伸讨论　※

"傲物"与"观化"

豪放作为一种人生境界和艺术品格，其特点是纵肆潇洒，无所拘束，有不可一世之势。《二十四诗品》中的"豪放"、"劲健"、"雄浑"三品都属壮美范畴，但意思又有不同。"豪放"与"劲健"不同的是，它推重无拘束的自由境界、纵肆潇洒的气质以及磊落奇蟠的格调，倒并不像"劲健"重视力感。它与"雄浑"一品的内容最为接近，都强调心灵的扩充（如理学所说的"大其心"），但"雄浑"落脚在"浑"，侧重于"浑然与万物同体"的境界，而"豪放"落脚点在"放"，由真力弥满，而扩之于天地之间，睥睨万物，竟然与天地万物同飘举。

这一品涉及两个中国美学中的关键性问题，一个是"傲物"，一个是"观化"，以下试说之。

恃才傲物，贡高我慢，为人所诟病，但人不可无豪迈凌云之志，不可无磊落奇蟠之怀。生年不永，何必昵昵儿女之叹息？还不如晞发向阳、纵肆逍遥；人世多艰，何苦促促于斗室之下哀吟？还不如放旷自己，作心灵的万里之游。支道林，这位体貌瘦削的大哲学家，却有不同凡响的心灵境界，他好鹤，在剡东岬山时，"有人遗其双鹤，少时翅长欲飞，支意惜之，乃铩其翮。鹤轩翥不复能飞，乃反顾翅垂头，视之如有懊丧意。林曰：既有凌霄之姿，何肯为人作耳目近玩？养令翮成，置使飞去"。他喜欢养马，"或言：道人畜马不韵。支曰：贫道重其神骏"[1]。他要将自己的心灵放飞。左思的"振衣千仞冈，濯足万里流"之所以被后人推为至高人格境界，正在于高逸的风神和远矗的气质。此品在一定程度上，就是说左思这两句诗的境界的。

"傲物"，以傲慢的眼对待红尘中的滚滚物欲，以淡然的心面对世界中的庆赏爵禄。将自己从物我相摩相戛的龃龉中拯救出来，将心灵从物我相对的迷思中抽离出来。西晋陆云《逸民赋》描写逸民之持守，他们以"轻天下，细万物"为情怀，所谓"细万物"，就是傲睨万物。赋中有言："杖短策而遂往兮，乃枕石而漱流。载营抱魄，怀元执一，傲物思宁，妙世自逸。"说到这"枕石漱流"，史上还有一有趣的故事，《世说新语·排调》记载："孙子荆年少时欲隐，语王武子'当枕石漱流'，误曰'漱石枕流'。王曰：'流可枕，石可漱乎？'孙曰：'所以枕

---

①　以上两段均见《世说新语·言语》。

流，欲洗其耳；所以漱石，欲砺其齿。'"刘义庆记下这段话，对年少的孙子荆所具有的通脱放旷的情怀予以特别赞赏。"枕流漱石"这一"误语"后来成为至高的人格境界的代语，所突出的正是这种"傲物"情怀。

古人所说的啸傲山林，其用意也在于此。东汉末年以来，啸，本来是道教中的导引之术，一变而为精神的养炼之方。陶渊明《饮酒十二首》之七说："啸傲东轩下，聊复得此生。"正像郭璞《游仙诗》中所说的"啸傲遗世罗"——在啸傲中情寄烟霞，得性灵之自由。《世说新语·栖逸》记载："阮步兵啸，闻数百步。"他曾到山中拜访一高人，两人箕踞相对，商略古今，阮籍对之长啸。告别真人，阮籍独行山中，又大啸起来，声音在山林中回响。禅宗与道教所奉有别，这啸傲山林的精神却为二家所共爱。禅宗的啸傲山林境界就像王维在《竹里馆》诗所说的："独坐幽篁里，弹琴复长啸。深林人不知，明月来相照。"在傲物中，有了一颗如来藏清净心，有了一种青山自青山、白云自白云的悠然。药山惟俨大师善啸，"师一夜登山经行，忽云开见月，大啸一声，应澧阳东九十里许，居民尽谓东家，明晨迭相推问，直至药山。徒众曰：'昨夜和尚山顶大啸。'"儒学者李翱去拜访药山曾有诗云："选得幽居惬野情，终年无送亦无迎。有时直上孤峰顶，月下披云啸一声。"[1]神迷于药山的精神境界。

我曾读清文人画家恽南田之画跋，为其一段题跋深深吸引："群必求同，同群必相叫，相叫必于荒天古木。此画中所谓意也。"这段话谈的是画的鉴赏，好的画能震撼人的心灵。但他的描述中突出一个"叫"字。高妙之作读之，似曾相识，这就是"群"，我不能言，它为我说之。油然而生相契相合之情怀，这是"同"。由"群"至"同"，似乎将我心夺去，我为之痴狂，我为之歌唱，消解了我和画、我和世界的

---

[1]　《五灯会元》卷五。

一切界限，所以有"叫"——叫是一种灵魂的震撼，画中的意使我癫狂，我在画意中癫狂，我使画意癫狂。南田似乎还嫌不够，他说"相叫必于荒天古木"，设置了一个境界，似乎要把我们灵魂都炸出，我们想象在荒天古木中，四际无人，空山荒寂，一人奔跑其中，对着苍天狂叫，斯境也有斯人，斯人也有斯境，真是万古唯此刻，宇宙仅一人。

南田说得好："横琴坐忘，殊有傲睨万物之容。"傲睨万物，睥睨一切，在弹琴复长啸之中，真是"我歌月徘徊，我舞影凌乱"，是处皆是艺术之佳境。他又说："作画须有解衣盘礴，旁若无人意。然后化机在手，元气狼藉。不为先匠所拘。"这为无数艺术家所推崇的"解衣盘礴"，乃是《庄子》描绘的"真画者"："宋元君将画图，众史皆至，受揖而立；舐笔和墨，在外者半。有一史后至者，儃儃然不趋，受揖不立，因之舍。公使人视之，则解衣般礴，裸。君曰：'可矣，是真画者也。'"（《田子方》）真画者，要有这种"傲物"的情怀，自由洒脱，不为"先匠所拘"，从秩序中解脱出来，一任真性而发。明李日华在谈到黄公望时说："黄子久终日只在荒山乱石丛木深篠中坐，意态忽忽，人不测其为何。又每往泖中通海处看急流轰浪，虽风雨骤至，水怪悲诧而不顾。噫，此大痴之笔，所以沉郁变化，几与造化争神奇哉！"[1]大痴正是这样的"真画者"。

我在石涛研究中，读其画，研其文，感觉石涛之所以高出群伦者，不光在其笔墨水平，也不光在其知识宏富、时历多艰，而在他那不可无一、不能有二之个性，他的脱略形迹、善于奇思妙想的心胸，他的纵肆逍遥、掀天掀地的襟怀，是铸成其艺术风度的关键。他说："盘礴睥睨，乃是翰墨家生平所养之气，峥嵘奇崛，磊磊落落，如屯甲联云，时隐时现，人物草木、舟车城郭，就事就理，令观者生入山之想

---

[1]　据《佩文斋书画谱》卷十六引。

乃是。"①"盘礴睥睨",是其艺术致胜之方。

读他的诗,时有飞动之想:"拈秃笔,向君笑,忽起舞,发大叫,大叫一声天宇宽,团团明月空中小。"他画画,画着画着,心就飞舞起来,"吾写此纸时,心入春江水。江花随我开,江月随我起。把卷望江楼,高呼曰子美。一笑水云低,图开幻神髓"。这种痛快淋漓的精神可谓石涛的特色。他论艺极推重"气":"作书作画,无论老手后学,先以气胜。得之者,精神灿烂,出之纸上,意懒则浅薄无神,不能书画。"②他又说:"唐人有言:'指挥如意天花落,坐卧闲房春草深。'今者人之所栖大涤耳,而高台压檐,大江无际,不胜其闲。而好为多事,每于风清露下之时,墨汁淋漓,掀翻烟雾,不自觉其磅礴解衣,而脱帽大叫,惊奇绝也。噫嘻,子猷何在,渊明未返,春遗佩于骚人,溯凌波之帝子。踌躇四顾,望与怀长,谁其问我闲房,而信手拈来。"③

王国维在《人间词话》中说:"诗人必有轻视外物之意,故能以奴仆命风月。又必有重视外物之意,故能与花鸟共忧乐。"所谓轻视外物,当然不是排斥外物,而是不以物为物,不以念为念,荡涤遮蔽,归于心灵的自由,让真性呈露。"傲物"的精神,就是王国维所说的"轻视"情怀。清人黄中说:"盖诗以神气骨力为主,而怀抱之大小广狭,因以见焉。气概不足以吞吐宇宙,襟怀不足以包举群伦,而欲诗歌之超轶千古,岂可能乎!"④

以下说"观化"。

"观化"之意,乃是归复真性。在"化"中"观",不是站在世界的对岸,作为世界的观照者,世界是我的对象,我好像不在世界中,

---

① 　纳尔逊-艾金斯美术馆所藏十二开《苦瓜妙谛》册其中一开题有这段话。
② 　此为藏于四川博物院的《江天山色图轴》题跋中的一段话。
③ 　今藏于广西壮族自治区博物馆的《竹石图轴》的题跋。
④ 　黄中《曹诗钞题词》,《黄雪瀑集》,康熙刻本。

而是融入世界中。融入世界就是归复于真性。豪放之气由真性情中得来，而不是装出。超越秩序，不是不知秩序；目无涯际、行无羁绊，不是胡乱撒野，是回归真性后精神上的放旷。所以这里笼括了孟子"我善养吾浩然之气"的精神。本品所说的"由道返气"，依孟子所说乃是"直养则无害"，以"直"——这端正庄严、真实无妄的德义去培植它，才有弥括于天地的浩然之气。**本品所说的"真力弥满，万象在旁"值得重视。这是浩然之气产生的根本。真性回归，胸有元真气象，便与创造同流，与世界同在。正因此，其豪放说不仅是"傲物"，又在"融物"，以达于"物物"之境也。睥睨万物，正在同于万物。**

观化之境，其实在恢复"活泼泼地"真境界。豪放之境从容潇洒，有活泼之韵致，《周易》有观卦，此卦六四爻辞云："观我生"，"进退。"上九爻辞云："观其生，君子无咎。""观我生"、"观其生"二句引起后人长期的讨论。王弼以"观我生，自观其道也；观其生，为民所观者也"释之[1]。而宋人又从此识出一个"活泼泼地"精神来。宋罗大经《鹤林玉露》卷九《活处观理》："古人观理，每于活处看。……明道不除窗前草，欲观其意思与自家一般。又养小鱼，欲观其自得意。皆是于活处看。故曰：'观我生，观其生。'又曰：'复其见天地之心。'学者能如是观理，胸襟不患不开阔，气象不患不和平。"

此中的"吞吐大荒"一句，更道出了传统美学的一种境界，就是与物相吞吐。这也是得其"活泼泼地"真精神。"观化匪禁，吞吐大荒"，在说一种与万物相优游的道理。豪放之精神，放之于天地万物，融入其中，与物同化，物漾我漾，物运我运。此即这里所说的与物"吞吐"。

杜甫有诗云："四更山吐月，残夜水明楼。"明李日华有题画诗道：

---

[1] 《周易注疏》，见楼宇烈《周易注校释》，第78页，中华书局，2012年。

"蓄雨含烟五百峰，吞吐常在老夫胸。"这"吞吐"二字，在中国美学天地中有很高位置，传统审美理论多强调人与世界相吞吐，人的生命与气化的世界相优游。灵襟空阔，风云吞吐，自是一种美的境界。吞吐，是心的吞吐，是气的推宕。"月到风来"，是中国艺术之一境。风月何以来，在你的心灵吞吐中招来。就像本品所说的"天风浪浪，海山苍苍"，此描绘颇有张孝祥《念奴娇·过洞庭》"万象为宾客"的大境界。

恽南田真是一位对艺道有至深体验的人。他说："出入风雨，卷舒苍翠，模崖范壑，曲折中机。惟有成风之技，乃致冥通之奇。可以悦怿神风，陶铸性器。"其"卷舒苍翠"一语，正同于本品所说的"吞吐大荒"。古人所说"仰观大造，俯览时物"，这仰观俯察之妙，不是视点的高低变化，也是一种吞吐。这吞吐、俯仰、卷舒、推挽等语汇，都是描绘人与世界相与优游之境。

这豪放的观化之境，还隐括了一层重要意义，就是对人清净精神的高扬。"前招三辰，后引凤凰。晓策六鳌，濯足扶桑"，此借古代神话语，描绘了一个"真人"从容飘洒，乘着大鳌（以喻"傲"之意），招来日月星辰为之指路，后面又引凤凰为之护持，从而去"濯足扶桑"——扶桑据说是太阳升起的地方，光明，清净，普照天宇，世界在明亮中。这正是左思"振衣千仞冈，濯足万里流"的境界，这也是陆云在《九愍·行吟》中所说的"朝弹冠以晞发，夕振裳而濯足"的境界。他们都在说一种性灵的清流。虞集诗云："龙雷变化从舒卷，鹤露清寒自往还。"[1]正此之谓也。

要言之，"傲物"和"观化"，乃"豪放"品说的两翼，二者妙然相通。在傲物中与大化同流，以心灵的眼"观"世界之真意；同时，

---

[1] 《仙游道士余岫云为予从珠溪余隐士求得华山下黄茅冈一曲规作丹室喜而赋之不觉五首》之四，《道园类稿》卷七。

在观化颐生中，人与世界相优游，又可成就由傲物到亲物的心灵。清刘熙载《艺概》说："文善醒，诗善醉。"真正的艺术创造在酕然"醉"意中产生，在醉意中放旷高蹈，无所羁绊，与大化同流，共天地吞吐。"傲物"和"观化"，正可于"醉"中见之。

十三　精神

欲返不尽，相期与来。明漪绝底，奇花初胎。
青春鹦鹉，杨柳楼台。碧山人来，清酒深杯。
生气远出，不着死灰。妙造自然，伊谁与裁？

▨ 校　注 ▨

孙联奎《诗品臆说》也说："人无精神，便如槁木；文无精神，便如死灰。"精神乃活泼的韵致。"精神"，自两晋以来，就是一个重要的批评概念，唐窦蒙《述书赋》评陶侃书法："肌骨闲媚，精神慢举。"又评王休茂："长于用笔结字，短于精神骨力。"《二十四诗品》对此作了新颖的解读。

欲返不尽，相期与来：此二句说活泼泼的精神追求，非由外作，必返归真性，人本真的性情为精神活络之源头，性情归真，精神方能应期而来。"与来"，祝允明书迹本、说郛本、津逮本均作此，而虞侍书诗法本、怀悦本作"愈来"，意有不合。

明漪绝底，奇花初胎：活泼泼的精神就像清澈见底的水面泛起的锦纹绣縠，就像奇花异卉始发的花蕾。《诗家一指》跋云："惟翛然万物之外，云翠之深，茂林青山，扫石酌泉，荡涤神宇，独还冲真，犹春花初胎，假之时雨，夫复不有一日性悟之分耶。"

青春鹦鹉：庾信《忝在司水看治渭桥》："春洲鹦鹉色，流水桃花香。"①唐崔颢《黄鹤楼》诗"春草萋萋鹦鹉洲"(又作"芳草萋萋鹦鹉洲"),也似是此句所本。此句形容在盎然的春意中,芳香一片,群羽飞翔,一片天和。

碧山人来:李白《山中答问》:"问余何意栖碧山,笑而不答心自闲。"此句怀悦本作"碧山来人",祝允明书迹本作"山人兴来"与诸本不同,系误植。杨柳楼台,祝允明书迹本作"杨柳碧台"。深杯:虞集《秋日游北塔山三首》之三:"老去深杯那解饮。"

生气远出,不着死灰:此二句点出,精神与槁木死灰相对,它是勃勃的生机,盎然的生意,无尽的活力,活泼泼的韵致。虞集虽重道禅哲学,但反对槁木死灰、寂寞惨淡之为,他有云:"病中绝学捐书,岂如槁木死灰、心如墙壁以为功者。朱子尝叹道:学问之功多,尊德性之意少,正谓此也。"②

妙造自然,伊谁与裁:活泼的精神来自效法自然基础上的创造,除了自然又有谁能够裁度呢?虞侍书诗法本此二句作"离形得似,庶几斯人"。此二句是第二十一品"形容"的最后两句。虞侍书诗法本所依定是一个残本,"精神"品后之"缜密""疏野""旷达""清奇""委曲""实境""悲慨"以及"形容"的前十句均丢失,直接接"超诣""飘逸""流动"三品。史潜所刻《虞侍书诗法》所依是个残本。

▨ 延伸讨论 ▨

说"活泼泼地"

虞集论诗重视精神,精神绰约,方可有好诗。他作诗也是如此。

---

① 《庾子山集》卷三。
② 《跋朱文公答陆文安公书》,《道园学古录》卷四十。

其友范梈说他："虞生教授司成馆，文字精神万人杰。"①

《皋兰课业本原解》说此品名："此二字，是生物妙用。文章乃造化机杼，无之即槁矣。形容得活泼泼地。取造化之文为我文，是为真谛。"这"活泼泼地"一语，形象地传达了本品的主旨，也反映了传统美学的重要指向之一。我就由此语说起。

理学家非常重视此语。二程由《中庸》谈起："'鸢飞戾天，鱼跃于渊'，言其上下察也。此一段子思吃紧为人处，与'必有事焉而勿正心'之意同。活泼泼地，会得时。活泼泼地，不会得时，只是弄精神。"②"活泼泼地"本为唐人俗语，与"死搭搭地"相对。禅门中初见此语，《景德传灯录》卷三载临济义玄语："你若欲得生死去住脱着自由，即今识取听法底人，无形无相，无根无本，无住处，活泼泼地。"禅家所谓"空山无人，水流花开"之境界，就是这种圆融流转、如弹丸出手之活法。

此语后来成为艺道中人之口头禅。《画学心印》卷八引清张庚《浦山论画》云："法固要取于古人，然所资者，不可不求诸活泼泼地。若死守旧本，终无出路。古人之画之妙，不过理明而气顺，试观天之生物，如山川草木，人之置物，如屋宇桥渡，何一非理？何一无气？离是二者则无物矣。""活泼泼地"被视为艺术的真精神，是一种玲珑活络的生命态度。

"精神"一品所论就是在突出这"活泼泼地"生命精神。

"精神"一词，先秦时就是哲学中的重要概念。在历史流传中，它形成了三层主要意思，它本来指人的心灵世界，与形骸对举。《列子·天瑞》中说："精神者，天之分；骨骸者，地之分。"《庄子·天道》

---

① 《赠郑元泽别》，《范德机诗集》卷四。
② 《谢显道记忆平日语》，《河南程氏遗书》卷三，《二程集》，第59页，中华书局，1981年。

中说:"水静犹明,而况精神。圣人之心静乎! 天地之鉴也,万物之镜也。"

在先秦,"精神"由人之"灵府",扩而指天地生生不已的本性。《易传》所说的"精气为神",天地万物秉气而生,气为阴阳清浊,清刚之气凝为神,阴柔之气散为形。所以,"精神"一词,从语源上说,就有天地由精气凝结,具有生生大德的意思。《庄子·天下》所说的"独与天地精神往来",此中之"精神"也是说天地生生之"性",即活泼的生命感。

虞集《诗家一指》"十科"中之"气"正合此意:"贵乎流通,灵运无碍,盛大等乎空量,熹微蔼如春和,然非果有所自,而生之者愈不可知。"气是灵运无碍的生生运动,此即为精神。虞集在《送江西行省全平章诗序》中说:"诗不云乎'颙颙昂昂,如圭如璋,令闻令望。岂弟君子,四方为纲',何其善言君子乎! 凤凰麒麟,非所以资服乘也。醴泉芝草,非所以适饥渴也。然而一日至焉,山川为之春涵,草木为之玉润。盖天生神物,禀乎冲和之至,自然有所鬯达,无所事乎用力也。"[1]此即言精神气象。

进而言之,"精神"一词又指天地万物之生香活态,在审美鉴赏上,指活泼的韵致。这在艺术论中有丰富的体现。张彦远《法书要录》卷六引《述书赋》下云:"吕公(按:指吕尚)欧、钟相杂,自是一调,虽则筋骨干枯,终是精神险峭,其于小楷,尤更巧妙。"《宣和画谱》卷十七:"(唐希雅)喜作荆槚林棘、荒野幽寻之趣,气韵萧疏,非画家之绳墨所能拘也。徐铉亦谓'羽毛虽未至,而精神过之',其确论欤! "王安石有诗云:"糟粕所传非粹美,丹青难写是精神。"[2]郑所南

---

[1] 《道园类稿》卷二十。
[2] 《读史》,《临川集》卷二十五。

诗云："独有老枯树，闻之弥精神。"①

正是在这个意义上说，"精神"一词与传统语汇中的"生生"或者今人所说的"生命"一词意思最为接近。**传统哲学所言之"生生"有三层含义：一是所以生者，天地之大德曰生，此为万物之性，天地都有这个"生之性"，或"生理"。这是就本上、性上而言；二是天地万物包括人均有"生生"之精神，此就结构而言；三是此"生生"之精神具有活泼之韵味，这是就存在之特点来说。**我们说这个东西是活的，就变成了一个形容词。我们从这个活的东西中抽象出来一种生命精神，生机活泼，生气流动，贯彻天地和人伦。由内至外言之，这"生性"、"生理"发而为"生机"，竟然而成一气贯注之世界，一气相通，生生相续、生生不已，从而显示出勃勃之"生意"。沿外至内言之，万物之生意最可观，由此活泼泼的生命韵致，进而把握其生生之结构，最终归之于生生之本性。

此品以简括的语言，道出了中国古代生命哲学的重要倾向，也反映了传统美学发展的一些轨迹。丹青难写是精神，艺术表现最重要的也就是显现这独特的生命精神。我将此一思想在审美观念上的体现分为三个阶段，一是"以形写神"阶段。中国美学从汉代开始，就讲究形神兼备。《淮南子》认为，绘画最重要的是要画出"君形者"，君，是统治的意思，就是那个在形背后并控制着形的东西。东晋顾恺之是对形神问题卓有贡献的艺术家，他画人，数月不点目精，人问之，他说"传神写照，正在阿堵中"，我们不能简单理解为他重视人的眼睛，其实眼睛是心灵的窗户，他重视的是人的内在精气神（《二十四诗品》所说的"精神"），这个窗户透出的是人的修养和气象。《世说新语·巧艺》："顾长康画谢幼舆在岩石里。人问其所以，顾曰：谢云：'一丘一

---

① 《锦钱余笑二十四首》，《郑所南诗集》，《四部丛刊续编》本。

壑，自谓过之。'此子宜置丘壑中。"是书《品藻》记载："明帝问谢鲲：君自谓何如庾亮？答曰：端委庙堂，使百僚准则，臣不如亮。一丘一壑，自谓过之。"顾恺之所述正是此事，他所说的不是山水背景问题，而是谢鲲对自己的人格境界的自许，他画的正是这样的心灵境界。

第二个是"气韵生动"阶段。南北朝时出现了一个可以跟顾恺之"以形写神"说相提并论的理论，就是谢赫的"六法"，六法之第一法为气韵生动，这是六法说的灵魂，被后来论艺者推为千古不变之大法，绘画、书法乃至其他艺术都强调生动气韵的传达，致使"气韵生动"成为评价艺术的基本标准。

第三个是五代北宋以来，在儒学复兴等观念影响之下，出现的"追求生意"阶段。此期审美观念中有一种"观生意"之潮流，认为"万物之生意最可观"，如在绘画中，有生意则自成高格，无生意便落为下尘。米芾《画史》评董源说："岚色郁苍，枝杆劲挺，咸有生意。"董逌更说画应是"生理"与"生意"的统一。此时，花鸟画被称为"写生"，意思就是"泻落万物之生意"。

以形写神、气韵生动和追求生意，三者意有别，而内脉相通，都是对超越于形似的活泼韵致的强调。这样的精神在本品中有清晰反映。本品是在融合形神、气韵和生意理论的基础之上来谈"精神"的。本品提出的"生气远出，不着死灰"，正是对"活泼泼地"生命精神的强调。为人要有精神，如传统审美中对人的精神境界之美感大加提倡。做人要有活力，有气象，有格调，生命要有光芒。一个人如果性情萎靡，没有理想，生命就失去活力，他就没有创造的动力，这样人的面容都会发生变化。我们讲人的气质，有的人来了，如光风霁月，见了他精神一爽；有的人见之轩轩如朝霞初举，给人带来光明。《世说新语》对此有很多记载。《品藻》中记载，东晋庾道季说："廉颇、蔺相如虽千载上死人，懔懔恒如有生气。曹蜍、李志虽见在，厌厌如九泉下人。"有的人已经死了，比如说孔子，他还活着，这里提到了曹、李二人，都是当时的官员，碌碌无为，在虞道季看来，他们虽然活着，就像不在世一样。大将军殷仲堪过世，桓玄问仲堪弟仲文如何评价他哥哥，仲文说："虽不能休明一世，足以映彻九泉。"君子的光芒可照亮一个世界。这就像《论语》中的一则记载，孔子欲居九夷，弟子劝他："陋，如之何？"孔子说："君子居之，何陋之有！"人的精神可以穿透冰冷的世界，给天地带去光明。

本品认为，"活泼泼地"真精神的取得，不能停留在技巧上去理会，这里开出了两条道路，一是"欲返不尽，相期与来"，就是要回归内心体验。《二十四诗品》中多次谈到这个"返"[①]，沿着体精用弘、由内至外之路线。如要创造有精神的作品，必须返归心灵的修为，外在的活泼，是由人的内在精神世界所决定的。一个有修养的人，就像明漪绝底，清澈透明，一眼见到水底；就像奇花初胎，奇异的花刚刚打着花骨朵，含苞待放，神气跃现。又像青春鹦鹉，杨柳楼台，有独特的精神气质。而"碧山人来，清酒深杯"，形容人的精神创造。"问余何意栖碧山，笑而不答心自闲"——你为什么在深山里面居住呢？来人笑而不答心自闲，他感受那天地真是活泼，"桃花流水杳然去，别有天地非人间"。李白的诗真是写活了。碧山人来，清酒深杯。深山里面来了一个隐士，我们把酒交谈，那种高兴劲儿就是这一品讲的"精神"。

中国哲学中，"精神"与"形骸"相对，与西方哲学的灵与肉二者之间表述相似，但又有不同。**西方哲学所说的"灵"的精神世界，以知识为主体。相反，先秦时"精神"一词既与形骸（简称为"形"）相对，又与"知识"（或"智慧"）相对。**《韩非子·解老》说："爱其精神，啬其智识也。"《文子》卷上："老子曰：精神越于外，智虑荡于内

---

① 如"雄浑"的"反虚入浑"、"豪放"的"由道返气"、"洗炼"的"乘月返真"、"流动"的"超超神明，返返冥无"，等等。

者，不能治形。神之所用者远，则所遗者近。"《庄子·刻意》："精神四达并流，无所不极。上际于天，下蟠于地。"后来韩愈《感春》诗中所写的"今者无端读书史，智慧只足劳精神。画蛇着足无处用，两鬓雪白趋埃尘"，其中"精神"与"智慧"（知识）相对。

本品开出的另外一条追求活泼生命精神的道路也受到人们的重视，这就是"妙造自然"。此一语准确地表达出中国美学在这方面的思考，其内涵与明末计成论园林时所说的"虽由人作，宛自天开"相似。它体现了两条重要原则，一是艺术要效法自然，天地有生生之真精神；第二，是要在效法自然基础上"妙造"——一切艺术创造的源头活水在内而不在外，强调效法自然，并非匍匐在外在自然物态的基础上去依样画葫芦，而是要以"妙"心感通之、融会之，活泼的心灵照亮了一个活泼的世界。

唐宋以来传统审美观念的发展，强化了这种"照亮"（或简称为"观"）的思路。这种活泼，是一种"纯粹体验之活泼"。像柳宗元所说的"夫美不自美，因人而彰。兰亭也，不遭右军，则清湍修竹，芜没于空山矣"①；王阳明所说的"你未看此花时，此花与汝心同归于寂，你来看此花时，则此花颜色一时明白起来，便知此花不在你的心外"②，就是这方面著名的表述。而在禅宗中，要参出个活泼泼地真精神，它也讲落花随水去、修竹引风来③；也讲青山自青山、白云自白云的道理，讲青山不碍白云飞的活泼韵味，但正如保唐无住禅师所说的"无为无相，活泼泼，平常自在"④，其"活泼泼地"，而非"死搭搭地"，是心灵的活泼，体验之活泼。

---

① 《邕州柳中丞作马退山茅亭记》，《柳河东集》卷二十七。
② 《传习录》，引见明周汝登《王门宗旨》卷一。
③ 《五灯会元》卷五："问：如何是佛法大意？（石霜）师曰：落花随水去。曰：意旨如何？师曰：修竹引风来。"
④ 《五灯会元》卷二。

　　这种生机活泼之思想，是这位自号为"邵庵"的虞集思想的灵魂，他受邵雍思想影响极深，邵子以"拍拍满怀都是春"的寻"春"为其重要特点，虞集说："夫天地之间，人与万物，所以禅续息复于无穷者，生之理为之也。"①这生生之活意，是其诗法的核心。他反对诗坛流行的好枯寂的风气，将枯寂与活泼打成两断，失落了理学的内在精神。他说："散木之说，发漆园齐物之机，钝根之辩，得庞公空有之妙。深得于吾儒者既如此，旁通于二氏者又若彼，则外屋岂足以累其身心，而清静寂灭何必自绝于天理乎？"②

　　① 《悦生堂记》，《道园学古录》卷九。
　　② 《李仲公文稿序》，《道园类稿》卷十八。

十四　缜密

是有真迹，如不可知。意象欲出，造化已奇。
水流花开，清露未晞。要路愈远，幽行为迟。
语不欲犯，思不欲痴。犹春于绿，明月雪时。

※ 校　注 ※

　　"缜密"一词，先秦即有之。《礼记·聘义》："君子比德于玉焉。
温润而泽，仁也；缜密以栗，知也……"郑玄注："缜，致也。"缜密，
即细密。杨成本《诗法》卷三录《名公雅论》，其中述："虞待制云：
典雅、抛掷、出尘、浏亮、缜密、渊雅、温蔚、宏博、纯粹、莹净"，
以此为"诗之十美"。缜密，为虞集论诗推崇之品格。祝允明书迹本将
此品置于第二十三。

　　中国艺术重视简约，讲留白，讲无画处皆成妙境，讲一木一石千
岩万壑不能过，讲"损之又损，以近于无为"的"损"道，艺术似
乎就是做减法，做"损"的工夫，画画最重要的是留白。有论者得出
结论，就是形式越简约越好。

　　这是对传统艺术理论的误解。中国艺术既重视简约之美，又不排
斥繁缛细密的表达。如看古画，云林的枯木寒林简约之致，黄鹤山樵
（王蒙）的画却以密实而著称，二者各有其妙。如在书法上，疏处可走
马自有妙处，然而密处不透风也有佳致。传统艺术观念主张，艺术的
高妙之处在境，以繁简疏密置论，乃皮相之说。正因此，本品所论，

与其说是示人做缜密之功夫，还不如说立意在超越缜密之境界。

是有真迹，如不可知：此与第一品"雄浑""是有真宰"，均化之于《庄子·齐物论》："若有真宰，而特不得其眹。"眹，有端倪、迹象的意思。

意象欲出，造化已奇：意象创造，巧夺天工，有造化之妙。此中涉及"意象"一语，乃是中国美学的重要概念，它是心灵之"意"和外在之"象"的结合，反映的是在体验中所形成的情景相合、心物融契的形式。意象，怀悦本作"意匠"，误。欲出，津逮本作"欲生"，不若"欲出"意稳。

花开：祝允明书迹本、怀悦本、说郛本作均作"花间"，津逮本作"花开"。郭绍虞集解本认为当作"花开"。未晞：未干。虞集《送人游庐山》诗云："猿惊鹤怨酬好语，水流花开怡妙颜。"（《道园遗稿》卷二）

要路愈远，幽行为迟：必经山路很远很远，独行之人则意缓步迟。用以比喻深而曲的境界。愈远，怀悦本作"屡远"；幽行，怀悦本作"出行"，二处均误。

语不欲犯：即不落言诠。思不欲痴：用思不能胶柱鼓瑟。

犹春于绿，明月雪时：就像绿色之于春天，明月之于白雪，相融相即，浑然难分。祝允明书迹本无此二句，疑为书写时所漏。

※　延伸讨论　※

无迹之美

此品讨论的问题，在中国传统美学中占有重要位置。其核心是关于"迹"的处理，所推崇的是无迹可求的审美境界，可称为"无迹之美"。本品涉及两个理论侧面，一是规避人工痕迹，二是不粘不滞。

本品自然晓畅，意思明融。开篇四句"是有真迹，如不可知。意象欲出，造化已奇"乃全品主旨：这里有"真"——在《二十四诗品》中，此一概念标示的是最高的本体世界（真性）和美的境界（当下直呈的境界），但却无外在之痕迹，如以外在形式去追索，似乎不存在。由缜密的形式所构成的"意象"——心灵与外部世界融合所构成的形式，有巧夺天工之奇，无人工刻画之迹，就像自然生成一样。

此四句揭示了中国美学的"天成"之妙，表达的意思与明末计成在《园冶》中论园林创造提出的"虽由人作，宛自天开"八字纲领庶几相当。这一纲领强调，虽然园林是人所"作"的，但"作"得就像没有"作"过一样，"作"得就像天工开物一样，不露一丝人工痕迹。这八字纲领可以概括为三句话：一切艺术都是人所创造的；创造得就像没有创造过一样；创造得就像自然生成的一样。在中国园林理论中，很早就有类似的观点，如北宋李格非在《洛阳名园记》中就提出"人力胜者，少苍古"。其意与计成所说的相似。计成这八个字不仅是中国园林艺术的纲领，也可以说是整个中国艺术的纲领。它体现出：中国艺术以效法自然为最高法则，以不露人工痕迹的天成之美为审美的最高薪向，以"天趣"为最值得品玩的趣味。它与西方传统美学旨趣有重大差异，西方传统美学从古希腊开始就强调以人的尺度、人的理性为美的创造根源，这样的思想与此正好相反。

这八字纲领有两个理论支点，一是效法自然，二是不露人工痕迹。将人工与自然相对，但是，这并不意味着传统美学认为外在自然比人工创造的美，更不意味着人只有匍匐在自然脚下，才能有真正的美的创造。如果是这样的话，中国美学就成了与西方美学相似的另一种"模仿说"了。**传统美学所说的"天工"之"天"，其实并不是外在的"客观"自然物，而是一种自然而然的态度，是一种不以知识、秩**

序、欲望等去分析世界、控制时间、消费世界的态度。在计成的八字纲领中，从审美观照中抽绎出一种规避人工秩序、超越知识分别的精神，并不意味着重视审美对象、重视外在自然物。这八字纲领的关键就是不露人工痕迹。

人的审美创造为何要规避人工痕迹？这和中国哲学长期以来对知识、理性、秩序等因素持警惕的态度有关。从先秦时老子的"绝学无忧"、"信言不美，美言不信"，庄子的"天地有大美而不言"一直到南宗禅的"不立文字"，都在强化这一思想传统。知识、秩序等既是推动文明、维持人的社会存在的重要标志，同时也包含着与文明本身相反的因素。对于中国思想来说，知识既是力量，又是障碍。正像董其昌所概括的："知之一字，众妙之门。又有云：知之一字，众祸之门。"[①]规避人工秩序、规避知识干扰的无痕迹说，其实是在强调人立足于生命真性的创造，而不是在秩序引导下的人云亦云的从属性作业。

《二十四诗品》之"缜密"一品正是在这个意义来讨论缜密的，以自然而然的态度去规避人工痕迹成为此品之主旨。缜密如同编织一个密密的世界，最容易露出刻画的痕迹，最容易流于形式本身。所以本品以无迹可求的追求去超越密密的表象世界：如同空山无人，水流花开，自然而然；如同清晨露水沾湿了花间草丛，泯然而为一体；又像人沿着弯曲的山路迢迢远行，渺然不知踪迹（"要路愈远，幽行为迟"）；又如春天之于绿色，明月之于白雪，融融一体，无间可伺（"犹春于绿，明月雪时"）。虞集推崇的审美境界在"严劲缜密，神采飞动"[②]。他的诗和书法也能体现出这一特点，在缜密中见高致，见灵动。

本品还涉及传统美学"无迹之美"的另外一个方面，就是不粘不滞的无住思想。

---

① 《画禅室随笔·禅悦》，见《容台别集》卷一。
② 此为他《跋柳诚悬墨迹》之语，见《道园学古录》卷四十。

"缜密"中说诗中缜密意象，密如网，细如丝，繁密的诗歌意象，密不透风的书法形式，如王蒙作品一样密密的绘画构图，都是缜密。这样的缜密处理不好，最易为表面的形式所拘。若是如此，缜密其实就成了罗网的隐喻了。此品认为，**缜密一如禅家所谓"透网金鳞"，要做一条从网中透出的鱼，虽然知识铸成了层层紧箍，外在形式构成重重罗网，但不为其所窒碍，从容回环，优游东西。**开篇中的"是有真迹，如不可知"，从庄子"若有真宰，而特不得其眹"脱化而来。眹者，迹也。篇中所谓"语不欲犯，思不欲痴"二语强调，不落言诠，不涉理路，不粘不滞，超言而绝象。禅宗所谓妙高顶上，不容商量，说似一物皆不中，正是此意。

清人孙联奎《诗品臆说》以"落叶满空山，何处寻行迹"十字来说"缜密"品之妙，触及此品之核心。禅宗以"落叶满空山，何处寻行迹"[①]为第一境；以"空山无人，水流花开"为第二境；以"万古长空，一朝风月"[②]为第三境。其中前两境此品皆有涉及。如水流花开，自然而然，禅宗所谓青山自青山、白云自白云，把人从知识、欲望等遮蔽的状态中拯救出来，一任世界自在显现。韦应物的"落叶满空山，何处寻行迹"一联诗，形象地传达了"任由世界自在显现"的境界。在这样的世界中，从悟者的心灵上说，没有"寻"；从观照的角度看，没有"迹"，这是一片性灵的"空山"，在这"空山"中，水自流，花自开。

这无迹之美是虞集追求的至高审美境界。他说："我自本名无所

---

① 此取唐代诗人韦应物《寄全椒山中道士》诗，《全唐诗》卷一百八十八。
② 此用天柱崇慧禅师语，《五灯会元》卷二："僧问：如何是天柱境？师曰：主簿山高难见日，玉镜峰前易晓人。问：达磨未来此土时，还有佛法也无？师曰：未来且置，即今事作么生？曰：某甲不会，乞师指示。师曰：万古长空，一朝风月。僧无语。"

住，经函松下共柴扉。"①他欣赏的境界是"长空一鸟飞无迹，白雪千峰烂不收"②。顾瑛曾记载玉山钓月轩雅集之吟咏，首录虞集之诗："方池积雨收，新水三四尺。风定文已消，云行影无迹。渊鱼既深潜，水华晚还出。幽人无所为，持竿坐盘石。"③这首诗写得轻轻地，渺无声息，却趣味盎然。无所为，不粘滞，一任己心优游，水无痕，云无迹，在这雨后初霁的黄昏，他感到深深的心灵印合。这即为他所推崇的缜密境界。

在《诗家一指》其他文字中，也可以看到他对无迹之美的挚爱。如"十科"中论"意"云："取譬则风之于空、春之于世，虽暂有其迹，而无能得之以为物者。"立意在不露痕迹。论"事"云："其如宿然色之胶青，空然水之盐味，形趣泯合，神造自如。"论"境"则说："心之于境，如镜之取象。境之于心，如灯之取影。亦因其虚明净妙，而实悟自然。"都在无迹无住之美。

在虞集之前，对无迹之美的讨论已经比较深入。宋人叶梦得的"函盖乾坤"说和严羽的"别材别趣"说，是两个有代表性的观点。叶梦得说："禅宗论云门有三种语：其一为随波逐浪句，谓随物应机，不主故常。其二为截断众流句，谓超出言外，非情识所到。其三为函盖乾坤句，谓泯然皆契，无间可伺其深浅。"④这段著名论述是由南禅五派之一的云门宗三种语说来加以讨论。随波逐流，任物而行。截断众流，如佛教所说的"两头共截断，一剑倚天寒"，除却知识的分别，以不二之态度切入世界本身。而函盖乾坤，则呈现无迹可求相，任由世界兴现也。严羽以下这段话更为人熟知："夫诗有别材，非关书也；诗有别

① 《白云闲上人度夏》，《道园学古录》卷二十九。
② 《送霜林西白长老用太白起句》，《道园遗稿》卷三。
③ 《钓月轩题句》，《玉山名胜集》卷八。
④ 叶梦得《石林诗话》卷上，据百川学海本。

趣,非关理也。然非多读书、多穷理,则不能极其至。所谓不涉理路、不落言筌者,上也。诗者,吟咏情性也。盛唐诸人,惟在兴趣。羚羊挂角,无迹可求。故其妙处,透彻玲珑,不可凑泊,如空中之音,相中之色,水中之月,镜中之象,言有尽而意无穷。"此一段论述几乎可以作为"缜密"一品之注脚。此品之妙处正在羚羊挂角无迹可求处[①]。

这色相俱泯、不粘不滞的"无迹"之美,成为中国艺术家追求的至高境界。如清金石学家李佐贤评黄公望《富春大岭图》:"其声希味淡,羚羊挂角,无迹可求者也。"[②]明末李日华评倪云林画云:"云林兴寄转高孤,老木虚亭傍太湖。旷朗不容尘隔断,一痕山影淡如无。"这"一痕山影淡如无"的境界,微妙玲珑,无形迹可求,无烟火之感,尘缘隔断,理事俱无。王士禛评李白《夜泊牛渚怀古》诗云:"此诗色相俱空,正如羚羊挂角,无迹可求,画家所谓逸品者也。"[③]

中国艺术中所说的"色相俱泯"的境界与传统哲学中"幻"的思想有关。唐禅宗南泉大师说:"时人看一朵花,如梦中而已。"唐代以来中国艺术越来越热衷于形式之外去追求真实的意义,它已不是六朝之前的形似还是神似的问题,一变而为真幻之讨论。如画家画一画,意则不在此画,如八大山人画鸟,其意并不在鸟,而在超越画面的内在纯思。**一切形式之创造,都是一个"幻",一个引领人们走向"真"的意义世界的门户,都是在"开方便法门"。**"形"是一个幻,所以要不粘不滞,无"住"于外在形式结构中。如本品中所说,语不欲犯,犯者,粘滞也。思不欲痴,痴即"住"思也。不犯不痴,不粘不滞。

---

　　① 羚羊挂角:出自禅宗,《景德传灯录》卷十七:"(道膺禅师谓众曰:)如好猎狗,只好寻得有踪迹底,忽遇羚羊挂角,莫道迹,气亦不识。"又卷十六:"(义存禅师谓众曰:)我若东道西道,汝则寻言逐句,我若羚羊挂角,汝向什么处扪摸?"

　　② 李佐贤(1807—1876),清著名金石学家,收藏家。《富春大岭图》曾为其所藏,今藏南京博物院。

　　③ 此据《李太白集注》引,李白此诗云:"牛渚西江夜,青天无片云。登舟望秋月,空忆谢将军。余亦能高咏,斯人不可闻。明朝挂帆席,枫叶落纷纷。"

　　清人恽南田的逸品论，在一定程度就是这不落痕迹论。他说："高逸一种，不必以笔墨繁简论。如於越之六千君子，田横之五百人，东汉之顾厨俊及，岂厌其多？如披裘公人不知其姓名，夷叔独行西山，维摩诘卧毗耶，惟设一榻，岂厌其少？双凫乘雁之集河滨，不可以笔墨繁简论也。"以繁简论艺、说艺术妙在空白，并不得中国艺术之真诠。他说："高简非浅也，郁密非深也。以简为浅，则迂老必见笑于王蒙；以密为深，则仲圭遂阙清疏一格。"中国艺术中的简约，并非是形式简单浅近，其繁密厚实，也并非追求形式的深幽婉曲，而别有其解。南田引其叔父、明末艺术家恽香山的话说："须知千树万树，无一笔是树；千山万山，无一笔是山；千笔万笔，无一笔是笔。有处恰是无，无处恰是有，所以为逸。"

十五　疏野

惟性所宅，真取弗羁。拾物自富，与率为期。
筑室松下，脱帽看诗。但知旦暮，不辨何时。
倘然适意，岂必有为。若其天放，如是得之。

※ 校　注 ※

疏野，本指一种不拘礼法、无所羁绊的性格，唐人李翱《戏赠诗》云："鄙性乐疏野，凿地便成沟。"[①]白居易诗云："不知疏野性，解爱凤池无？"[②]后来被用为艺术批评概念。唐人以疏野有逸品之韵。朱景玄《唐朝名画录》首列"逸品"，列此品有三人，其中评王墨云："多游江湖间，常画山水松石杂树。性多疏野，好酒，凡欲画图障，先饮，醺酣之后，即以墨泼。"皎然《诗式》拈出十九格，其中"闲"格云："情性疏野曰闲。"杨振纲《诗品解》引《皋兰课业本原解》谓："此乃真率一种。任性自然，绝去雕饰，与'香奁'、'台阁'不同，然涤除肥腻，独露天机，此种自不可少。"孙联奎《诗品臆说》曰："疏野谓率真也。陶元亮一生率真，至以葛巾漉酒，已复着之。故其诗亦无一字不真。篇中'性'字、'真'字、'天'字及'率'字、'若'字，无非是'率真'二字。率真者，不雕不琢，专写性灵者也。"此二评，将疏野与真性联系在一起。

―――――――――

① 《李文公集》卷十八。
② 《答裴相公乞鹤》，《白氏长庆集》卷五十五。

至于品序，诸本多将此品列在第十五，而祝允明书迹本以此为第二十四品。

惟性所宅：宅，居处。此句意为随性所适。真取弗羁：出于真性，所以无所拘束。起首二句总说疏野之特点，其要义在出于真性。

拾物自富：随物婉转，自在充满。拾物，随意拾得，喻自然而然，无所羁绊。《二十四诗品》中"自然"品"俯拾即是"意亦同此。与率为期：孙联奎《诗品臆说》以为即"以率为伍"。率，率略。期，期望。此句意为期望达到率略的境界。拾物，祝允明书迹本、怀悦本、杨成本、津逮本等作"拾物"，是。说郛本作"控物"，杨廷芝《二十四诗品浅解》、郭绍虞《诗品集解》等皆依说郛本作"控物"，此不合本品之意。控者，控制万物，奴役万物，与此顺物自然率略疏野的思想全然不合。

筑室松下：此用《诗经·卫风·考槃》诗意，该诗云："考槃在涧，硕人之宽。独寐寤言，永矢弗谖。"诗有三章，写在水边、在山坡、在松下筑小木屋（考槃），独立不羁，这是隐逸者之歌。古人有"万载苍松古，不知岁月更"之语，松者，永恒之木也。本品有此寓意。脱帽看诗：王维《与卢员外象过崔处士兴宗林亭》："绿树重阴盖四邻，青苔日厚自无尘。科头箕踞长松下，白眼看他世上人。"科头，即脱帽，形容脱略而自然率性。怀悦本"筑室松下"一句写为"筑梳竹屋"，与诸本不同。

但知旦暮，不辨何时：如《桃花源记》中之"不知有汉，无论魏晋"，北宋唐庚（子西）所言"山静似太古，日长如小年"，乃超越之境。

倘然适意，岂必有为：但求适意，不求目的。适意之说，五代北宋以来成为艺术家追求的境界。《宣和画谱》卷十一载李成作画只为"虽游心艺事，然适意而已"。卷十二评刘瑗作画，惟求"适意而止"。

岂必有为，怀悦本作"必有所为"，误。

天放：天然放浪。《庄子·马蹄》："彼民有常性，织而衣，耕而食，是谓同德；一而不党，命曰天放。"

▨ 延伸讨论 ▨

超越"美的陷阱"

蔡元培提倡"以美育代宗教"，他认为，"鉴激刺感情之弊，而专尚陶养感情之术，则莫如舍宗教而易以纯粹之美"。在他看来，美育可以"陶养吾人之感情，使有高尚纯净之习惯"[1]，具有类似宗教、又超越宗教的作用。因为宗教有种种之局限，而纯粹之美感却没有。

其实，蔡先生没有注意到，**中国美学在先秦之时，就已经注意到"美本身并不完美"，在一定程度上，它是一个陷阱。**在道家哲学看来，美，不仅起不到安慰人心、提升人性灵之作用，相反却是惑乱人心的根本原因之一。在老子看来，美是知识的一种形式，《老子》第二章就论证"天下皆知美之为美，斯恶已；皆知善之为善，斯不善已"的道理，美和伦理等一样，都是知识的，美的观念的形成，受制于一定的标准，而这标准则是知识的，随时、随人变化的，以人为的"美的标准"约束人的特性，与自然相违背。老子的无为之道、不言之教，是一种"万物作焉而不辞"的自然而然之道，这与人们美的追求是背道而驰的。**老子提出的顽拙之道，"不欲琭琭如玉，珞珞如石"，就是要以远离追求美的趣尚的"拙"来医巧之病，靠顽野来医治以秩序奴役人的文明病。**庄子承继老子"不辨是非美丑"的观念，认为真正的美（大美）是不可分析的，可以以知识表现的美，则是对人真性的背离。庄子特别注意"审美"给人心灵带来的混乱。《庄子·知北游》讨论如何欣赏自然山水之美时所说：

> 圣人处物不伤物。不伤物者，物亦不能伤也。唯无所伤者，为能与人相将迎。山林与！皋壤与！使我欣欣然而乐与！乐未毕也，哀又继之。哀乐之来，吾不能御，其去弗能止。悲夫，世人直为物逆旅耳！

自然而然的态度，就是物物而不物于物，与物无伤，既不以自己的喜好、欲望、知识去"伤"（奴役）物，又能够摆脱物之"伤"。人与世界发生关系，得之则喜，失之则忧；顺之则爱，逆之则憎，心灵随物感应，发生变化，于是，心灵就成了世界的"逆旅"，而失落真性。这里谈到关于"美"的态度，山水之美，使我的心"欣欣然而乐"——当代学界常常有人引述庄子这段话，谈庄子认为自然山水能够给人带来快乐的体验，引到此就结束。殊不知庄子后面还有话，他说，乐还没有结束呢，哀又接着来了。所谓美的东西（包括山水美景），是打破人心灵平衡、造成人生命困境的根本性因素。

佛教传入中国之后，其不一不二、无垢无净（即无美无丑）的哲学，与道家思想相合，对中国人的审美生活产生重要影响。唐宋以后中国审美观念的发展长期伴着一种提防落入"美的陷阱"的思潮。所谓宁丑毋媚、宁拙毋巧、宁粗率毋细腻、宁苍莽毋韶秀，乃至以丑为美、丑到极处就是美到极处的思想，就是在这一思潮中出现的。其思考的角度，往往侧重以保护人的真性为出发点，形式美的因素必须与此一基本原则相切合，否则就属于被排斥之列。

传统美学思想更关注一种"美的习惯"、美的定见对人的生命的影响。这一思想认为，人们在追求所谓美的过程中，会形成一种习惯，一种定见，这些定见和习惯，常常会背离审美创造本来的目的，产生与人真实生命追求的矛盾。美的秩序与原则为美的欣赏、创造提供可以依循的标准，但同时又对人的创造力构成抑制，人的独立性常常会淹没在依附的心理中。更有甚者，**人们利用美的名义恣肆欲望，成为文化发展中的流行色，越是物质丰富，此一风气就越炽**。像宋徽宗的宫廷揽尽天下奇珍怪石于其艮岳中，这样的现象太普遍了，只是程度不同而已。当代社会中，正是因为所谓美的追求，和田成了乱石堆，南美的雨林也渐渐只有"雨"没有"林"了。审美推宕着时尚，演着丑恶的文明剧。

野，本是不美之辞。疏野是与礼乐文化传统相背离的，何以变成一种崇尚的精神气质，就是与这样的思想传统有关。

清人刘熙载由《二十四诗品》中"疏野"来谈"野"的价值。《艺概》说："野者，诗之美也。故表圣《诗品》中有'疏野'一品。若钟仲伟谓左太冲'野于陆机'，野乃不美之辞。然太冲是豪放，非野也，观《咏史》可见。"《论语·子路》中记载孔子曾批评子路"野哉，由也"，这句话后来在儒家教化中被人反复言及。在原始儒家思想中，礼乐等在一定程度上就是为了告别人的粗野、粗鄙而提出的。孔子说："质胜文则野，文胜质则史。文质彬彬，然后君子。"只重视内在的修养，不重视外在的礼仪行为，表达过于直率，就显得粗野。只重视外在的行为修饰，没有内在的真实性情，就显得虚夸浮泛。一个具有崇高道德修养的人，应将这两方面结合好。但儒家这样的想法在很大程度上难以达到。徒有其表的外在形式，往往吞噬人真朴的心。外在形式的仪式化、定型化，损伤人真实的生命追求。

从孔子"野哉，由也"的批评，到刘熙载"野者，诗之美也"的赞叹，反映了中国文明（也包括审美传统）在"文"与"野"之间思考的广阔空间。苏轼曾评石云"石文而丑"，在他看来，石有文（美）与野（也就是丑）两方面，不是两方面的融合，而是保持二者内在的张力。在美的追求过程中，给"丑"留下一定空间是重要的。在文明的发展中，给"野"留下一定的空间，也是至关重要的。**因为文明的发展在一定程度上也意味着"反文明"因素的累积，人类社会累积着太多的与人的真性相反的东西**——人类所居住的星球愈来愈发达，发达到已经不适宜人居住了！老子的不欲做切磋琢磨的球球之玉，而愿意做一个没有"文明"气息的珞珞之石，以顽野来医文明之弊，正是出于这一考虑。《红楼梦》中青埂峰下的那一拳顽石，携到人间被琢磨、被雕刻，历尽悲伤之历程，最后这块石还是没有变成适销对路的"宝玉"。《红楼梦》的悲剧，其实是文明的悲剧。

唐代皎然在《诗式》中就说："诗不假修饰，任其丑朴，但风韵正，天真全，即名上等。"宋梅尧臣说："宁从陶令野，不取孟郊新。"陶渊明的模式不是隐逸的模式，而是在文明发展空间吹进一缕率性的、顽拙的精神气息，他的诗中之"野"，拯救了多少掉入文明陷阱（或者"美的陷阱"）中的灵魂！

唐宋以来的审美传统，要以丑医美之病，以野医文之病，以粗医细之病，以躁医静之病，等等，总之，以粗野躁乱来医治人类文明的疾病。这一"尚野的传统"，要洞穿文明的繁文缛节，超越既定的成法定式，归复人的真性，重造人活动的文化空间的清明。如在文人画的发展过程中，它反对甜、腻、熟等，提倡以丑为美的观点，就和这有关。元代画家钱选说文人气是一种"隶气"——就像汉代隶书与篆书之间的关系（汉时官方文书多用篆书，隶书是民间的简约的方便书写体式），"隶气"是一种与官方典雅风范相对的、来自于草莽、萧散于法度之外的执拗飘洒之气。五代北宋之际，野与逸相合，成"野逸"之品格，一时成为艺道效法的精神气质，野逸的山林之气（如徐熙）

和富贵的庙堂之气（如黄筌）截然相对，给"岩穴上士"提供一个性灵优游的世界。

文人艺术其实正是在尚野的风气中出现的，**文人艺术的根本特性就是其"非从属性"**，它具有重视人文和"反人文"的双重特性。陈师曾说："文人画中固亦有丑怪荒率者，所谓宁朴毋华，宁拙毋巧，宁丑怪毋妖好，宁荒率毋工整，纯任天真，不假修饰，正足以发挥个性，振起独立之精神，力矫软美取姿、涂脂抹粉之态，以保其可远观不可近玩之品格"，"呜呼！喜工整而恶荒率，喜华丽而恶质朴，喜软美而恶瘦硬，喜细致而恶简浑，喜浓缛而恶雅澹，此常人之情也。艺术之胜境，岂仅以表相而定之哉？若夫以纤弱为娟秀，以粗犷为苍浑，以板滞为沉厚，以浅薄为淡远，又比比皆是也。舍气韵、骨法之不求而斤斤于此者，盖不达乎文人画之旨耳。"[1]因为在中国美学看来，我们所说的美，并不表明就是美的，而所谓丑，也并不一定是真正的丑。一般来说，美，意味着正常、正面、健康、积极、成功的力量，是合乎一定规范、合乎秩序的创造，优美的形式总是细腻、柔和、轻巧、温软的，是一种肯定性的力量，这种力量能给人带来愉悦的情感体验。而丑则是它的反面，它是消极的、失败的、病态的，甚至是邪恶的，丑的形式是不规则的、不正常的，是僵硬、冷漠、笨拙、粗糙的，它代表着一种负面力量，这种力量给人带来的是不愉快甚至是厌恶的体验。但是，事实上又并非完全如此。我们所说的正常的美的形式，未必就一定能给人带来愉快的体验，而那些笨拙的、粗糙的东西未必就一定会令人反感。**无节制的装饰，忸怩作态的形式，柔媚而近于俚俗**

---

[1] 《文人画之价值》（文言文本）。陈师曾《文人画之价值》有两个文本，一是他于1921年撰写的《文人画之价值》语体文本，发表在《绘学杂志》第二期(1921年春)。是年夏，他对该文内容进行补充，撰成《文人画之价值》文言文本，嗣后收入《中国文人画之研究》（中华书局，1922年）一书。

的风格，与其说是美，倒不如说是真正的丑。而平淡的、稚拙的、散漫的、寂寞的形式，又在一定程度上脱离了人们所说的丑，而成为心灵的安顿。陈师曾对文人画的概括，其实正抓住了这一关键。

本品的描绘，看起来只是一些现象的罗列，其实别有思理。本品说，惟性所宅，真取弗羁。拾物自富，与率为期。心灵是一种真性的居所，我只表达我自己的真性，所以没有任何的羁绊。随物婉转，任意东西，真率为人，不虚与委蛇。在松下筑一个隐居之所，落落不凡，高迥特立。横琴坐忘，脱帽看诗，不问那繁缛的文明"戏文"。时而脱巾独步，把那些文明的装饰拿掉。本品所描写的情性疏野的特性，是天真之性，是人的真实生命圆融完足的展开，超越世俗的陋见，超越那种种打着美的名义吞噬人生命的伎俩，超越时空的限制，但知旦暮，不辨何时，真性勃发，遁入永恒，所谓"山静似太古，日长如小年"是也。这是一种"天放"的境界，唯天放，方能得天籁之和①。

清代画家、鉴藏家黄钺仿《二十四诗品》作《二十四画品》，其中"荒寒"一品说："边幅不修，精采无既。粗服乱头，有名士气。野水纵横，乱山荒蔚。蒹葭苍苍，白露晞未。洗其铅华，卓尔名贵。佳茗留甘，谏果回味。"以粗服乱头、不衫不履来谈荒寒和疏野的特性是可以的，前人有诗云"东篱寂寞南山芜，乱头粗服真狂夫"；"别具疏狂名士格，乱头粗服自风流"，但将此疏野归之于"名士气"、"卓尔名贵"，就游离了中国审美传统的主脉，其见解之低，是无法与《诗家一指》相比的。

值得注意的是，虞集提倡疏野，但并非一味恣肆畅快，所谓放旷

____
① 怀悦本《诗家一指》"三造"中也涉及对"野"的推崇，有一段云："为诗要有野意。盖非文不腴，非质不枯，然始腴而终枯，无中边之殊，意味自足。"又云："咏物不待分明说尽，只仿佛形容，便见妙处，宁拙毋巧，宁朴毋华，宁粗毋弱，宁僻毋俗。"不过这两段论述，都非元人《诗家一指》中语，是明代流行的《诗家一指》删改本所引前人之论。

高蹈，而是一种充满圆融心性中的自由，是一种惬理会心中的畅然。
他有一段论述非常精彩："夫君子之所以行者，岂放旷以为弘达，而恣
肆于高虚者哉！"他举《周易》之卦象说："《渐》之上九曰：鸿渐于
逵，其羽可用为仪；《大畜》之上九曰：何天之衢亨？衢，云路也。鸿
离于所止，飞于虚空，在人则超逸乎常事之外者也。天衢虚空之中，
云气飞鸟往来，无所蔽阻，有豁达无碍之象。御风之意似之，非无自
而然也。渐进而不躁，是以可用为仪。阳畜之久，言行多识，刚健笃
实，辉光日新，是以吉而享焉。"①由此一段论述，可以看出他论疏野首
举"惟性"、"真取"的用意，疏野是一种涵养自深的外溢，由内而至
外者也。

---

① 《御风亭记》，《道园类稿》卷二十八。

十六　旷达

生者百岁，相去几何。欢乐苦短，忧愁实多。
何如尊酒，日往烟萝。花覆茅檐，疏雨相过。
倒酒既尽，杖藜行歌。孰不有古，南山峨峨。

※ 校 注 ※

　　两汉以来，旷达作为一种从容潇洒的人格境界，为士人所崇尚。《晋书》卷九十二《张翰传》："翰任心自适，不求当世。或谓之曰：'卿乃可纵适一时，独不为身后名邪？'答曰：'使我有身后名，不如即时一杯酒。'时人贵其旷达。"胡仔《苕溪渔隐丛话后集》卷十三引《法藏碎金》云："余尝爱乐天词旨旷达，沃人胸中。"宋释惠洪《石门文字禅》卷三十云："天姿旷达，纯素任真。"

　　《二十四诗品》以旷达为一种为人的精神境界，一种诗的审美风范。杨振纲《诗品解》引《皋兰课业本原解》："迂腐之儒，胸多执滞，故去诗道甚远。惟旷则能容，若天地之宽，达则能悟，识古今之变，所以通人情，察物理，验政治，观风俗，览山川，吊兴亡，其视得失荣枯，毫无系累，悲忧愉乐，一寓于诗，而诗之用不可胜穷矣。故此二字所以扫尘俗，祛魔障，乃作诗基地，不可忽也。"其说解颇有思理。

　　"生者百岁"四句：《古诗十九首》："生年不满百，常怀千岁忧。"曹操《短歌行》："对酒当歌，人生几何？譬如朝露，去日苦多。慨当以慷，忧思难忘。何以解忧，唯有杜康。"

欢乐苦短，怀悦本作"欢喜苦短"，与他本异，意虽通，欠雅驯。

何如尊酒，日往烟萝：北宋苏舜卿《离京后作》："脱身离网罟，含笑入烟萝。穷达皆常事，难忘对酒歌。"①虞侍书诗法本、杨成本、祝允明书迹本作"日住烟萝"。

杖藜行歌：杖藜行歌是一种古代文士推崇的沉着痛快的境界。杜甫《夜归》："白头老罢舞复歌，杖藜不睡谁能那？"元王恽有效乐天体所作十绝，其中有一绝云："吟鞭踏破绿苔阶，自挂幽轩数菊栽。半日杖藜横膝坐，绝胜前日醉歌来。"②

孰不有古，南山峨峨：谁人没有大限日，但那南山则千秋万代巍巍峨峨。所谓青山不老，绿水长流。孟郊《出门行》："手持琅玕欲有赠，爱而不见心断绝。南山峨峨白石烂，碧海之波浩漫漫。参辰出没不相待，我欲横天无羽翰。"③虞集笔下此南山，当指终南山，他说："终南峨峨，仙游有石。"（《玄门掌教孙真人墓志铭》，《道园学古录》卷五十）

※ 延伸讨论 ※

百年之痛的化解

人的生命短暂，而宇宙广大、天地永恒。此品的主题是讨论生死的问题，探讨生命价值如何实现。此品与后文之"悲慨"一品也有联系，那一品由生命的困顿传出生命的忧伤，以慷慨悲凉应之，此一品由生死一大因缘显露出生命的有限，以放旷高蹈化之。二者都在中国

① 《苏学士集》卷七。
② 《秋涧集》卷二十五。
③ 《孟东野诗集》卷一。

古代审美生活中留下极深的印迹。

本品从三个方面来化解这"百年之痛"：

一、倒酒既尽："觞"意识。

纵情于酒，自适于山林之乐中，此乃中国古代士人重视自我生命的同义语。如陶渊明所说："千载非所知，聊以永今朝。"

及时行乐，是中国古诗中的一个常见主题。因为人常在不乐中，在劳顿中，在漂泊中，在奔波中，人无法停下脚步，来安排自己的世界，无法从无所不在的羁绊中解脱出来，来考虑自己的体验。正因为如此，及时行乐的调子就越发高亢。**及时行乐，不是呼唤人们沉沦，其实是让人们换一个角度，思考人生的价值。与其说它强调人的感官放荡，倒不如说它更重视挣脱外在束缚的理性沉思。**

何如尊酒，将息此生，这是从《诗经》时代就开始的中国人放旷生命的代语。晋人所谓不如眼前一杯酒，哪管生前身后名，以沉湎于酒的醉意，狂对庆赏爵禄的追求。又有言，"万事不如杯在手，一年几见月当头"，生命苦短，人生多艰，生涯永在折磨中，总是忙碌，总是为他人作嫁衣裳，所谓人间富贵花间露，世上功名水上沤，还不如一杯清酒，陶然天地之间，解除重重绳索，还一个自在的我，哪怕只是一晌贪欢。

汉末以来，人们还将肉体生命和声名的永恒追求与个体生命价值对应起来，士人们要通过纵肆的人生，来摒弃追求不朽的迷思（如当时流行吃药冀自然生命延长，立碑冀名声延长，多子嗣冀宗系延长等）。《古诗十九首》有言，"服食求神仙，多为药所误"；"仙人王子乔，难可与等期"，当下的快乐才是最真实的，永恒就在当下，就在自己短暂的放旷中。《古诗十九首》吟道："为乐当及时，何能待来兹。愚者爱惜费，但为后世嗤"；"人生天地间，忽如远行客。斗酒相娱乐，聊厚不为薄"；"不如饮美酒，被服纨与素"……此生的追求代替了来生的痴望，官能的放荡取代精神上的自律。王羲之以潇洒态度对待时间："悠悠大象运，轮转无停际。陶化非吾因，去来非吾制。宗统竟安在，即顺理自泰。有心未能悟，适足缠利害。未若任所遇，逍遥良辰会。"在王羲之看来，既然时间非吾控制，何必溺于其中，不若放心逍遥，任意东西，"散怀一丘"，陶然一醉。

陶渊明之所以在后代有如此之影响，正因为他对人生短暂、人世多艰的生命解脱开出了良方，一方面他拿来道家思想，吟出了"纵浪大化中，不喜亦不惧"的轻歌，以"托体同山阿"的宁定面对此生的折磨；另一方面又以寄意当下的朴素快乐生活开辟士人生命的新境界。酒，成了陶诗的关键。他在"试酌百情远，重觞忽忘天"中超越。**正因为人有"殇"的生命（人生命再长寿，相对于绵长历史，都可以说是殇）、"伤"的人生（人生被各种东西挤压），所以，需要这样的"觞"的精神——纵情自我，放旷生命，快意人生。借一种醉意的抚慰，获得生命的安顿。**

这种重视当下之乐的解脱方式，在唐宋诗人中也多有共鸣者。如李白的"人生在世不称意，明朝散发弄扁舟"，就有晋人的风韵。宋词中也颇多此类篇什："不须计较与安排，领取而今现在。"（朱敦儒）"早占取，韶光共追游，但莫管春寒，醉红自暖。"（李元膺）"曳一缕，轻烟缥缈，堪惜流年谢芳草，任玉壶倾倒。"（寇准）

前举徐渭《画荷寿某君》诗："若个荷花不有香，若条荷柄不堪觞？百年不饮将何为？况值双槽琥珀黄。"八大山人曾由此诗画一幅画，今藏美国波士顿美术馆。我曾在该馆看过这幅画，八大山人将翠盖亭亭和满池荷香化为一纸墨色，透过这墨色，他看到的是玲珑剔透的琥珀黄，幽淡而感伤，缕缕不尽的香意，在他心中氤氲；他更陶然沉醉于墨海之中，一畅百年之饮。此诗借祝寿的机缘，表一番生命狂舞的衷曲，真有吞吐大荒的意趣。

二、日往烟萝:"古"精神。

此品说"何如尊酒,日往烟萝"。"烟萝"一语,在中国古代用来形容山林之乐,烟云笼罩,藤萝缠牵,织成一个绿城,一个香城,一个安顿自己的香宅绿庵,心灵在这里休息,所谓"车马不到山径绝,溪藤引蔓上篱笆"(文徵明诗),将一切干扰都悬隔起来,不问外在的风涛阵阵,掷世相于万里之外。这是一个幽绝的世界,所谓"白日山深人不到,古藤花落水空流",心灵归于平宁。在中国艺术中,藤萝,又常暗喻时间,中国人说"古木苍藤不计年",寿藤常入于诗画,万岁之枯藤,又成为书家追求的崇高境界。陈洪绶有《时运》诗说:"千年寿藤,覆彼草庐。其花四照,贝锦不如。有客止我,中流一壶。浣花溪人,古人先余。"①春天来了,在古拙而虬曲的老枝上,又有紫色的小花盛开,是那样的灿烂,在陈洪绶看来,这是世界中最美的花(所谓"贝锦不如"),花儿给人以信心,也给生命以安慰,青山不老,绿水长流,春来草自绿,秋去江水枯,世界的一切都是这样,何必忧伤无已。他爱青藤,爱藤花,爱的就是这样的永恒感。他有诗道:"藤花春暮紫,藤叶晚秋黄。不举春秋令,谁能应接忙。"②

此品又说"花覆茅檐,疏雨相过"。苔花覆盖着茅屋,一场细雨相过,清新自然,人迹罕至,四围阒寂,所谓结庐在人境,而无车马喧,虽然在"人境"——熙熙而来攘攘而去的名利世界,但心灵淡泊如水,任外在喧闹,我心只是静寂;尽天下腥臭,我这里独有生命的香径,我尽可在这小园香径独徘徊。我在静寂中、清净中,将外在的世界悬隔起来。金刚不坏在我心中,我心构造成一个铜墙铁壁,抵御外在的"欲虏"侵袭。我很喜欢丁敬的一枚"苔华老屋"的印章,布

① 《宝纶堂集》卷四。
② 藤萝还有一个重要意义,就是知识的缠绕,禅宗将分别见叫作"葛藤下话",禅家有所谓"孤峰迥秀,不挂烟萝;片月行空,白云自在"的话头。

满青苔、缀满微花的老屋，光影透出，斑驳陆离，恍可人目。艺术家用心刻下了这一心灵之宅。

北宋唐庚的一首《醉眠》诗这样写道："山静似太古，日长如小年。余花犹可醉，好鸟不妨眠。世味门常掩，时光簟已便。梦中频得句，拈笔又忘筌。"①唐庚（1070—1120），字子西，四川眉山人。哲宗年间进士，曾事徽宗朝。他是一位非常有学问的诗人。其《醉眠》当时就传为警句。宋罗大经写道："唐子西诗云：'山静似太古，日长如小年。'余家深山之中，每春夏之交，苍藓盈阶，落花满径，门无剥啄，松影参差，禽声上下，午睡初足，旋汲山泉，拾松枝，煮苦茗啜之。……出步溪边，邂逅园翁溪友，问桑麻，说粳稻，量晴校雨，探节数时，相与剧谈一饷。归而倚杖柴门之下，则夕阳在山，紫绿万状，变幻顷刻，恍可人目。牛背笛声，两两来归，而月印前溪矣。味子西此句，可谓妙绝。然此句妙矣，识其妙者盖少。彼牵黄臂苍，驰猎于声利之场者，但见衮衮马头尘、匆匆驹隙影耳，乌知此句之妙哉！"②他在唐子西的诗中识得人生的韵味，体会到独特的生命感觉，他以自己的生命来映证此诗境。

三、杖藜行歌："啸"情怀。

徒步觉自由，杖藜复恣意。杜甫《夜归》诗说："白头老罢舞复歌，杖藜不睡谁能那？"杖藜行歌代表一种潇洒倜傥的人生境界。虽然满蕴生命的忧伤，虽然在人生的竞技场上成了折翅的鹰，但我仍然可以醉眼看花，狂对世界，卒然高蹈，放旷长啸。我仍然可以以自己衰弱的身，凭借支撑的藜杖，跳出率意的生命舞。百年人照样可唱千年调，短暂人照样可有苍古心。杖藜，说人生的折磨，折磨到力不能支；行歌，说人生的旷达，尽管如此的有限，如此的局促，如此的淹蹇，泪

---

① 唐庚《眉山唐先生集》卷五，《四部丛刊三编》本。
② 《鹤林玉露》卷四。

水模糊了眼，重压压沉了腰，但我还可以歌！

《楚辞》中的《渔父》一篇化屈原和渔父的对话，就传达出这种杖藜行歌的旷达："屈原既放，游于江潭，行吟泽畔，颜色憔悴，形容枯槁。渔父见而问之曰：'子非三闾大夫与？何故至于斯！'屈原曰：'举世皆浊我独清，众人皆醉我独醒，是以见放！'渔父曰：'圣人不凝滞于物，而能与世推移……'"屈原没有听从渔父的劝解，回答说："宁赴湘流，葬于江鱼之腹中。安能以皓皓之白，而蒙世俗之尘埃乎！"最后，"渔父莞尔而笑，鼓枻而去，歌曰：'沧浪之水清兮，可以濯吾缨。沧浪之水浊兮，可以濯吾足。'"北宋苏舜钦曾以沧浪为其园亭之名，中国文人的沧浪情中包含着这沉着痛快的旷达情怀。莞尔而笑，鼓枻而去，后来成为中国文学艺术的大境界。

我曾为明代书法家王宠《赠唐伯虎》诗所吸引："举世皆罗网，怜君独羽毛。百年浑醉舞，万象总风骚。长袖娇红烛，飞花洒白袍。英雄未可料，腰下吕虔刀。"[1]在友人看来，唐寅是有大腾挪的人，他挥舞长袖，在天地古今中放旷起舞，这可能就是杖藜行歌。徜徉在古代诗歌和艺术的世界中，常常能遇到这"百年浑醉舞，万象总风骚"的精神。

综此言之，《二十四诗品》以"旷达"品，思考人生命的价值。诗人（包括艺术家）是世界上最敏感的群类，感时花溅泪，恨别鸟惊心。但是诗人、艺术家又是最清通简达之人，他们能透过世相，寻觅一个微小的生命的内在价值。"旷达"一品要说的是，要做一个诗人，需要有别样的情怀，对于真正的诗人来说，须臾的人生和缅邈的时间，非但不会丈量出人生命资源的短缺，反倒迸发出生命的内在力量。

---

① 《雅宜山人集》卷四，明嘉靖十六年刻本。吕虔刀：据《晋书·王览传》记载，三国时魏刺史有一把宝刀，铸工相之，以必三公始可佩，吕虔以之赠友王祥，后王祥位列三公，又以授弟王览，览后官大中大夫。

　　孰不有古，南山峨峨。这两句可以从两个角度看，一方面相形而见生命之短暂，而青山不老，绿水长流。天地长"古"我无"古"。而从另外一个角度看，清风明月本无价，近水远山皆有情，天生一人，自有一人之用，我以自己的生命融入世界，我与之俱逝，自得永恒。重视而今当下，就是"古"。如虞集所说："今去而亡，俯仰无极。何以识之，南山之石！"①

　　旷达地存在，"孰不有古"——谁不是永恒之物！我也像南山一样自峨峨。

---

　　①　《晦机禅师塔铭》，《道园学古录》卷四十九。

十七　清奇

娟娟群松，下有漪流。晴雪满汀，隔溪渔舟。
可人如玉，步屟寻幽。载瞻载止，空碧悠悠。
神出古异，淡不可收。如月之曙，如气之秋。

▨ 校　注 ▨

清奇一语，唐代以来已成诗文艺术品评概念。如唐齐己《风骚旨格》云："诗有十体，一曰高古，二曰清奇……"唐张为《诗人主客图》以"清奇雅正"属李益。唐高仲武编选《中兴间气集》云："诗格清奇，理致清澹。"①

此品杨成本、说郛本、津逮本等列第十六品，而怀悦本与诸本不同，他将通行本第二十三品"旷达"列为第十六品，列在"清奇"之前，其他顺序未动。

娟娟群松：娟娟，娟秀清丽。杜甫《严郑公宅同咏竹（得香字）》："雨洗娟娟净，风吹细细香。"虞集《与易升》："翠竹涓涓映白沙。"下有漪流：清流从雪中流出。

晴雪满汀：汀，岸边地。怀悦本、杨成本等作"晴雪满竹"，祝允明书迹本、津逮本作"晴雪满汀"，二者相比，后者意较合。古今小品本又误作"晴雪满行"。

---

① 据宋计有功《唐诗纪事》卷三十引。

可人如玉：可人，意存高远的君子。《诗经·小雅·白驹》："其人如玉。"《荀子·法行》："夫玉者，君子比德焉。温润而泽，仁也；栗而理，知也；坚刚而不屈，义也；廉而不刿，行也；折而不挠，勇也；瑕适并见，情也；扣之，其声清扬而远闻，其止辍然，辞也。故虽有珉之雕雕，不若玉之章章。《诗》曰：'言念君子，温其如玉。'"《世说新语·容止》："裴令公有俊容仪，脱冠冕，粗服乱头皆好，时人以为玉人。见者曰：见裴叔则，如玉山上行，光映照人。"

步屧寻幽：屧（xiè），即木屧。《颜氏家训·勉学》云："梁朝全盛之时，贵游子弟多无学术……无不熏衣剃面，傅粉施朱，驾长檐车，跟高齿屧，坐棋子方褥，凭斑丝隐囊，列器玩于左右，从容出入，望若神仙。"卢文弨注云："自晋以来，士大夫多喜着屧，虽无雨亦着之。"谢灵运善着屧，李白诗中有"脚着谢公屧"语。"步屧寻幽"，就是着木屧而悠然前往，以形容山林隐居者的高逸生活。虞集《寄诉笑隐》："晓日上林随步屧，春云如海在挥毫。"①

载瞻载止：即走走，看看，停停。两个"载"都是语助词。载瞻，津逮本作"载行"。

神出古异，淡不可收：指这位"玉人"神情古淡，迥然独立。类似于《庄子》中所说的"畸于人而侔于天"的"畸人"。前一句，祝允明书迹本、杨成本、古今小品本、说郛本、津逮本皆作"神出古异"，而怀悦本作"神出古意"，属明显误植。

---

① 《道园遗稿》卷三。

▒ 延伸讨论 ▒

一朵开在寂中的花

"清奇"写道：一排排碧绿的青松，下面有潺潺的细流，雪后初霁，乾坤一片白色，在阳光照耀下，雪溪中有一只小舟在荡漾。一个装束高逸的隐者，想象中应该穿着红色衣服，脚着木屐，在雪国中悠然前行。他边走边看着雪天寒水，感觉到天地一片空悠悠。他神情幽淡的清澈情志，就像清晨挂在天上的月，就像秋空里浮动的气。景很清奇，人亦清奇；清奇在境，那是由人的心中逸出。

"清奇"一品，是清与奇的融合，以清为底色，以奇为远引。清在离染，它是中国人美感世界的理想。心如冰壶澈底清，如"洗炼"品所说的"空潭泻春，古镜照神"，这个清清世界，这个映照人清澈灵魂的世界，被置于审美的最高境界。而奇在离俗，它与平庸的、媚俗的、屈服于常规的、困顿于秩序的做法绝缘。

清与奇融合而成清奇之境，是幽中之冷，是荒中之寒，是孤独中的清吟，是荒怪中的突出。清而至于奇者，脱略凡尘，出人意表，高自标置，孤迥特立。清奇为境，其象如何？林木苍古，泉石清幽；其人如何？神情古异，格致高朗；其性如何？要如飘渺孤鸿影，应似雪溪孤舟人；其气又如何？总在冷寒，所谓白云抱幽独，冷淡出清奇。

所以"清奇"一格有出尘之志，多幽绝之思，还总带有一种凄厉的感伤。唐人论艺特重清奇，其时论诗有"十体"之称，第一为高古，第二即为清奇[①]。

---

①　唐齐己《风骚旨格》："诗有十体：一曰高古，二曰清奇，三曰远近，四曰双分，五曰背非，六曰无虚，七曰是非，八曰清洁，九曰覆妆，十曰阖门。"（据宋陈应行《吟窗杂录》卷十一引）

柳宗元《江雪》小诗和马远《寒江独钓图》最得其意。马远的这幅作品将《江雪》的诗意搬到了画中。静谧的夜晚，淡淡的月色，空空荡荡的江面上，有一叶孤舟静横，小舟上一人把竿，身体略略前倾，凝神专注于水面。小舟的尾部微翘，旁边则是几丝柔痕，将小舟随波闲荡的意味传出。夜深人静，月冷天清，寂寞的秋江上悄无声息，气氛凄冷，一切喧嚣都远去，一切争斗都荡尽，一切人世的苦恼都在冷夜的屏障抵制下退出。一丸冷月，虽然孤独，却是与渔父相依为命的精灵，冷月砌下的清晖，对这孤独的人来说不啻是一种安慰；迷蒙的夜色，为寂寞的人提供柔和的保护。小舟静静向前，偶尔激起的流水声，像是和人絮语。忽而有夜鸟掠过，留下它悠长的叫声，更衬托这江夜的空明和静寂。此诗意、此图景，允为清奇之典范。

苏轼的"时时出木石，荒怪轶象外"，是清奇之境；苏轼那首"缺月挂疏桐，漏断人初静"，缥缈的孤鸿影，也闪烁着清奇之魂。清董国华《清梦庵二白词序》一段论述非常精彩，可得清奇之韵："琅然清圆，一唱三叹。如冷风过林，自协流徵，凉月晖席，都成秋痕。撼芬芳悱恻之怀，极哀艳骚屑之致，雪涤凡响，棣通太音，万尘息吹，一真孤露。度以横竹，当飞奇声；和之弦桐，居然流水。"[1]

在中国艺术中，清奇之境表现为一种冷艳之美。明陈洪绶的画就有这样的气息。他画中的铜瓶，总是在暗绿色的底子上，有或白或黄或红的斑点，神秘而浪漫。这斑点，如幽静的夜晚，深湛的天幕上迷离闪烁的星斗，又如夕阳西下光影渐暗，天际上留下的最后几抹残红，还像暮春季节落红满地，光影透过深树，零落地洒下，将人带到梦幻中。如他的《吟梅图》，作于1649年，南京博物院藏。这幅画古色古香，一高士坐在长长的石案前，紧锁眉头，双手合于胸前，作沉思状，

----

[1] 据清江顺诒《词学集成》卷七引。董国华，字荣若，号琴南，江苏吴县人。清嘉庆戊辰进士。

案台上放着一张空纸，铜如意压着，毛笔已从笔架上抽出，砚台里的墨也已磨好，非常细腻地表现出诗人吟梅作诗的状态。与高士对面而坐的是一位女子，当是高士的女弟子，这女子侧目注视画面一侧的女童，女童手举着一个花瓶，花瓶里插着梅花折枝和水仙，女子观梅作画。吟梅之作，一作诗一作画，二人相对，一紧张，一轻松，显得趣味盎然。画面中出现的人都沉静不语，石案假山等以冷青敷出，而女童的面部、花瓶等涂上白粉，越发增加画面的幽冷。**陈洪绶最具匠心的布置，是色彩的点提，石案下高士露出的红色的鞋底，案头上香炉下红色的垫子，而假山旁有红色立脚的凳子。几点红色，虽不多，但却艳艳绰绰，从幽冷的画面中跳出。梅清冷高洁的宁静和吟梅者欲出未出的内在汹涌就这样交织在一起。冷调子中，一点红色闪烁，给人惊艳的感觉。**

而冷艳，正是"清奇"一品所显示出的气质。此品描绘的是，一个雪后的玉乾坤中，一个如玉一样温润的人；一片茫茫的空白世界里，一点殷红在跳动。日本美学中的"幽玄"，颇近其意。它是一种冷寂美，它强调冷，同时也强调艳，是冷寂中的"妖艳"。《红楼梦》中有个著名的意象"白雪红梅"，就是这样的"幽玄"。第四十九回：那是一个大雪的早晨，宝玉早早地"出了院门，四顾一望，并无二色，远远的是青松翠竹，自己却似装在玻璃盆内一般。于是走至山坡之下，顺着山脚，刚转过去，已闻得一股寒香扑鼻，回头一看，却是妙玉那边栊翠庵中有十数枝红梅，如胭脂一般，映着雪色，分外显得精神，好不有趣"。空灵素淡，但却有内在的惊绝，有幽深凄绝中的提撕。这种美，带有一种神秘感，与佛教有密切关系，是一种凄厉中的冷艳。

幽玄，作为日本美学的重要概念，与中国哲学尤其是禅宗哲学有密切的因缘。所谓幽玄者，乃在洞见实相、证得幽深的生命之理。天台宗师隋智颛《维摩经玄疏》卷一："心源妙绝，万法幽玄。"五代宋初延寿《宗镜录》卷九十二："夫幽玄之道，无名无相。"日本天台开宗之师最澄（767—822）《一心金刚戒体诀》说："得诸法幽玄之妙，证金刚不坏之身。"幽玄成为日本艺术至高的审美规范，其显现颇似日本的枯山水，也是一种"观念艺术"，前者通过乍生乍灭的生命事象展现幽玄之理，后者通过沙海组石等表现恒河沙数的永恒之思，都是归之于冥思。

而在中国艺术中，虽然没有类似这样的"观念艺术"的特别表现，但幽玄之思却潜藏在其艺术传统中。它将对幽玄之道的冥思转化为一种活泼的生命感悟形式。就像上举《红楼梦》中妙玉栊翠庵的"白雪红梅"意象，显然不能简单从色彩对比强烈的美感方面去体会，它包含着一种生命的顿悟。"白茫茫大地真干净"的世界中，有几点殷红跃出，带有凄厉和忧伤，更包含真与幻的觉悟。"雪白"中总是裹着"血红"。曹雪芹的"如胭脂一般，映着雪色"的描写正是此意，那是带着"血色的花"。生命是如此灿烂，又如此短暂，如此脆弱，然而，幽玄就是不因生命的局限而放弃灿烂和浪漫。当然，这灿烂和浪漫终究是天上飘来的一片云、大海中忽起的一朵沤、大地上乍生乍灭的几枝花。

松尾芭蕉有俳句云："雪融艳一点，当归淡紫芽。"小诗的冷艳清绝令人一读难忘。芭蕉的另一首俳句同样精警："蛙跃池塘中，静潴传清响。"芭蕉非常重视这自得之妙，尝言"得'古池'句，此生可休矣"。他甚至将"古池"彻悟喻作"破颜一笑"，使人不由不想到禅宗所申言的"佛祖拈花，迦叶微笑"的故事。芭蕉又有俳句云："一声禅寂中，蛙声透山岩。""蛙跃"——一声打破了千年的静寂。一如《二十四诗品》中的"空潭泻春，古镜照神"，一个当下的鲜活突然切入过去的纵深之中。明治时的俳句大家正冈子规说："我家院中有一小池，内养金鱼，金鱼皆潜伏水底。某天我看到漆黑的东西在水面上游，仔细瞧去，原来是何止千万的蝌蚪。过了几天，我策杖来到金鱼池畔，忽听'嘭'的一声，不由得吃了一惊，原来是一头大蛙跳进水里去了。我顿时想到了'古池'句，同时开始真正理解蕉翁的名作了。"[1]

禅宗中有"听那单手拍掌的声音"的话头，与双手拍掌的凡常相对，学者们多注意其荒诞、非逻辑、非理性处，其实没有说到，这其实就是它的"正常"、"正理"、"正逻辑"处。单手拍掌，突破妄见的遮蔽，一下引出心灵中那个真实的自我，那个在茫茫红尘中早已忘却了的存在。正像有人评云林的枯木寒林所言："千年石上苔痕裂，落日溪回树影深。"蛙的突然一跃，光影的跳动，打破千年的静寂，一念万年，在寂寞的世界中，将人从懵懂中拉出。

顿悟，是忽然的跃动，是切入，突然的强力将生命从迷妄中拉出。飘起的浪花，下有茫茫大海；泛出的几点胭红，背景是白雪茫茫；一丸冷月落在浩瀚的大海（所谓"无云生岭上，有月落波心"），突起的声音飞出千年的静寂，当下黄昏的光影戏弄万年的苔痕……当下和永恒，隐匿和跃起，真与幻，一个独立的我与绵长的历史，就这样照面了。这幽玄，这冷艳，这古怪的清奇，是人命运的转捩点，人生命的惊觉。突然的点醒，突然的转向，蓦然回首中，截断众流。中日艺术推崇的这清奇凄绝的美，蕴藏着幽深的生命感叹。

古代中国有一个美妙的传说，说是有一位神人，叫安期生，一日，大醉，以墨洒于石上，于是石上便有绚烂的桃花。据说很多画家仿照此神人之法。石上的绚烂，是永恒的绚烂，在生命的沉醉中，无处不有桃花的灿烂。海枯石烂，桃花依然。桃花依旧笑春风，是一个永恒的期许。

中国艺术特别重视这"点醒"。**这忽然间的"切入"，如石击火，电光迸现，如红炉点雪，突然冰融。**南宗禅讲顿悟，所谓"顿"者乃

---

[1] 正冈子规《虚子俳话》卷上，引见彭恩华《日本俳句史》，第18页，学林出版社，1983年。

"乍"起也，刹那刹那，忽然间的"突入"、"顿入"、"直入"、"切入"。这冷中的艳，是华丽的寂，又是无中的花。它要在梦幻空花中，去寻一个笼括世界的香城（如《大般若经》中寻香城之描绘）。

禅宗和中日艺术都非常推崇的"红炉点雪"①，就是此清奇幽绝之境。拾得红炉一点雪，却是黄河六月冰，化为五代北宋以来审美的魂灵，成为昭示千年以来中国美学的一种重要思想。禅家有云："我法从来一字无，有语须知法转疏。昔日青原提正令，红炉点雪月轮孤。"禅宗以"寒影对空，红炉点雪，如如不动，全体相呈"为体悟之至高境界。熊熊之红炉，一点白雪落之，冰融雪化，触着便醒。就像大慧宗杲所说："桶底脱时大地润，命根断处碧潭清。好将一点红炉雪，散做人间照夜灯。"下面的这首偈语也说得好："惟佛与佛，等无差别；量比太虚，面如满月；真相无生，妄见有灭；一念万年，红炉点雪。"有一位禅师上堂说这样的法："有时提起，如倚天长剑，光耀乾坤；有时放下，似红炉点雪，虚含万象。"②

虞集特别重视这应机而发的彻悟。他在《铁牛禅师塔铭》中说："曳履长廊之松风，闲话方炉之夜雪。吾不敢轻于初学，亦有坚持勇进。"③他对断崖禅师的"大地山河一片雪，太阳一照便无踪。自此不疑诸佛祖，更无南北与西东"的境界非常倾心④。其挚友袁桷有赠其诗云："唤取东坡虞博士，红炉同点夺胎银。"⑤红炉点雪，发真归源，透彻中得清奇之致。

红炉点雪，是一朵开在寂中的花。

---

①　或称"洪炉点雪"，但不及"红炉点雪"有韵味。
②　嘉州能仁默堂绍悟禅师结夏上堂语，见《五灯会元》卷二十。
③　《道园学古录》卷四十九。
④　《断崖和尚塔铭》，《道园学古录》卷四十九。
⑤　《雪中招虞伯生祝丹阳二首》之一，《清容居士集》卷二十三。

十八　委曲

登彼太行，翠绕羊肠。杳霭流玉，悠悠花香。
力之于时，声之于羌。似往已回，如幽匪藏。
水理漩洑，鹏风翱翔。道不自器，与之圆方。

校注

委曲：委的本意就是曲折。《说文》："委，随也。从女从禾。"徐
铉注："委，曲也。取其禾谷垂穗委曲之貌，故从禾。"委曲作为一个
审美概念，在南朝时已有运用，如南朝陈姚最《续画品》评毛惠秀"遒
劲不及惠远，委曲有过于棱"[1]。唐代以来，此一概念运用广泛。《诗式》
卷一云："作者存其毛粉，不欲委曲伤乎天真。"（毛粉，即画中粉本）

羊肠，太行山一山之名。《吕氏春秋》卷十三《有始览》"岐山，
太行，羊肠，孟门"，高诱注："羊肠，其山盘纡，譬如羊肠。""登彼
太行，翠绕羊肠"写委曲之状，如羊肠山道，盘旋曲折。

杳霭：朦胧的雾霭。流玉：形容清泉滑落，珠圆玉润。鲍照《喜
雨》："惊雷鸣桂渚，回涓流玉堂。"杳霭流玉形容落花流水往复回环之
妙。祝允明书迹本"杳霭"作"香霭"，或是卞永誉所录之误。

力之于时：时力，传说古代大力士名。《战国策》卷二十六《韩
策》："豁子、少府、时力、距来，皆射六百步之外。"《史记·苏秦列

---

① 此处之"棱"指毛惠秀之侄，其为毛惠远之子，皆为书法家。

传》："天下之强弓劲弩，皆从韩出。谿子、少府、时力、距来者，皆射六百步之外。"裴骃《集解》："时力者，谓作之得时，力倍于常，故名时力也。"声之于羌：就像羌人的笛声，婉转缠绵。所谓"羌笛何须怨杨柳"也是形容羌人乐曲的特征。

似往已回：无往不复，天地际也。往复乃相对而言。如幽匪藏：看起来是藏了，但并没有真正的藏起。此暗用《庄子·大宗师》"藏舟于壑，藏山于泽，谓之固矣。然而夜半有力者负之而走，昧者不知"之典故。如幽匪藏，怀悦本作"如匪幽藏"，误。

水理漩洑（xuánfú）：回旋水流形成的螺旋般的波纹和漩涡。水理，怀悦本作"水流"，误。

道不自器：形而下者谓之器，道不能从外在形迹上追寻。与之圆方：与万物优游徘徊。

※ 延伸讨论 ※

赏曲又不为曲所屈

此品说委曲一道，其与直露无遗相对。品义与"含蓄"品接近，委曲就是一种含蓄的表达。但委曲还有含蓄无法包括的独特美感，它委婉、曲折、深邃、幽远。曲径通幽是中国美学的重要境界。如江南私家园林，曲曲的小径，斗折萦回的回廊，起伏腾挪的云墙，婉转绵延的溪流，虬曲盘旋的古树，有委曲之妙。清钱泳说："造园如作诗文，必使曲折有法，前后呼应。"（《履园丛话》）此品谈诗学上的曲，道出了中国美学的重要原则，多用比喻，委曲如莽莽太行山中的盘山曲道，如朦胧雾霭中滑出的细泉，如无意中传来的幽幽花香，又如那缠绵悱恻、绕梁三日的歌曲，委曲还如那水的漩涡，又像那高空中盘旋的大鹏。《皋兰课业本原解》说此品："文如山水，未有直遂而能佳者。人见其磅礴流行，而不知其缠绵郁积之至，故百折千回，纡徐往复，窈深缭曲，随物赋形，熟读楚辞，方探奥妙耳。"道出此品一方面的意思。

但是如此理解此品，只注意谈委婉曲折之妙是不够的。**本品由婉曲的形式美感入手，谈中国生命哲学的重要思想：委运任化。"道不自器，与之圆方"，本品最后这两句乃全品理论之结穴。**形而上者谓之道，形而下者谓之器。道是不能从形而下的形式层面、物质层面、外在于我的色相层面去观照的。《二十四诗品》自始至终都在申说一个道理，必须返归真性，从世界的对岸回到世界中，与物相与优游，不是外在"审"美，而是心灵的契会。此品亦是如此，它通过委曲的形式美感，来说人与世界优游容与的道理。不能依人的知识去分析世界，不能随人的欲望去消费世界，也不能因人与物的紧张关系而逃遁这个世界，而是加入这个世界。加入不是人不得已的选择，而是人本有的存在，如鱼不能离水，人如何能离开这个气化的世界？浮沉于万物之表，那才是根本的出路。委曲是人生命真性的体现。本品是从真性上谈委曲，在中国美学史上，这是一个重要观点。

本品以"委曲"为名，而不言曲折、婉曲等，其用意正在于此。委者，顺也，委运任化之谓也。即就中国园林多曲线少直线的形式表现而言，直线与力感、秩序、知识、对称等相连，而曲线又与优美相连。但在传统美学观念中，曲线最重要的含义是"随顺"，与物优游，与物漾洄，或者与物浮沉。中国人爱杨柳画桥、曲径通幽、庭院深深，不是一种简单的形式趣味，在这委婉曲折中，涵蕴的是一种生命安顿的精神，其中包含着一种体贴入微的心理诉求。

虞集《吴兴公画陶渊明画像赞》说："田园归来，凉风吹衣。窈窕崎岖，遐踪远微。帝乡莫期，乘化以归。哲人之思，千载不违。"①就像陶渊明，在窈窕崎岖的人生中，乘化以尽，纵浪自适，与物无忤，这正是虞集"委曲"品所强调的内涵。

本品中所举的几个例子，表面看是说曲的妙处，落脚点却在"往复回环"的道理。似往已回，如幽匪藏。看着像流过去了，又像是回来，往复回环；看似很深，但又像是跃现，无显（没有"作"的欲望）亦无藏（没有"遁"的顾盼）。水理漩洑，鹏风翱翔。漩洑，就像密密的涟漪，委婉曲折。又像那大鹏在天上翱翔，扇动着翅膀，婉转流动；又像那杳霭流玉，悠悠花香。霭是山林中的气息，玉是瀑布。在杳霭中滑出珠圆玉润之涧瀑，在幽深的山林中不知从哪里传来悠悠花香。此中隐喻心灵回旋的大境界。

唐代诗人刘眘虚有一首诗："道由白云尽，春与青溪长。时有落花至，远随流水香。开门向溪路，深柳读书堂。幽映每白日，清辉照衣裳。"②**与其说此诗写的是春景，倒不如说写一种委曲婉转的感觉。**道路在白云尽头，路弯弯曲曲向前延伸，山林幽深，春意盎然，就像山林里面的小溪流水一样，也是弯弯曲曲向前流去。偶尔有一两片落花从流水中飘来，远远地就可以闻到水中的芳香。流水落花之情致，其中暗喻着生命之感叹，唯有超越此一紧张，才能释然。唯有此略带忧伤的淡淡感觉，读之才能直入人心。

我在虞集的"委曲"品中就读出这适意中所深蕴的感伤。委曲之妙，在缠绵悱恻中。此品中所用"力之于时，声之于羌"两个典故，后者人们熟悉，前者比较冷僻，但寓意深长，是理解此品所不可忽视者。声之于羌，我们知道"羌笛何须怨杨柳，春风不度玉门关"。羌笛，就是西北羌人的音乐，缠绵悱恻，令人难忘，这也是在写曲折。

---

① 《道园类稿》卷十五。
② 据唐殷璠《河岳英灵集》卷上引，原诗缺题。

楚辞的格调亦是如此，让人有委曲流转的感觉。有人评价楚辞是"断还乱，乱还断"，所以"乱"成了中国艺术的一种境界。我们讲乱和治，治是有秩序的，乱与其相对，是对秩序的一种超越。《离骚》以当时楚国的歌《乱》作结尾。"委曲"一品，其实是缠绵悱恻、一唱三叹的楚歌。

因为其有可叹之因缘。力之于时，虽出自"时力"（时之有力者）的传说，但主要来自《庄子·大宗师》一段讨论：

> 夫大块载我以形，劳我以生，佚我以老，息我以死。故善吾生者，乃所以善吾死也。夫藏舟于壑，藏山于泽，谓之固矣。然而夜半有力者负之而走，昧者不知也。藏小大有宜，犹有所遁。若夫藏天下于天下而不得所遁，是恒物之大情也。特犯人之形而犹喜之。若人之形者，万化而未始有极也，其为乐可胜计邪！故圣人将游于物之所不得遁而皆存。

这段话是讨论如何存在的问题，来于"大化"，去于"大化"，而生命过程中化于"大化"，是此段的核心。其中藏舟于壑、藏山于泽的故事，正是"委曲"品"时之于力"的理论之源。它说的是有一个人害怕自己的小舟被人偷去，就把它藏到大壑里；怕他的山被人偷走，就把它藏到大泽里，以为没问题了。可是半夜有个大力士，把舟与山都背走了，藏的人还昧然不知呢。这个"大力士"（时力）就是变化。这个故事告诉我们，世界每时每刻都在变化，我们每时每刻都在逝去，人生是一个必然走向衰落的过程。当然，庄子的意思不是让人们重视世界的变化，而是讲一切变化都是非真实的显现，可以称为"小化"，大化者，不化也。人不能被世界的变化所裹挟、绑架，真实生命意义的实现，是要超越这种变化，纵浪大化，委运任化，顺应自然，于变

（小化）中追求不变（大化）。本品中的"力之于时"讲的就是这个意思。虞集强调，要透过事件的幻象、表象，化入自然中去，天地与我并生，而万物与我为一。这就是道不自器，与之圆方。

本品所说的"水理漩洑，鹏风翱翔"也别具深意。漩洑，乃禅宗中常用之比喻，比喻挂碍系缚。五代延寿《宗镜录》卷四说："漩洑者，水之漩流洄洑之处，一甚深故，二回转故，三难渡故。法海漩洑亦然，一唯佛能究故，二真妄相循难穷初后，三闻空谓空、闻有谓有则沉于漩洑。"**世界充满了漩涡，真正的善渡者，是超越于漩涡之上，不为色相世界的漩涡所转动，不沉溺于有无真妄拣择的知性漩涡中，方是一个真"渡"者。**

而鹏风翱翔，用的是《庄子·逍遥游》的典故。大鹏南飞，翼如垂天之云，翱翔九天之上。似有大力者，它仍然是培风而行，有所待也。庄子认为，真正的逍遥是"乘天地之正，而御六气之辩，以游无穷者"，如果这样，"彼且恶乎待哉"？不被世界的风所卷走，泠然而行。

这一品真是曲曲地写来，弄得不好，真要掉进其所设的理论漩涡中。**曲，是一种美；也是一种缠绕，一个漩涡，一段勾魂摄魄的衷曲。人无法不欣赏曲，但唯有超越于曲，才能最终不为曲所屈。**

本品所开出的"与之圆方、随物婉转"的良方，是传统美学最为微妙的思想之一，中国美学中有不少与此相关的概念。

俯仰，这是中国美学的独特概念，其源远流长。《周易·系辞上传》："仰则观象于天，俯则观法于地。"易象就是由此仰观俯察中产生。许慎《说文解字·序》把它作为汉字的创造方法。在这里，**"俯仰"不是观上看下的简单观察方式，而是用心灵编织天地的网，反映的是一种远逝的精神气质。**嵇康有诗曰："目送归鸿，手挥五弦，俯仰自得，游心太玄。"魏晋以来人们也将重视性灵远游的气质融进了此一概念，俯仰是人超迈境界的显现，所谓从容中度，逍遥周流。陆机《大墓赋》云：“仰寥廓而无见，俯寂寞而无声。”陆云《登台赋》云："仰凌畤于天庭兮，俯旁观乎万类……于是忽焉俯仰，天地既闶，宇宙同区，万物为一。原千变之常钧兮，齐亿载于今日。”庾阐有诗云："峥嵘激清崖，蒙笼阴岩岫。咀嚼延六气，俯仰以九周。”乃至王羲之《兰亭集序》之“仰观宇宙之大，俯察品类之盛，所以游目骋怀，足以极视听之娱，信可乐也”，均属此论。

类似的概念很多，如由视觉言者，中国人有一种流畤天地、飘瞥乾坤的精神。流畤、飘瞥两词后来也发展成表现独特审美观照态度的概念。言流畤者如：曹植《洛神赋》："税驾乎蘅皋，秣驷乎芝田。容与乎阳林，流畤乎洛川。”陶渊明《闲情赋》："瞬美目以流畤，含言笑而不分。”唐人尹懋《奉陪登南楼》："君子每垂眷，江山共流畤。”言飘瞥者如：《世说新语·言语》："道壹道人好整饰音辞，从都下还东山，经吴中，已而会雪下，未甚寒。诸道人问在道所经，壹公曰：‘风霜固所不论，乃先集其惨澹，郊邑正自飘瞥，林岫便已皓然。’”宗白华先生在《美学散步》中曾谈到“流畤”和“飘瞥”这两个概念，认为其中包含着中国人独特的审美态度。

由身体言者，此类概念也颇多。如“绸缪”一词，本指纺织中经纬密合，《诗经》中以其为缠绵依偎情感之象征，后被发展成一种观照态度。如《庄子·则阳》："圣人达绸缪，周尽一体也。”宗炳《画山水序》："目所绸缪，身所盘桓。”又如“容与”一词，在楚辞中多见。《云中君》："时不可兮再得，聊逍遥兮容与。”《远游》："氾容与而遐举兮，聊抑志而自弭。”后引申为一种周流容与的观物态度。如《西都赋》："容与徘徊。”唐孙过庭《书谱》："若运用尽于精熟，规矩谙于胸襟。自然容与徘徊，意先笔后，潇洒流落，翰逸神飞。”

这样的概念还有："委蛇"(《庄子·庚桑楚》："与物委蛇，而同其

波。"）、"宛转"、"徘徊"（《文心雕龙·物色》："既随物以宛转，属采
附声亦与心而徘徊。"孟郊诗："清溪宛转水，修竹徘徊风。"）、"跌荡"
（黄庭坚："笔力跌宕于风烟无人之境。"）等等，都与随运任化的审美
观照态度有关。

十九　实境

取语甚直，计思匪深。忽逢幽人，如见道心。
晴涧之曲，碧松之阴。一客荷樵，一客听琴。
情性所至，妙不自寻。遇之似天，泠然希音。

※ 校　注 ※

取语甚直，计思匪深：此二句强调的是不思。传统哲学有两条致
思途径，一是通过理性达至，一是通过妙悟达至。道家以"知不知"、
"不知知"判分二者，佛家以"识识"和"智识"（借用《维摩诘经》
的分别）加以区隔。在诗性的妙悟中排除理性的干扰，是中国美学的
一贯思想。取语甚直，怀悦本"直"作"真"，误。

忽逢幽人，如见道心：忽然遇到一个高人，他真率的心灵坦然呈
露。幽人，深居之人，高人。道心，大道之心。《伪古文尚书》："道心
惟微。"颜真卿《有唐茅山元靖先生广陵李君碑铭》："德本无累，道心
有常。"幽人，是虞集习惯使用的概念，如"幽人慎素履，古道思独往"
（《和陈溪山韵》）；"莫道幽人有意吟，缘情生变苦推寻"（《与赵伯高
论诗》）；"卧龙庵里闲风月，惟有幽人字字看"（《题吴兴公所书出师
表》），等等。

晴涧之曲，古今小品本、郭绍虞集解本作"清涧之曲"，他本
"清"多作"晴"，意思较胜。此有雨后初霁、山泉滑落之意。

一客荷樵，一客听琴：此为虞集毕生推崇的境界。他自号青城山

樵，本是蜀人，他愿意做一个青城山的樵夫，自在逍遥于深幽之境。其友顾瑛赠其诗云："青城樵者一衰翁，写罢乌丝满袖风。消得玉堂金研匣，至今传入画图中。"① 虞集曾作《海樵说》赠友人韩克庄。这位友人曾告诉他："人樵于山，我樵于海。山有木，樵则取之。海无木，而我樵之者，俟于海滨，有浮槎断梗，至于吾前者取之，不至吾前者，吾漠然与之相忘也，故自命曰海樵。"**这里所谓"樵"的精神，都不在樵本身，而在于一种本乎虚空、与自然相优游的态度。**

情性所至，妙不自寻：只要真性所至，就能契合妙道，无须刻意"自寻"，一"寻"即是"作"，即是有为，即是理智的选择。情性，怀悦本作"性情"。情性，是《诗家一指》的关键性概念，其跋中说："世皆知诗之为，而莫知其所以为；知所以为者情性，而莫知其所以为情性。"心之于色，情即生也，无情则无诗。然《诗家一指》强调此"情"出自"性"，情性一体。故情性意即真性。虞集《止止斋铭》说："绝去雕琢，渐近自然，其得于情性之正者哉！"（《道园类稿》卷十四）他在《答张友霖书》中说："本情性则达乎神明，达事变则顺乎时化，又安有穷乎？"②

遇之似天，泠然希音：通过自然的悟得，聆听天地的大音。泠然：形容音的美妙。希音：道的音乐。《老子》第四十一章："大音希声。"祝允明书迹本无此二句。

"似天"，古今小品本、说郛本、津逮本、郭绍虞集解本、祖保泉校正本作"自天"，而怀悦本、杨成本等作"似天"，作"似天"，意思较胜。偶然遇之，如有天成。明计成"虽由人作，宛自天开"之"宛"也有此意。泠然，怀悦本、杨成本作"永然"，误。《庄子·逍遥

---

① 元顾瑛《草堂雅集》卷七《和东坡书蔡端明诗二放营妓诗三虞翁生所题诗四凡九首》之七。

② 《道园类稿》卷二十一。

游》："夫列子御风而行，泠然善也。"

让世界皎皎地说

本品在理解上分歧较大，被误解也比较深。不少论者从实际的生活描写方面来看"实境"，如许印芳《二十四诗品跋》说："然品格必成家而后定，如雄浑、高古之类，其目凡十有二。至若实境精神之类，乃诗家功用，其目亦十有二。伫兴而言，无容作伪，其作用有八，先从实境下手，次加洗炼功夫，叙事要精神，写情要形容，意要委曲，法要缜密，而总归于气机流动，出语自然……"**他从体用角度分二十四品，将实境作为诗家之功用来看，所谓"先从实境下手"，即将"实境"等同于具体事理物象。这样的理解无法尽此品之要意。**

本品涉及两个中国美学的关键性问题，一是当下呈现，一是不从理入。也就是本品开头的两句话："取语甚直，计思匪深。"这两个问题又是互相关联的。我先讲第一个问题。

诗学中有即目即事的观念，在南北朝时就有论者触及。南朝梁钟嵘《诗品》说："至乎吟咏情性，亦何贵于用事？'思君如流水'，既是即目。'高台多悲风'，亦惟所见。'清晨登陇首'，羌无故实。'明月照积雪'，讵出经史。观古今胜语，多非补假，皆由直寻。"唐司空图论诗也强调诗来自"直致所得"。所谓"直寻"、"直致"，都强调即目、即景的表达。

本品所言之"实境"虽与诗学有渊源关系，但主旨在"生命真实的呈现"，强调去除一切遮蔽，在纯粹体验中，让生命直接呈现，而不是说要重视眼前直接所见、反对饾饤古人。

本品所提出的"实境"的概念，在中国美学的发展中具有重要意义。它触及传统美学的核心概念之一——"境界"的主要内涵。**"实境"，即"实存的世界"。这里的"实"，不是外在实存的物象，不是强调它的知识性、科学性，它是人在当下纯粹体验（妙悟）中所发现（或者创造）的一个价值世界，是一个敞开的澄明的生命世界，其中包含人们独特的生命感觉和智慧，所以它是一个"显现生命真实的价值世界"。**

这一理论与道禅哲学有密切关系。"实境"有几层含义：一、它是人的心灵所会之境，并非纯然的外在物象；二、它是人荡去一切遮蔽，以清净自性所映现的世界，如《坛经》说："自性常清净，日月常明，只为云覆盖，上明下暗，不能了见日月星辰。忽遇惠风吹散卷尽云雾，万象森罗，一时皆现。世人性净，犹如青天，惠如日，智如月，知惠常明。"三、它是当下直接地"敞开"的世界，它的直接结果是意象玲珑地呈现。这一敞开，如黄檗希运所言之"说"（人不说，让世界说，世界"皎皎地说"）、柳宗元所说的"彰"（"美不自美，因人而彰"）、王阳明所说的由"寂"而"一时明亮起来"。叶朗先生在《美在意象》中特别推重宗白华先生所说的"象如日，创化万物，明朗万物"，也是这个意思[①]。

清恽南田说："桃源，仙灵之窟宅也，飘缈变幻而不可知。图桃源者，必精思入神，独契灵异，凿鸿濛，破荒忽，游于无何有之乡，然后溪涧桃花，通于象外。"[②]溪涧桃花遍于象外的突然发现，就是"明朗万物"中的"实境"。

这个敞开的"实境"，是"纯粹之境"。我之所以用"纯粹之境"，是为了区别于六根相对的六境（心对之境）而言。唐代以来由佛教影

---

① 叶朗《美在意象》书前扉页题语，北京大学出版社，2010年。

② 《南田画跋》，《瓯香馆集》卷十一。

响所产生的美学中的"境生于象外"的理论，这个"境"就是由"象"（其实是心对之境）中超越开来，是人纯粹心灵（性）所映照的世界。

本品由诗境来"复原"这样的敞开世界：忽逢幽人，如见道心。幽人，藏之深也；道心直"见"（xiàn），呈之明也。幽人空山中，"空"了那些知识的葛藤和欲望的缠绕，故可以一任"道心"——真实的生命感觉和生命智慧流露出来。雨后初霁，在那清澈的溪涧旁，在那涓涓的碧松下，有打柴的人路过，有的人在弹琴，有的人在听琴，一切都是清新自然。所谓打柴担水无非是道，在无所遮蔽中呈现出一个"真"的"实境"。这样的"实境"之"妙"不是通过"寻"而达到，一"寻"即有目的的牵制，就有知识的分别，这样真实生命便遁然而去。

结合《诗家一指》，可以更清晰地了解此品作者的思路。其跋文有一段谈情与性的问题：

> 心之于色为情。天地、日月、星辰、江山、烟云、人物、草树，响答动悟，履遇形接，皆情也。拾而得之为自然，抚而出之为几造。自然者，厚而安；几造者，往而深。厚而安者，独鹤之心、大龟之息、旷古之世、君子之仁；往而深者，清风泡泡而同流，素音于于而再往，乘碧景而诣明月，抚青春而如行舟，由之而得乎性。

> 性之于心为空，空与性等。空非离性而有，亦不离空而性。必非空非性，而性固存矣。夫今有人，行绿阴风日间，飞泉之清，鸣禽之异，松竹之韵，樵牧之音，互遇递接，如别区宇，省揖备至，畅然无遗，是有闻性者焉。自是而尽世之所谓音者，无不得之。

> 而于闻性，无一物分，复有欲求其所以闻之而性者，犹即旅

舍而觅过客往之，久矣。故取之非有其方，得之非睹其窍。惟翛然万物之外，云翠之深，茂林青山，扫石酌泉，荡涤神宇，独还冲真，犹春花初胎，假之时雨，夫复不有一日性悟之分耶？

虞集是一位诗人，也是一位有很高思辨能力的人，对道家哲学、佛学和心学的熟悉令人印象极深，这也是《二十四诗品》能高出那些冬烘气浓厚的学究的根本原因，此作以思理胜。此段谈三个问题：

一、以性为本，这个空性，如禅宗所说的"如来藏清净心"——一切众生本来具有的清净、本然的觉悟本体，这是虞集的根本坚持。他从儒学的角度也谈过此一问题。他说："学乎圣人之道，以成己而成物者也。己之性，物之性，与圣人同得于天。学焉，则自信其可以成己成物，而不疑也。"[1] 在性上，人与物、圣人都是平等的。他又说："一切众生，皆具佛性。如摩尼珠，五色随映。"[2] 他由此将空性作为真性。如其题《远法师图像》诗中所说："地净缘心净，空真即性真。"[3] 空、真、性三者一体，是虞集思想中的一个关节点，也是其论诗中的基本理论。

二、正因为性空一体，所以不从空上说性，也不从性上说空。所谓"空非离性而有，亦不离空而性"。超越有，也超越空（无），性空一体说，就是非色非空的不粘滞观。对此，虞集屡有致意："集尝闻之，众生自无始以来，执着诸有以受苦极，诸佛悲悯，示以空法。又惧滞于空寂，中道出焉。是故无有亦有，无有亦空，则妙有真空，无间然矣。"[4] 他在《铁牛禅师塔铭》中说："如墙壁木石，不著亦不碍。

---

[1] 《学斋记》，《道园类稿》卷二十八。
[2] 《水陆法会缘起文》，《道园类稿》卷十三。
[3] 《道园遗稿》卷二。
[4] 《金陵梵刹志》卷十载虞集所撰《方山重修定林寺记》，又见《江宁金石记》卷七。

专一如虚空，亦无虚空相。……如师之可见，净如雪中月。无有山河体，宇宙可包括。刹刹见法身，佛说众生说。"①他在《护法论后序》中说："吾尝宴坐寂默，心境浑融。纷然而作，不沦于有。泯然而消，不沦于无。"②我们在《二十四诗品》乃至《诗家一指》其他内容中，都可以感受印度佛教中观学派对他的影响。他反对滞于空寂，反对抽象的绝对的精神本体的追求，将真空妙有思想作为其诗论中纯粹体验理论的支持。

三、情由性出，此"情性"③，是一种顺应自然、与造化相优游的心理形式，是人之自性的自然而然的显现，而不是得之则喜失之则忧的欲望反应。在"互遇递接"世界的过程中，所持自然态度，一如道家"得之自天"的"天"，"实境"品所说的"遇之似天，泠然希音"之"天"。虞集融会儒佛道哲学的思路于此也可见出一斑。就生命本真这一思想而言，三家使用概念有所不同，理学、心学多说"性"，华严、净土和禅宗多说"真"，而道家多说"天"。

《诗家一指》"十科"中有"境"之一科，其云："耳闻目击，神寓意接，凡于形似声响，皆境也。然达其幽深玄虚，发而为佳言；遇其浅深陈腐，积而为俗意。不能复有心之境，境于心。心之于境，如镜之取象。境之于心，如灯之取影。亦因其虚明净妙，而实悟自然，故于情想经营，如在图画，不著一字，宥然神生。"

此中所论之境也与佛教有密切关系。佛教中的眼耳鼻舌身意六根所对之色、声、香、味、触、法六境（此六境如尘埃污人情识，故称六尘），"十科"中之"境"的讨论，要在脱略这样的"尘染"。作者

---

① 《道园学古录》卷四十九。
② 《道园学古录》卷三十四。
③ 应特别注意，虞集论诗学之"情性"，是由"性"而发之"情"，与一般所说的表现人的情感、情绪的"情性"意思不一。

将境分为俗境和真境两种（亦如佛学所谓世谛和真谛之别），俗境一如佛教所言之六尘，而真境则是"虚明净妙"之心中所映照的"实相"，如"空潭泻春，古镜照神"，又似此处所言"心之于境，如镜之取象；境之于心，如灯之取影"，由此可以发明世界之"幽深玄虚"，直示本明，这样的境"如在图画"，亦即禅家所说的青山自青山，白云自白云，任世界自在显现，也即本品所说的"忽逢幽人，如见道心"。

作者的论述很清晰。**实境，不是外在实存之物，而是"当下呈现"的境界，不是"见"（看见之见）——由人的情识欲望作用下产生的对外在世界的分别，而是"见"（显现之现）——任由世界呈现的当下直示的境界。让世界"敞开"，直示澄明。**

就实境理论产生的渊源看，禅宗的当下呈现的思想对此影响最深。《坛经》说："西方刹那间，目前便见。"临济义玄说："有心解者，不离目前。"有僧问兴善惟宽禅师："道在何处？"惟宽说："只在目前。"当下即可解会，西方只在目前。《二十四诗品》"实境"说，讲的就是这样直接的观照、直接的呈现。

第二个问题，关于实境呈现中"理"的讨论。

本品提出"计思匪深"之说，强调此"实境"之呈现，乃是"情性所至，妙不自寻"，是"情性"与对境的"妙"然契合，而不是有目的的追"寻"；乃是"遇之似天，泠然希音"。是忽然遇之，磕着即凑，犹如"天"之所赋，自然而然。"泠然希音"，出自《老子》。老子说："大音希声。"又说："听之不闻名曰希。"希，不是说声音的有无，也不是强调有声的音乐生于一个无声的"乐本身"，而是强调自然无为，不以"分别的耳"去听音乐。

作为理学家的虞集，思想兼融朱陆倾向明显，他对朱熹"性即是理"的思想极为重视。朱熹答弟子蔡季通说："人之有生，性与气合而已，即其已合而析言之，则性主于理而无形，气主于形而有质。"①虞集对此论说有讨论，他引述上语说："所谓清明纯粹者，既属乎形气之偶，然则亦但能不隔乎理而助其发挥耳。不可便认以为道心，而欲据之以为精一之地也。"②他论学在道问学与尊德性二者之间更重尊德性，他强调，清明纯粹的诗思由性中出，理也在其中，所谓"性之有义，惟理之宜"③，而非由一个抽象的道的精神本体抽出，他的实境是"情性所至"，而非从抽象的"道"、"理"中导出。

而纯粹体验中的"实境"，就有"理"在焉。如他借禅宗之语说："山林木石，烟霞楼阁，华香兰楯，乘大愿力，俱以一音演法。处其境者，皆获清净；闻其音者，皆具遍知。"④实境是显现生命真实的世界。

"实境"中的"理"，由性之涵养中得来。《诗家一指》中"十科"之六为"理"，其云："犹王家之疆理也。今人所发，足将有所即，靡不由是而达，然犹有所未至。非日积之未深，则足力之病进。于诗亦然。非寻思之未深，则材力之病进。要在驯熟，如与握手俱往。"这段话意思深邃，不好理解。他打了一个比喻，就是"王家之疆理"——君主统治的土地山川繁复，阡陌稠密，一个人要去这里盘桓，需要对其中的道路等熟悉，否则你不知所进，这是"理"的把握，是知识的。但比这更重要的是"足力"，没有这"足力"，你虽知疆理区域，还是无由到达。他以此来比喻诗家生活中思理和修养（材力）二者的关系。比思理更重要的是人的内在世界，所以必须"养其浩然，存其真宰"，如此"驯熟"，则无往而不至。

---

① 《明儒学案》卷五十。
② 《澄江书院记》，明张衮纂嘉靖《江阴县志》卷七《学校记》。
③ 《乂斋铭》，《道园类稿》卷十四。
④ 《仰山禅寺记》，嘉靖《建阳县志》卷六上。

怀悦本《诗家一指》后有"三造"①，其中有一段化用严羽之论谈理的论述，可与"实境"一品同参："诗情性也，羚羊挂角，无迹可求。所以妙处莹彻玲珑，不可凑泊，水中之月，镜中之象。万折东流，千灯一空，言有尽而意无穷。由思惟而非思惟者也，近代之作，奇特鲜会，往往以才学文字议论为之，夫岂不工，而于古人情性愈觉远矣。呜呼，诗之道湮亦久矣。"此段话虽非《诗家一指》作者所为，但化用严羽《沧浪诗话》语，在理论上还是有所推进②。**这里的"由思惟而非思惟"用来表示纯粹体验中"理"的问题，很准确。它也就是禅宗所说的"思量个不思量底"③。**

综合《诗家一指》这方面的观点，可以归结为两个要点：

一是对"情性之悟"中理智活动的超越。这也就是禅宗所说的"见则当下便见，拟思便差"、"妙高顶上，不容商量"。这是《二十四诗品》的基本观点，从"雄浑"中的"超以象外，得其环中。持之非强，来之无穷"、"冲淡"的"遇之匪深，即之愈稀。脱有形似，握手已违"、"自然"的"薄言情悟，悠悠天钧"，到"飘逸"的"如不可执，如将有闻。识者已领，期之愈分"，都是排斥知识的分别，反对目的性的求取，强调超越形似的把握。诗性的切入，是一种真情的映照，而非对象化的感知。

中国美学对此有丰富的论述，严羽的别材别趣说对后代影响甚

---

① 怀悦本以及后来杨成本的"三造"已非《诗家一指》本来的"三造"，乃是时人伪托之作。

② 《沧浪诗话·诗辨》："夫诗有别材，非关书也；诗有别趣，非关理也。然非多读书、多穷理，则不能极其至。所谓不涉理路、不落言筌者，上也。诗者，吟咏情性也。盛唐诸人，惟在兴趣。羚羊挂角，无迹可求。故其妙处，透彻玲珑，不可凑泊，如空中之音，相中之色，水中之月，镜中之象，言有尽而意无穷。"

③ 《景德传灯录》卷十四记唐代禅宗大师药山惟俨事："师坐次。有僧问：'兀兀地思量什么？'师曰：'思量个不思量底。'曰：'不思量底如何思量？'师曰：'非思量。'"

广。王夫之在佛教唯识学影响下提出的"现量说"，现量排斥一切理性的判分，无意乎相求，不期然相会，"磕着即凑"，要"不资思致，不入刻画"①，也是这方面有影响的观点。

《诗家一指》"十科"之"气"科云："贵乎流通，灵运无碍，盛大等乎空量，熹微蔼如春和，然非果有所自，而生之者愈不可知。"这"生之者愈不可知"的表述，就是中国美学所说的"气韵不可学"。艺术创造的根本在于性灵的培养，而非知识的积累。北宋郭若虚说："六法精论，万古不移。然而骨法用笔以下，五者可学，如其气韵，必在生知，固不可以巧密得，复不可以岁月到，默契神会，不知然而然也。"明董其昌说："《画史》云：'若其气韵，必在生知。'可为笃论矣。"②他谈六法说："画家六法，一气韵生动。气韵不可学，此生而知之，自然天授，然亦有学得处。读万卷书，行万里路，胸中脱去尘浊，自有丘壑内营，成立鄞鄂。随手写出，皆为山水传神。"③又说："画有六法，若其气韵。必在生知，转工转远。"④此类说法并非是"生而知之"的先天论，而是强调画中气韵来自艺术家高明澄澈的情怀，这一情怀需要培养，仅凭知识的学习，读万卷书，行万里路，并非必然会奏效。正像上举《诗家一指》关于"理"的论述，对"疆理"的了解，不能代替"足力"，这"足力"非学而致，需要从内在积聚而起，练得身板硬，好作万里行。

二是学至于无学。由思惟而非思惟，"由思惟"，情性之妙悟虽然排除理性知识的活动，超越目的性的行为，强调以空灵澄澈的"空"性去映照世界，重要的是返归清真，而不是不读书，不穷理，不思维，

① 《古诗评选》卷四张协《杂诗·述职投边城》评。
② 《容台集》别集卷一。
③ 《容台集》别集卷四。
④ 《画禅室随笔》卷二。

空对外境，无所可为，等待妙悟而出。

《诗家一指》"三造"之"作"，对此分析很清晰：

> 下手处，先须明彻古人意格声律，其于神境事物，邂逅郁
> 折，得其全理，胸中随寓唱出，自然超绝。若夫刻意创造，终亏
> 天成。苟且经营，必堕凡陋。妙在著述之多、涵养之深耳。然又
> 当求证于宗匠名家之道，庶几可横绝旁流矣。

这里在反对目的性的知识活动外，又强调不能脱离知识，所谓
"妙在著述之多、涵养之深"，此观点与严羽颇相似。《沧浪诗话》既
讲别材别趣的澄澈之悟，也说非多读书、多穷理不能极其至。董其昌
也是如此，他论艺推重"气韵不可学"，他又说："不读书人，不足与
言画。"[①]正是这位提倡气韵不可学的艺坛巨子，将"读万卷书，行万里
路"作为艺道的根本。

---

① 据秦祖永《桐阴论画初编》引。

二十　悲慨

大风卷水，林木为摧。意苦欲死，招憩不来。
百岁如流，富贵冷灰。大道日丧，若为雄才。
壮士拂剑，浩然弥哀。萧萧落叶，漏雨荒苔。

※ 校　注 ※

此品乃是悲怆的境界。不过此境的意思不是说一般的悲情，而是
人生的悲慨。如陈子昂"前不见古人，后不见来者。念天地之悠悠，
独怆然而涕下"的境界。

"大风卷水"两句，所谓慷慨悲凉唱大风。杨廷芝《二十四诗品浅
解》："大风卷水，声不可闻，林木为摧，感且益慨。起手似有北风雨雪
之意。"

意苦欲死，招憩不来：想至悲痛欲绝之时，欲有相知来安慰，但
相知的人却远去。意苦，怀悦本、杨成本、祝允明书迹本均作"意
苦"，说郛本、郭绍虞集解本作"适苦"，亦可通。招憩，怀悦本作
"招舌"，祖保泉校正本以为"舌"为"憩"之"坏字"（即写坏了），
所说是。

百岁如流，富贵冷灰：人生短暂而脆弱，追求富贵、贪恋物质，
毫无意义。

若为雄才：谁为雄才。若，谁。

萧萧落叶，漏雨荒苔：这悲伤如萧萧木叶下，又如细雨滴落在布

满苔痕的荒台上。萧萧落叶，喻生命短暂，命运不可把捉。而漏雨荒苔，抒发的是"铜驼荆棘"（索靖语）之叹，曾经的城垣荒苔历历，透出历史的寂寞和忧伤。萧萧，怀悦本作"事事"，误。荒苔，怀悦本、杨成本、祝允明书迹本作"荒苔"，而说郛本、津逮本作"苍苔"，作荒苔，意更胜。

▨ 延伸讨论 ▨

生命的悲歌

作为元代文坛领袖，虞集曾自谓诗如"汉廷老吏"，颇有慷慨悲壮之气。此品最能传递他这方面的情怀。虞集诗意象中有两个重要的象征物，一是鹤，一是剑。鹤在高蹈远翥，剑在慷慨任气。虞集好剑，家有祖传宝剑。他离世后，为其侄孙虞堪所藏。倪瓒、陈惟寅等曾见之，并赋有诗[1]。

"悲慨"一品，讲人生命的忧伤，抒悲壮的感怀。其意象传神，节奏铿锵，长歌当哭，哀婉凄切，令人一读难忘。开篇写大风卷水，林木为摧，其中有"风萧萧兮易水寒，壮士一去兮不复还"的哀歌荡漾，为全品奠定基调。人的一生多伴着痛苦，生命的理想总是在西风中萧瑟，愿望总落空，相知总相别，亲人多离疏。百岁如流，生年不永，人生就是急速地走向终点的过程，富贵荣华，转眼即为空茫；满堂欢笑，瞬间翻为追忆；昨宵红绡帐里闹鸳鸯，今日空山乱岗苦流连，真

---

① 事见朱存理《珊瑚木难》卷二。倪瓒《虞相古剑歌》云："雍公孙子气甚清，示我杨颠古剑行。剑锋诗律两奇绝，秋莲光彩玉庚庚。杨颠健笔老纵横，是亦铁中之铮铮。吐词郁崔鸣不平，凤凰来为盛世鸣。一代惟数虞翁生，余也学书学剑，既老何由而成名。"

是生成变坏一瞬间，韶华总被死灰盖。这是人生短暂、生涯多艰的痛。

　　本品接着写道，大道日丧，世风日下，谁是拯救天下、悲悯苍生的雄才？谁能振世风以不堕，谁能起潜蛟于狂澜？只见那黄钟在毁弃，瓦釜却雷鸣；庸者蹑高位，英俊沉下潦。此情此景，只能使壮士拂剑，哀从中来。李白《玉壶吟》道："烈士击玉壶，壮心惜暮年。三杯拂剑舞秋月，忽然高咏涕泗涟。"辛弃疾登建康赏心亭，"把吴钩看了，栏杆拍遍，无人会，登临意"，看剑忍把清泪吞。这又是壮怀激烈难驰骋的痛。

　　"悲慨"品最后以"萧萧落叶，漏雨荒苔"作结。字字沉重，深扣人心。这悲怆，就像秋风中萧萧木叶下，就像夜晚里细雨滴荒苔……湿漉漉的苍苔裹着人的心，使人无法解脱；百年人的千年梦幻，只能化为一声叹惋。曾经的楼台变荒台，荒台上苔痕历历，昭示着世事沧桑。如同禅宗所说的："在天津桥上，看弄猢狲。"洛阳和长安都有天津桥，洛阳此桥隋大业年建，长安此桥唐时建，曾经是繁华的象征，都是歌舞楼台集中地，又都是告别的断肠地，二桥后来都废弃，它裹挟着多少历史风烟，包融了多少哀惋情伤，成为后代文人艺术家咏叹的对象。

　　本品在理论上虽无繁复的肌理，但却是由中国文学和艺术传统而发，深契传统审美的内在精神。清代诗人龚自珍说，作诗应兼得于亦剑亦箫之美，他说自己"一箫一剑平生意，负尽狂名十五年"[1]。剑在放旷高蹈，沉著痛快，有唐诗僧贯休"满堂花醉三千客，一剑霜寒十四州"[2]诗中的气势。箫在哀婉幽咽，柔情似水。如石涛诗云"玉箫欲歇湘江冷，素子离离月下逢"[3]，有一种凄绝的美。亦剑亦箫，化慷慨为柔情，转凄婉为高旷。此情此境，易水之滨送别荆轲，在白露萧萧之

---

　　① 《漫感》，龚自珍《定庵文集》古今体卷下。
　　② 据《唐诗纪事》卷七十五，原诗云："贵逼身来不自由，几年勤苦蹈林丘。满堂花醉三千客，一剑霜寒十四州。莱子衣裳宫锦窄，谢公篇咏绮霞羞。他年名上凌烟阁，岂羡当时万户侯。"
　　③ 诗见汪绎辰辑《大涤子题画诗跋》所引。

时，作生离之死别，高渐离击筑声起，荆轲舞剑哀歌"风萧萧兮易水寒"，其中意味有以当之；项羽兵败垓下，四面楚歌，在月黑风高的晚上，中军帐内，项羽诀别虞姬，"虞兮虞兮奈若何"的哀歌在冷月下回响，其中意味有以当之。

剑击秋风，四壁如闻鬼啸；琴弹夜月，空山引动猿号。这亦剑亦箫的精神气质，深植在《诗》《骚》的根基中，化为陶潜的悲怆、李白的决绝和杜甫的顿挫，也在传统艺术中留下极深的痕迹。

《诗经》中就充满着"悲慨"的精神。我曾为一首小诗所吸引："蜉蝣之羽，衣裳楚楚。心之忧矣，于我归处。蜉蝣之翼，采采衣服。心之忧矣，于我归息。蜉蝣掘阅，麻衣如雪。心之忧矣，于我归说。"（《曹风·蜉蝣》）蜉蝣是一种朝生暮死的小生物，这首诗就由它来起兴：蜉蝣的翅羽真漂亮，如穿着楚楚的花衣裳。看着它的欢快，心中有莫名的惆怅。因为想到它和人生一样居处无常。飞飞的蜉蝣两翼不平常，如同飘飞的彩衣裳。看到它扶摇飞动的样子，心中有莫名的惆怅。因为想到它和人生一样，都是短暂栖息在世界上。第三段写道，蜉蝣从洞中穿出来到世上（阅，通"穴"），身体像人送葬时穿着的白衣裳。看到它闪烁的白翼，心中就有莫名的惆怅。因为想到它和人一样，那永远的解脱在何方！

这"麻衣如雪"的意象是如此的生动，如此的令人难忘，使人想到《古诗十九首》中的诗句："生年不满百，常怀千岁忧。昼短苦夜长，何不秉烛游！""回车驾言迈，悠悠涉长道。四顾何茫茫，东风摇百草。所遇无故物，焉得不速老。盛衰各有时，立身苦不早。人生非金石，岂能长寿考？奄忽随物化，荣名以为宝。""今日良宴会，欢乐难具陈。弹筝奋逸响，新声妙入神。令德唱高言，识曲听其真。齐心同所愿，含意俱未申。人生寄一世，奄忽若飙尘。何不策高足，先据要路津。无为守贫贱，坎坷长苦辛。"时间感叹是这组诗的主要内容，它被一些学者许为"一字千金",就与这方面的内容有关。

《诗经》中另外一首看似简单的诗,也包含着深长的生命感慨。《王风·兔爰》这样写道:"有兔爰爰,雉离于罗。我生之初,尚无为;我生之后,逢此百罹。尚寐无吪。有兔爰爰,雉离于罦。我生之初,尚无造;我生之后,逢此百忧。尚寐无觉。有兔爰爰,雉离于罿。我生之初,尚无庸;我生之后,逢此百凶。尚寐无聪。"这首诗将人生和网联系起来,在诗人看来,人来到这世界,就投入到网中,无所不在的网,使自己身陷其中,而难以自拔。兔子为什么慢慢地跑,因为怕掉进陷阱中,野鸡一不小心,也成了网罗的牺牲品。生命,就是一种与不明力量角逐的过程;"无为""无造""无庸"的人,如一张白纸,但却被强行投入永不停息的纠缠之中。诗人说,在这样的角逐和纠缠中,我累了,真不如闭起眼睛,睡去吧。诗中表达了一种但愿长睡不愿醒的决绝之情。生命如此珍贵,但又是如此之纠缠,因纠缠更见其可贵,因可贵又会倍感被纠缠。读此诗,使我联系到陶渊明《感士不遇赋》中的"世流浪而遂徂,物群分以相形,密网裁而鱼骇,宏罗制而鸟惊"的描写,想到禅宗的"透网金鳞"的比喻。

清初画家萧云从曾画《离骚图》,他有跋文称:"秋风秋雨,万木凋摇,每闻要妙之音,不觉涕泗之横集。"①《离骚》,诗名的意思是"离忧"——遭遇忧患。《离骚》在中国,是忧愤壮怀的代名词。东晋大将军王恭说:"痛饮酒,熟读《离骚》,便可称名士。"②前人又有"上马横槊,下马作赋,自是英雄本色;熟读《离骚》,痛饮浊酒,果然名士风流"的说法③。明人蒋之翘曾说:"予读楚辞,观其悲壮处,似高渐离击

---

① 《钦定补绘萧云从离骚全图》,上海古籍出版社,2011年。
② 《世说新语·任诞》。
③ 《小窗幽记》卷十"豪"。《小窗幽记》,一名《醉古堂剑扫》,十二卷,一说是明陈继儒所辑,一说是明陆绍珩所辑,此书曾传入日本。今传有日本嘉永六年(1853)刻本,题为松陵陆绍珩湘客选。

筑，荆卿和歌于市，相乐也。已而相泣，旁若无人者。凄婉处，似穷旅相思，当西风夜雨之际，哀蛩叫湿，残灯照愁。幽奇处，似入山径无人，但闻猩啼蛇啸，木魅山鬼习人语来向人拜……"缠绵凄恻是楚辞的根本特点。这一特点与《诗经》相合，成为中国审美传统中悲慨精神的根源。

中国人这种悲慨的情怀，其实是对生命的沉思。用徐渭的话说，就是"百年人作千年调"，每一个人都是百年人，人无法摆脱生年不永的命运。但诗、画乃至中国艺术的诸多形式提供了一个个反思生命的方式，他们拉开时间的帷幕，放却一己孤独的命运哀吟，发而为人类整体的生命之思。

面对生命短暂、命运难以把握，历史上曾有两种不同的"泪水"。一是"牛山之泪"。据《晏子春秋》记载，正处于得意之时的齐景公，有一次与左右一起登上牛山，他眺望着蔓延广袤的齐国，忽然流涕而叹曰："鸣呼！使古而无死，何如？"牛山之泪"是耻辱的泪水，是权力占有欲得不到满足的病态表现。另外一个是晋羊祜的"岘山之泪"。《晋书·羊祜传》记载："祜乐山水，每风景，必造岘山，置酒言咏，终日不倦。尝慨然叹息，顾谓从事中郎邹湛等曰：自有宇宙，便有此山，由来贤达胜士，登此远望，如我与卿者多矣！皆湮灭无闻，使人悲伤。如百岁后有知，魂魄犹应登此也。"后来百姓在此树碑以示纪念，名曰"坠泪碑"。这"坠泪碑"不知博得多少人的眼泪，如唐代诗人孟浩然《与诸子登岘山》诗写道："人事有代谢，往来成古今。江山留胜迹，我辈复登临。水落鱼梁浅，天寒梦泽深。羊公碑尚在，读罢泪沾襟。"后人评之："起得高古，略无粉色，而情境俱称，悲慨胜于形容，真岘山诗也。复有能言，亦在下风。""不必苦思，自然好。

苦思复不能及。"①虞集《题赵伯高所藏杨补之之松竹梅画》诗云："江上幽人有真迹，俯仰兴亡写今昔。丘园偃蹇非不多，独想高怀泪沾臆。"②此江山留胜迹、我辈复登临式的感伤，在他的心中留下深深的印迹。

而在中国古代诗人那里，这类泫然泪水太多了。风姿绰约的阮籍流泪了，他在诗中写道："一餐度万世，千岁再浮沉。谁云玉石同，泪下不可禁。"（《咏怀》）才华俊逸的张华也流泪了："人生若浮寄，年时忽蹉跎。促促朝露期，荣乐遽几何？念此肠中悲，涕下自滂沱。"（《轻薄篇》）而淡然飘逸的陶渊明居然也泪水潸然："掩泪泛东逝，顺流追时迁。"陈子昂"前不见古人，后不见来者。念天地之悠悠，独怆然而涕下"，则是这类"泪诗"中最宏大、最凄绝的声音。而李白，这位"谪仙人"，也不能医治时间给他带来的伤悲，他在诗中写道："昔视秋蛾飞，今见春蚕生。袅袅桑结叶，萋萋柳垂荣。急节谢流水，羁心摇悬旌。挥涕且复去，恻怆何时平？"（《古风五十九首》之二十二）

中国悲慨的审美传统中有一种慷慨悲凉、大起大落的气质，所谓"醉把杯酒，可以吞江南吴越之清风；拂剑长啸，可以吸燕赵秦陇之劲气"。古代文士常有"平明拂剑朝天去，薄暮垂鞭醉酒归"的精神。虽然是一介书生，也常常自勉，卷书搔首乱飞蓬，长歌拂剑饮如斗。这与那种昵昵儿女之叹完全不同。上面所引李白诗中提到的"烈士击玉壶"，说的是东晋大将军王敦的故事，王敦是一个豪放之士，他每每饮酒，不经意中，总是喜欢吟诵曹操"老骥伏枥，志在千里。烈士暮年，壮心不已"的诗句，边吟边以如意敲打唾壶，唾壶边都被打缺了。这样沉着痛快的调子，在中国审美的天空中回响。

---

① 明高棅《唐诗品汇》卷六十五引刘辰翁语。
② 《道园遗稿》卷二，又见《道园类稿》卷四。

二十一　形容

绝伫灵素，少回清真。如觅水影，如写阳春。
风云变态，花草精神。海之波澜，山之嶙峋。
俱似大道，妙契同尘。离形得似，庶几斯人。

※ 校 注 ※

形容，本指人的形体容貌，如《楚辞·渔父》："行吟泽畔，颜色憔悴，形容枯槁。"与精神意态相对，晋张敏云："子厌我于形容，我贱子乎意态。"[①]在艺术理论中，形容又多指形象。南朝梁袁昂《古今书评》："陶隐居书，如吴兴小儿，形容虽未成长，而骨体甚骏快。"《历代名画记·叙画之源流》："留乎形容，式昭盛德之事，具其成败，以传既往之踪。"《二十四诗品》立"形容"为品，主要讨论生命真实如何传达的问题。

绝伫灵素：绝伫，凝神专注。伫，伫立，此指专注。灵素，人朴素本真的精神。江淹《伤友人赋》："倜傥远度，寂寥灵素。"少回清真：意为不须很长的时间，就能返归清真之气。少，此指些许时间。

风云变态：祝允明书迹本作"风雪变态"，与他本异，当为误录。"风云变态，花草精神"等传神语为虞集常用。如其《休宁县建学记》云："观于风云之变化，以致其性情之发挥。"[②]他论画有云："然而画者，

---

① 《头责子羽文》，《全晋文》卷八十。
② 康熙《休宁县志》卷七。

通四时朝暮阴晴之景于一卷，而山川脉络近若可寻，于是消息盈虚见于俄顷，倏忽变幻备于寻尺，慨然遂欲炼制形魄，后天而终，以尽反复无穷之世变者。"①其《陈文肃公诗集序》云："然公平生文章之出，沛如泉原之发挥，而波澜之无津，譬如风云之变化，而舒卷之无迹。"②

山之嶙峋，怀悦本作"山之璘珣"，与他本异，误。

俱似大道：此中"似"当作追求讲。妙契同尘：契合天地之节奏。《老子》第五十六章："挫其锐，解其纷，和其光，同其尘，是谓玄同。"妙契，怀悦本作"如契"，误。

祝允明书迹本无"妙契同尘，离形得似"二句。而史潜刻《新编名贤诗法》和《虞侍书诗法》将此二句误为"精神"品的最后两句，代替了"妙造自然，伊谁与裁"之位置。

※　延伸讨论　※

触处成真

绝伫灵素，少回清真。这是本品开头的两句话，也是本品的理论关键。

"清真"，有时简称为"真"，是《诗家一指》的重要概念。其开篇序言说："诗，乾坤之清气、性情之流至也。由气，而有物；由事，而有理。必先养其浩然，存其真宰，弥纶六合，圆摄太虚，触处成真，而道生矣。"③

---

① 《欧阳原功待制潇湘八景图跋》，《道园类稿》卷三十三。
② 《道园学古录》卷三十三。
③ 杨成本《诗家一指》开篇言："乾坤之清气，性情之流至也。有气则有物，有事斯有理。必先养其浩然，存其真宰，弥纶六合，圆摄太虚，触处成真，而道生于诗矣。"此有明显的更改，致使意思纠缠而不通。

其"三造"之"学"云:"故学者欲疏凿神情,淘汰气质,遣其迷妄,而反其清真。""十科"之"神"云:"其所以变化诗道,濯炼精神,含秀储真,超源达本,皆其神也。是由真心静想中生。不必尽谕,不必不谕。犹月于水,触处自然。"又,"事"云:"凡引古证今,当如己造,无为彼夺,缘妄失真,其如睿然色之胶青,空然水之盐味,形趣混合,神造自如。"

《一指》之跋云:"抑真人而后知诗之真,知诗之真,而后知《一指》之非真,而非真之真,备是《一指》矣。"[1]**作诗者,关键是做一个"真人",有清真之怀,返归真性,契合真宰之运,合大道之真,方可有诗之真韵。**

在《二十四诗品》中,"清真",又称"真宰"、"真力"、"真迹"等。如"含蓄"云:"是有真宰,与之沉浮。""豪放"云:"真力弥满,万象在旁。""缜密"云:"是有真迹,如不可知。""疏野"云:"惟性所宅,真取弗羁。"

清真乃道佛二家之概念。如《杂阿含经》卷五:"取其清真,去诸邪说。"《高僧传》卷四说竺法乘"依竺法护为沙弥,清真有志气"。道家哲学中也有"清真"概念,《世说新语·赏誉》载,山涛认为阮咸:"清真寡欲,万物不能移也。"此一概念在道教中使用最为广泛。后援为诗家修身之重要概念,培养清真潇洒之气,成为诗人之必备。

综合《诗家一指》诸论,作为一个概念,"清真",是天地与人所本之本元之性,虽然"性空"(《诗家一指》语),但却是"真宰",可

---

① 史潜本《虞侍书诗法》将此段归之于"道统"。《诗家一指》有内在的系统性,成书或在元代,史潜所刻《新编名贤诗法》诸段显然是从原《诗家一指》中选出,现可见之怀悦本、杨成本等《诗家一指》也非原貌,其中经过摘编,然而比史潜本更接近于原貌。它们是整体编入,而不是如史潜《新编名贤诗法》的摘编。故不能因史潜本刊刻较早,就定其更合虞集诗论,该书《二十四诗品》就存十六品,自"精神"品最后两句"妙造自然"一直到"形容"品的"妙契同尘"均失,其所依是个残本。

以囊括天地之道，会聚造化精髓，凝聚人的元创精神，它是乾坤清气的本源，也是诗家作诗的根本。**清真，发而为诗之体，则为道；成而为诗之用，则为情。故"形容"所谓"绝伫灵素，少回清真"，乃是立诗之本。"灵"言其活，"素"言其本。诗家清真之性，是清净本然、活泼灵动的创造之性。**

《诗家一指》说人能养清真之怀，就能"触处成真"、"触处自然"，山河大地都在为我说法。由"触处成真"一语，可以看出《诗家一指》（包括二十四品）思想与禅宗的深刻因缘。

"触处成真"，是禅宗的重要观点，唐代以来成为禅家讨论的中心问题之一。本出于东晋僧肇之论述，僧肇曾提出"触事而真"、"觌目皆真"的观点。《不真空论》说："然则道远乎哉？触事而真；圣远乎哉？体之即神。"此一学说影响深远。隋唐以来，三论宗提出"触事即真"，天台宗提出"当位即妙，本有不改"，华严宗强调"当相即道"，都与之有密切关系。至南禅发为"真即实，实即真"的思想。

在僧肇的影响下，禅宗的马祖提出"立处即真"的著名表述。马祖说："妙用尽是自家，非离真而有立处。立处即真，尽是自家体。若不然者，更是何人？一切法皆是佛法，诸法即解脱，解脱者即真如。诸法不出于真如，行住坐卧，悉是不思议，更不待时节。"[①]一切烦恼皆为佛所赐，行住坐卧，都是佛法，所以立处即真，即事即真如。更不待向外追求。马祖的再传弟子赵州对这一学说有所发展。《赵州录》中记载一段关于花的对话："问：'觉花未发时，如何辨得真实？'师云：'已发也。'云：'未审是真是实？'师云：'真即实，实即真。'"

在赵州"真即实，实即真"的论断中，"真"是和"假"、"妄"相对的概念，它是一个意义世界，是价值判断。"实"指实存的世界，是

---

① 据《景德传灯录》卷二十。

在当下纯粹体验中发现的生命真实，而非具体的外在世界。"真即实，实即真"有两个理论要点：一、存在的意义（真）不待"给予"：此涉及存在的意义何在，是在存在本身呢，还是在存在背后的那个抽象的道？**禅宗强调，没有离开实存的真实意，没有离开真实的存在意。存在即是真实，存在的意义只在其自身，没有一个决定其意义的"无"和"道"。**二、存在的意义（真）不在索求："立处"即是，当下即成，不待思议，不待时节，只是让"显现生命真实的世界"敞开。"实"，如前文所论之"实境"品（或如佛教所说的"实相"），虽然不是具体的世界，却是从实在的世界中超升而出的。

《诗家一指》"触处成真"的思想，正是在此一思想背景中展开的。

"形容"中所说的"俱似大道，妙契同尘"，由《老子》"和其光，同其尘"化来，却又深契"一切烦恼皆佛之惠"的佛学思想，其内涵与"触处成真"相近。"道"就在"尘"中，即"尘"即"道"，也就是"触事而真"。由情性中自然流出，所谓"天地、日月、星辰、江山、烟云、人物、草树，响答动悟，履遇形接，皆情也。拾而得之为自然，抚而出之为几造"，一切由性而出，所在皆是道，皆是真。

"形容"品讨论的不是似与不似，也不是如何使诗之意象生动的问题，更不是对虚幻的"影"的重视，而是如何发现一个真实世界的问题。形容，其实就是当下直接呈现的纯粹体验本身。形容即"真"——纯粹体验中发现的生命真实。此品与"实境"品的内涵非常接近。

形容，本指人的面容、精神状态，与"真"的意思相同，唐代之前"写真"多指人像[①]，至中唐五代之后，渐渐扩而指山川草木之神采。就诗的呈现而言，真，也就是形容，并非是外在客观的真实，不是画

---

① 　如北宋董逌《广川画跋》："谢赫谓，画者写真最难，而顾凯（按：当为恺）之则以为都在点睛处。"白居易诗中之《题旧写真图》《赠写真者》《自题写真》等，其中写真，都指人像。后为花木山水写图，也叫"写真"，其中"真"指外物神采。

一物即一物，而是当下发现的世界，是境界，而非外在物象，更非由形似所获得的外在对象的感知。真，是人照亮的世界。正像大慧宗杲所说："立处即真，所谓胸襟流出，盖天盖地者，如是而已。"①

"离形得似，庶几斯人"一句，历来受到人们的重视，但它不是"似与不似"、"不似之似似之"的像还是不像之间的斟酌，它强调超越具体的、外在于我的、与人的情性相对的物质形式，寻求生命真实的传达。《诗家一指》"十科"之"物"云："不可著，复不可脱。著则堕在陈腐窠臼，脱则失其所以然。必究其形体之微，而超乎神化之奥。"其实，都是超越具体形式，超越对象化，冥合物我，让生命真实呈现。

本品以六个比喻来说明：如觅水影，如写阳春，风云变态，花草精神，海之波澜，山之嶙峋。不是写出水的样态，而是追寻水的影子；不是写春天的诸般物态，而是显现春意盎然的意态；不是写出风啊、云啊的具体物象，而要表现出风云变幻的精神；再比如，不是看你写有多少花草树木，而是看你由花草树木所发现的精神；不是写出大海的外在梗概，而是突出大海的波澜壮阔；不是写出山的外在形态，而是突出山的高耸奇绝。这里非常容易误解，"形容"就是强调重视外在物象的虚幻形式，其实它的根本意思是超越具体的物象形式，写出人心接物的真实感觉，让人的真性澄明地呈现。

这就像明代画家陈白阳所说的（他的画是）"捕风捉影"、徐渭所说的"舍形而悦影"、清八大山人所说的"画者东西影"（他画画不是重在画一个具体的东西，而是画出东西的影子），等等。我们不要误解，认为古代诗人画家舍却具体的物象，而喜欢像影子一样的虚幻的对象，他们不是对影子感兴趣，对虚幻的东西感兴趣，而是要超越这个形之表象，追求真性的传达，这才是根本。这才是真正的"离形得似"。

———————————
① 《指月录》卷三十一。

二十二　超诣

匪神之灵，匪几之微。如将白云，清风与归。
远引莫至，迹之已非。少有道气，终与俗违。
乱山乔木，碧苔芳晖。诵之思之，其声愈希。

※ 校　注 ※

超诣，本指超然的趣向、拔俗的精神。《世说新语·文学》："诸葛宏年少不肯学问，始与王夷甫谈，便已超诣。"《世说新语·赏誉》："简文云：渊源语不超诣简至，然经纶思寻处，故有局陈。"作为一个审美概念，自唐代开始多用之，北宋董逌《广川画跋》卷一《书列仙图后》："观此图笔力超诣，而意象得之。"南宋葛立方《韵语阳秋》卷三："若观道者出语，自然超诣，非常人能蹈其轨辙也。"《二十四诗品》所论此品，立意出新，表达其道不在问、即物即真的思想。

"匪神之灵"四句的大致意思是：没有一个终极的绝对的精神本体，超诣是对神、道等终极价值的超越，不须追求神灵之道，不要去寻觅几微之示，当下即成，去除心灵的遮蔽，一任世界自在兴现，即是超诣（详见后文讨论）。神灵几微之说本自《周易·系辞上传》："易无思也，无为也，寂然不动，感而遂通天下之故。非天下之至神，其孰能与于此。夫易，圣人之所以极深而研几也。惟深也，故能通天下之志；惟几也，故能成天下之务；惟神也，故不疾而速，不行而至。"匪几，祝允明书迹本、津逮本作"匪机"，亦可通，机通几。

远引莫致，迹之已非：远，玄远也，魏晋以好玄远之思代指追求玄道。迹，本指形迹，用为动词，从形迹上去追求。此二句的意思是，超诣之境，不能从抽象的道上寻求，不能由外在的形迹去把握。这两句话类似于禅宗中赵州柏树子的公案："僧问：'如何是祖师西来意？'师云：'庭前柏树子。'僧云：'和尚莫将境示人。'师云：'我不将境示人。'僧云：'如何是祖师西来意？'州云：'庭前柏树子。'"[①]道不须寻，佛不在问，过在觅处，第一问答在超越本体现象之分别，第二问答在超越心境相对之分别，直呈其本来风光，即是真悟。

虞侍书诗法本作"远引莫致"，杨成本、说郛本、古今小品本等作"远引莫至"，意思相近。而津逮本误作"远引若至"，郭绍虞集解本从之。作"莫"是，作"若"，意思反了。迹之已非，怀悦本、杨成本等多作"临之已非"，误将"迹"作"临"。

少有道气，终与俗违：道气，佛道教术语，本指修行的功夫，南朝陈徐陵《天台山馆徐则法师碑》："法师萧然道气，卓矣仙才。"后特指仙风道骨之仪态，以道气来形容人的超凡脱俗的样态，如史上有"许掾全家道气浓"的说法。得超诣之旨趣，并非以追求仙道为职志，脱略了身上的仙道气，才能真正避免俗态。少有道气，怀悦本、杨成本、说郛本、古今小品本等作"少有道气"，虞侍书诗法本作"少者道气"，"者"为误植。津逮本改为"少有道契"，意有不同，误。

"乱山乔木"四句：以一个画境描绘超诣的特征。深山野林，青苔历历，泉水声声，日晖下泻，树叶颤抖，人独行其中，渐渐忘记了自己的所在，融入这一片世界中，此为超诣之境。诵之思之，并非指默诵书本、思考义理，而是形容与世界契合的过程。

---

① 《联灯会要》卷六。

※ **延伸讨论** ※

"一"心不生

　　《诗家一指》"十科"第一为"意":"诗先命意,如构宫室,必法度形制已备于胸中,始施斤钺。……是以造端超诣,变化易成,若立意卑凡,清真愈远。"这里将超诣作为立意创造的根本,是诗歌乃至艺术创造取得成功的关键。虞集一生思想以脱略尘俗、向往高明为其旨趣。他论诗论画论园,时时有高蹈超诣之志,不欲卑俗以溺其心,不欲凡庸而惑其意。超诣一品,就是讨论此超迈的情致。

　　超诣,与上品"形容"内容接近,上品说生命真实的传达,此品立意在超越卑凡,有腾踔之思,诗方有高致。从此品的内容看,其要义在远俗和放逸,认为诗要有"远韵"。但超诣是否就是追求玄远的存在(魏晋玄学以玄远之学作为道的代名词),远离卑俗的生活?答案是否定的。本品所揭示的思想,在中国诗学史乃至美学史上都具有重要意义。

　　本品开始说"匪神之灵,匪几之微",连续用了神、灵、几、微四个玄妙的词汇,在先秦道家哲学、《周易》哲学乃至后来的两宋理学中,这都是表示玄道的关键性术语。但本品开品谈超诣,似乎连这些玄妙的对象都要超越。明末以来对《二十四诗品》的注解,多取此一思路。杨廷芝《二十四诗品浅解》:"神者,阳之灵;神之精明者称灵。机者,动之微。灵莫灵于神,微莫微于机,而超诣则高远精深,神不得以擅其灵,机不得以显其微也。"[1]无名氏《诗品注释》:"神,心之神

----

① 杨廷芝《二十四诗品浅解》,第117页,孙昌熙、刘淦校点本,齐鲁书社,1980年。

也。机，天机也。匪神匪机，言超诣之境并不关神之灵、机之微也。"①
而谈到下两句（如将白云，清风与归）之解释，孙联奎《诗品臆说》说：
"清风将白云而与归，更超妙矣。归者，归太空也。太空冥冥，不可得
而名，岂不更超妙乎？"②

　　但仔细揣摩此品大旨，发现这样的理解是有问题的。首四句联系
起来的意思应该是，超诣不代表去追求神、灵、几、微的抽象玄道，
而旨在与清风白云同归。**这反映了禅宗的思想。禅追求"孤峰迥秀，
不挂烟萝。片月行空，白云自在"的境界，"青山自青山，白云自白
云"，不起分别，无主客之分别，也无物我之相对，任一颗古淡的心
与清风白云相缱绻。没有机微，没有神妙，没有抽象的道的问诘，道
只在目前。**《二十四诗品》的超诣之韵，就是这种无分别的与清风白云
同归的精神。

　　虞集《虚斋》诗写道："谁识空中有至真，一庭芳草自生春。风云
变化闲来往，日月挥持在主宾。宝剑有神凝鉴水，金丹无质现窗尘。
忘言本是吾斋事，莫负空同问道人。"③此诗阐述性空的思想，强调道不
可问。其《三茅山四十五代宗师赞》之第二十一代宗师赞中所说："朝
游宝林，暮宿玉池。微吟所激，籁生凉飔。玄圃之英，濯濯其羽。我
翔太清，假尔飞舞。"④也是这个意思。不闻仙道，不去蓬莱，就在当下
此在的云雾蒸腾中。这与"超诣"品所阐述的思想是一致的。

　　接下去两句"远引莫至"，说的是超诣之境，不能从抽象的道上
寻求。道不外求，过在觅处。这是南宗禅的基本观点。如唐代禅宗宗
师马祖说："即今问我者，是汝宝藏，一切具足，更无欠少，使用自

　　①　据郭绍虞《诗品集解》引，见《诗品集解·续诗品注》，第38页，人民文学
出版社，1981年。
　　②　孙联奎《诗品臆说》，第41页，孙昌熙、刘淦校点本，齐鲁书社，1980年。
　　③　《道园遗稿》卷三。
　　④　元刘大彬《茅山志》上清品第六篇卷七，又见《道园学古录》卷四十五。

在，何假向外求觅！"①不能由外在的形迹上去把握。就像一首流传甚广的宋代一尼姑悟道诗所说："尽日寻春不见春，芒鞋踏遍陇头云。归来笑拈梅花嗅，春在枝头已十分。"而"迹之已非"，说的是超诣之境又不能由外在形迹上去把握。就像禅家说，青青翠竹总是法身、郁郁黄花无非般若，我们不能从翠竹菊花的形迹上去追求。

这二句关乎超诣之大旨。它不是发玄远之想，如魏晋玄学在清通简要中追求玄奥的大道。不追求玄道，是否意味着返归于现实，关心外在人事物态？也不是！禅宗所谓青山自青山、白云自白云，并不意味着其哲学旨趣在山水风物之间。本品所言之"如将白云，清风与归"，也不是说超诣之境乃在逍遥山水之间，可以说与清风白云无关。就像《五灯会元》卷五记载的一段石霜禅师与弟子的对话：

问："如何是佛法大意？"师曰："落花随水去。"曰："意旨如何？"师曰："修竹引风来。"

这段对话的大意与落花流水修竹清风没有关系，它要说明的是，道不可问，问，这种理性的追寻，是无法达于佛的大旨的。**佛告诉你，并没有佛。佛在何处，不在山水，不在翠竹，就在心灵的纯粹体验中。超诣的旨趣也在于此。虞集所谓"春融大海，等含识于法流"是也**②。

正因此，本品强调，"少有道气，终与俗违"。对于此句之理解，多有误诠。郭绍虞《诗品集解》说："少有道气，言出于本性，终与俗违，亦正言是自然结果。"将"少"说成年幼了。"少"，当为减少的

<hr>

① 《马祖道一禅师语录》一卷，又称《大寂道一禅师语录》《马祖语录》，收于《卍续藏》第一百一十八册，《古尊宿语录》卷一内容稍异。
② 《铁关禅师塔铭》，文见民国《平阳县志》卷九十二。

意思。这句话别有所指，超诣之境不是那种外在仙道气，不是仪态上的仙风道骨，外在的作派不能代表内的领悟，坐破蒲团，满腹经纶，也不代表就会具超然之心。只有放弃外在的作派，从自心做起，才能真正避免俗念的粘滞。《景德传灯录》卷九记载福州古灵禅师早年投师，老师天天让他读经，后去百丈处开悟，回来看望他的老师，这时老师正在窗下看经，有一只蜂子投窗纸求出，古灵睹之曰："世界如许广阔，不肯出，钻他故纸，驴年去。"说的也是这个意思。

传为禅宗三祖僧璨所作的《信心铭》说："二由一有，一亦莫守。一心不生，万法无咎。"①它显然受到中观"八不"（不生亦不灭，不常亦不断，不一亦不异，不来亦不出）思想的影响。**大乘佛学"不二法门"有两个要点，一是超越"二"——生灭是非等等分别见；二是超越"一"——终极价值追寻的思想。**

所以，它是不一亦不二。这超越"一"的思想，就是《信心铭》所说的"一心不生"。不二法门，不是超越分别见的"二"而归于抽象的绝对的精神本体"一"，它是"一亦莫守"。"超诣"品其实就是在延展"一心不生"的思想。**他论诗在于归真，但这个"真"不是一种抽象的本体概念，用他的诗说："借问如何参绝学，破除妄想不求真。"②**

虞集在学术上的重要贡献是将超越有无的不二法门引入到诗学的论述中。他以"不二"作为心性涵养的根本，他有诗云："融结各有方，不息在无二。"③他的《辛澄莲花菩萨像》说："圣具大慈者，手执妙莲华。清净无垢轮，威照虚空界。华与持华者，无二亦无别。我于不二

---

① 《景德传灯录》卷三十，敦煌写本伯4638、斯4037也收有此篇。僧璨（？—606）此作，《百丈广录》言为属三祖之作，然多有疑点，可能为唐人所托，但符合南宗禅的基本精神。

② 《与陈维新》，《道园遗稿》卷三。

③ 《题雪泉斋》，《道园类稿》卷三。

门，得见见在等。"①此由莲花之性，说不二之理，莲花与持莲花之人无别，所见之莲花（所）与观莲花者（能）也无有分别。此"不二门"，有两个要点，一是不有不无的无分别见，二是对抽象精神本体的超越，即是"一心不生"。"超诣"一品则重在第二个要义。

"万法归一，一归何处"，这是元代禅宗临济宗师高峰原妙的著名话头，也是元人看话禅最受人注意的话头之一。虞集曾作《断崖和尚塔铭》，其中特别对断崖之号"从一"作了详细分析，这个"从一"，就是与老师高峰原妙讨论"万法归一，一归何处"的话头时得来②。单刀直入，切入一心不生、万法无咎之根本。一，无所归也。虞集有诗云："要之心本空，一了不移步。"③心之本空，此空为真空妙有，不有不无，所以不二法门，一也没有（所谓"一了"——"一"也没有），一心不生（不生"一"之心，不生分别之心，不生对抽象的绝对的精神追求的心），万法便无咎。

虞集《题张观海所携虚舟竹所二毛图》诗说："虚舟倚亭皋，修竹相因依。水木有清华，鱼鸟淡忘归。鹅群晚色静，鹤羽傍林晖。似是鉴湖曲，幽栖挂朝衣。古道日已远，昔人相见稀。苍茫写云雾，蓬壶是邪非？"④虞集论诗论艺，少言体道，唯说真源。真源就在人的真实体验中，如佛教当下直接的对"实相"的发现。山川风物很美，如蓬壶之境，然而作者置有一问，真有这样远在仙国的蓬莱、瀛洲吗？他的观点是，**蓬莱水清浅，就在自己的当下直接的体验中，佛在心中，道在悟下，直指人心，没有一个超越于当下直接体验的外在的仙灵，没有一个给予世界意义的道、佛、理。**

---

① 《辛澄莲花菩萨像赞》，《道园学古录》卷四十五。
② 《道园学古录》卷四十九。
③ 《送海东铦上人十首》之八，《道园学古录》卷二十七。
④ 《道园学古录》卷二十七，又见《道园类稿》卷三。

虞集有诗云："度世未闻道，咀嚼空茎枝。湛一保冲气，执御正不奇。"①他由一枝兰花而展开玄思。"未闻道"成为虞集思想的一个关节点，也是理解其二十四品乃至《诗家一指》其他部分的关键。

本品抛弃那些"超诣就是超越俗世、根绝俗念、依附大道"的陈词滥调，在寥寥十二句四言诗中，包含着丰富的内容。**从本篇的文字中可以看出，它否弃的内容至少有三：一是否弃那些追求神灵几微之类的抽象的终极价值的迷思（对道本身的否定）；二是否定长期以来诗坛艺界高蹈远引的玄远之风（诗成了语录之合韵者，就是此风）；三是否定那些匍匐在经书、神灵下膜拜的作派、仪式。**在字里行间可以发现，超诣的远俗，其实不是身体的抽离，不是思虑的洗涤，而是"于俗中去俗"，一如《坛经》所谓"于念而不念"。万法归一，一归何处？一无所归，一归于自心、自己当下直接的体验。本品中清风明月同归、乱山乔木碧苔芳菲中的优游，都不是强调超诣的境界只能在与自然风物相接中才能得到，更不是对外在自然的欣赏，而是当下目前便见的方便说辞。

李翱是唐代著名的儒家学者，与药山惟俨大师为友，一次去拜药山，《景德传灯录》卷十四记载："翱拱手谢之，问曰：'如何是道？'师以手指上下，曰：'会么？'翱曰：'不会。'师曰：'云在天，水在瓶。'翱乃欣惬作礼，而述一偈曰：'练得身形似鹤形，千株松下两函经。我来问道无余说，云在青天水在瓶。'"这正是"超诣"一品所述之核心思想。

此超越终极价值的追寻、超越本体现象的分别，在中国美学史上尤具价值。佛在心中，自心即佛，不从他觅，不依傍他人门户，呵佛骂祖，廓然无圣，去除一切知识的、权威的、目的的遮蔽，直呈澄明

---

① 《次韵陈溪山送兰花》，《道园类稿》卷三。

的心性，让生命的"木樨花"在"无隐"的状态下开放，当下纯粹的体验（实），就是最有意义的（真），意义是自我生命本明的发现，而不是来自外在的理性的光亮的照明。

由此，我们可见"超诣"品接"形容"而来的内在逻辑，一从存在的角度，阐述真即实、实即真的道理；一从超越的角度，阐释无佛无道的道理。这就是《诗家一指》的当家风味，以手指月，得月忘指，所谓"知诗之真，而后知《一指》之非真，而非真之真，备是《一指》矣"。

二十三　飘逸

落落欲往，矫矫不群。缑山之鹤，华顶之云。
高人惠中，令色氤氲。御风蓬叶，泛彼无垠。
如不可执，如将有闻。识者已领，期之愈分。

※ 校 注 ※

唐宋以来，飘逸为人们追求的一种审美境界，《宣和书谱》卷九评李白之书法："字画尤飘逸，乃知白不特以诗名也。"南宋魏庆之《诗人玉屑》卷十七评苏舜卿："苏子美以诗得名，书亦飘逸。"

落落欲往：落落，形容寡合的样子。欲往，远离凡俗而飘向高远之境。矫矫不群：矫矫，形容独立高举，不合群伦之态。

缑（gōu）山之鹤：刘向《列仙传》上："王子乔者，周灵王太子晋也，好吹笙作凤凰鸣，游伊、洛之间，道人浮丘公接以上嵩高山，三十余年后，求之于山上，见桓良曰：告我家，七月七日，待我于缑山巅。至时，果乘白鹤驻山头，望之不得。到，举手谢时人，数日而去。"华顶之云：华山顶上的云霓，华山为道教的圣山。

高人惠中，令色氤氲：惠中，惠通"慧"，佛家以戒定慧为三学，由戒入定，由定发慧。慧是人的根性，也就是人心中所深藏的佛性。惠中，意为高人胸中深藏着智慧。令色，美色，善色。惠中言其内心，令色言其仪态。令色氤氲形容高人的容颜充满着慈善超然的神情。惠中，津逮本作"画中"，误。

御风蓬叶，泛彼无垠：曹植《杂诗》："转蓬离本根，飘摇随长风。何意回飙举，吹我入云中。"何晏《言志杂诗》："转蓬去其根，流飘从风移。芒芒四海涂，悠悠焉可弥！"蓬叶，虞侍书诗法本作"莲叶"，与诸本不同。

如不可执：飘逸情怀的人，有不为世尘所染的坚守。如将有闻：胸存飘逸之士又不脱尘世，不去做一个隐者，或者远飞高骞，他们是于尘而脱尘。两句说的飘逸之志，出于俗又不离于俗。这两句的意思与《诗家一指》"十科"中的"物"科所说的"不著""不脱"说相似。

识者已领，期之愈分：真正领会飘逸旨趣的人，是在心灵中不染世尘。如果期望自己脱离世相，到一个清清世界中去，这样心灵会有所粘滞，反而失却了飘逸的精神。最后二句说郭本作"识者期之，愈得愈分"，意思不通。

※ 延伸讨论 ※

独鹤与飞

"飘逸"和"超诣"二品意多相近处，也最易混淆。杨振纲《诗品解》引《皋兰课业本原解》："超诣言独往之神，飘逸言不群之致。"即是说超诣意在远举，飘逸意在离群。如果从这个角度说，《二十四诗品》作者就没有必要分此二品。从上一品的分析中，可以看出二品有明显差异，上品主要是就超越道的追求，谈"一"心不生的哲学，所重在"理"的超越；而此品则侧重谈超越世尘，主要谈己与群的关系。所重在"俗"的超越。超诣就念上言，飘逸就相上言。前者说的是于念而不念，后者说的是于相而离相。

通观全品，有这样的思路：怀抱飘逸的情思，落落寡合，"欲"遗世而独立，但并没有高飞远骞，就在熙熙而来攘攘而去的稠人广众中，葆有矫矫不群之志，不失清净不染之心。一个"欲"字写出了脱尘又不离世的思想。飘逸是在心灵上，像那缑山上的仙鹤，像那华山顶上的仙云，身与尘世而同在，心与白云而飘渺。具有飘渺欲飞情怀的人，在心灵中超凡脱俗，意志不改，又将纯美的气息氤氲于天地之间。他们有不为世尘所染的坚守，又不去做一个隐者，远飞高骞。最后以"识者已领，期之愈分"归结，**真正领会飘逸旨趣的人，是在心灵中不染世尘。如果期望自己脱离世相，到一个清清世界中去，这样心灵会有所粘滞，反而失却了飘逸的精神。不著于俗，又不离于俗，正此之谓也。**

此品触及道禅哲学的重要思想，那种认为道禅哲学就是隐士哲学的观点其实是皮相之论。从道家哲学来说，老子就提出"和光同尘"的观点，不是离尘而绝世，而是和其光而同其尘。庄子哲学也不是山林哲学，前文所引《庄子·大宗师》中一段讨论"存"的重要言论，此再略述其要："藏小大有宜，犹有所遁。若夫藏天下于天下，而不得所遁，是恒物之大情也。特犯人之形而犹喜之。若人之形者，万化而未始有极也，其为乐可胜计邪！故圣人将游于物之所不得遁而皆存。"无遁而存——这一中国哲学关于生命存在的重要思想，就是反对"藏""遁"。庄子认为，"养生"要有"燕子的智慧"，山林里的鸟都被打光了，唯燕子而独存，因为燕子在人家的梁上。他借仲尼之口说："无入而藏，无出而阳，柴立其中央。"真正的存在是"两行"，而不是逃遁。

而佛学对中国文化中避俗而不离俗的思想产生重要影响。佛在世间觉，是隋唐以来中国佛学极为重视的思想，无垢无净，魔佛平等，正像《维摩诘经》所说的"一切烦恼皆佛之惠"，"一切烦恼皆如来所赐"，烦恼是不觉，佛是觉，觉于不觉中。清净的莲花是在污泥浊水中产生的。禅宗强调于尘而离尘。临济宗有三屋的说法，出自希运。三屋为驴屋、人屋和佛屋，屋者，安顿人之处也。一般人认为修行就是根绝尘染，由低贱的驴屋到人物，再由人屋到佛屋的过程，寻一个真正的安顿处。临济认为这是误解，无人相，无我相，无众生相，无寿者相，即驴屋即人屋即佛屋，

佛道有关生命安顿（存）的思想，是本品的思想灵魂。飘逸不是飘到一个清清世界中去，不一定与缑山的云霓为伴，不一定像一只独鹤迥然高飞，飘渺而不见行踪，就在世相中、尘俗中来完成。人生世界中，必有所染，或为净染，或有污染，生命就像是一场拔河，虽然相多迁，但应性不改。飘逸的、清净的、超越凡尘的、不为世羁的情怀，如生命的定海神针，这本然的清净心在，就是飘逸。还是氤氲在人世中，怀着一腔美丽的心灵（惠中），在污泥浊水中，所谓一念心清净，处处莲花开。

缑山之鹤，在此品是飘逸者的一个象征。《二十四诗品》"冲淡"品中又有"饮之太和，独鹤与飞"的描写。此品其实就是在描绘这"独鹤"的情志。《诗家一指》跋中所说的"独鹤之心、大龟之息、旷古之世、君子之仁"，原是在"素音于于而载往，乘碧景而诣明月，抚青春而如行舟"中实现的。这就是脱俗而不离俗。

独鹤之心，如韩愈《柳州罗池庙碑》所云"春与猿吟兮秋与鹤飞"[①]，乃超脱自由之心；大龟之息，说的是超越时间之永恒意（大龟是长寿者）；旷古之世，乃如陶渊明所说是"羲皇上人"；君子之仁，生生不已意属仁，说的是永恒的创造之心。此四者都是说的超越时间空间，追求永恒之价值，而非斤斤于时世、碌碌于尘寰的奔波，但此超越之心只有在大地中、尘寰中，在与俗世的相互纠缠中，才能

---

① 《昌黎先生文集》卷三十一。沈括《梦溪笔谈》卷十四："韩退之集中《罗池庙碑铭》有'春与猿吟兮秋与鹤飞'，今验石刻，乃'春与猿吟秋鹤与飞'。"

"厚而安"。

此章的内容如《苦瓜和尚画语录》之《远尘章》意思相近："人为物蔽，则与尘交；人为物使，则心受劳。劳心于刻画而自毁，蔽尘于笔墨而自拘，此局隘人也。但损无益，终不快其心也。我则物随物蔽，尘随尘交，则心不劳，心不劳则有画矣。"物随物蔽，尘随尘交，而不是离尘而远逝，于尘而脱尘，在俗而不俗。这是中国美学深受大乘佛学影响所出现的不可忽视的倾向。

独鹤与飞，就在尘世中。

二十四　流动

若纳水輨，如转丸珠。夫岂可道，假体遗愚。
荒荒坤轴，悠悠天枢。载要其端，载同其符。
超超神明，返返冥无。来往千载，是之谓乎。

▨ 校　注 ▨

流动与雄浑、冲淡、缜密、绮丽等品目不同，前人很少以流动来品评诗歌之美，此为中国哲学、美学的核心概念之一，作者以此作结，显然不同于诗法、诗格之类的著作，它由传统思想的内在精神方面来把握诗家的心灵境界。

若纳水輨：就像转动水轱辘取水。輨（guǎn），指车毂端圆管状的铁帽。《说文》："輨，毂端沓也。"水輨，汲水用的轱辘[1]。虞侍书诗法本作"若纳断輨"，与诸本异，"断"字误。

如转丸珠：此为前人论诗之语。据南宋魏庆之《诗人玉屑》卷十引《王直方诗话》："好诗如弹丸：谢朓尝语沈约曰：'好诗圆美，流转如弹丸。'故东坡答王巩云：'新诗如弹丸。'及送欧阳弼云：'中有清圆句，铜丸飞柘弹。'盖谓诗贵圆熟也。余以谓圆熟多失之平易，老硬多失之干枯。能不失于二者之间，可与古之作者并驱。"史潜刊《虞侍书诗法》作"如转圆珠"。

---

① 此参祖保泉师《司空图诗文研究》，第239—242页，安徽教育出版社，2000年。

　　夫岂可道，假体遗愚：天地流转不息的精神哪里能以语言说明，它通过具体的物象显示给普通人。郭绍虞《诗品集解》："辒珠既不足以尽流动，于是只有坤轴天枢，才能尽流动之妙。"①这样理解即把天地流转和万物流转截分两橛。而《二十四诗品》则本中国哲学之精神，强调即物即道，目击道存。万物的流动就是天地运转精神的显现。虞集尝引程子之言而叹云："水流而不息，物生而不穷，皆与道为体。运乎昼夜，未尝暂矣，君子法之，自强不息。"②"假体遗愚"，虞侍书诗法本作"假体为愚"，说郛本作"假体如愚"，"为"、"如"皆误。遗（wèi），馈赠也。

　　坤轴、天枢，均为乾坤之轮，天地之轴，即宇宙运转之轮。上古时期人类常以轮子来比喻天地运转，印度古奥义书认为天地运转来自悠悠大梵之轮，而中国古代则以天地轮转来形容世界的运动。坤轴：《乐府诗集》卷三十三："天兵断斩青海戎，杀气南行动坤轴。"天枢：《吕氏春秋》卷十三《有始览》："与天俱游，而天枢不移。"《宋书》卷二十《乐志》："天枢凝耀，地纽俪辉。"

　　载要其端，载同其符：端是本源，符是外在显现。契合天地流动精神，可以由器及道，由符及源，道器一如，流动深参。载，语气词。要、同，意为婉转契合。

　　超超神明：《周易·系辞上传》："阴阳不测谓之神。"超超神明，形容阴阳互动、变化莫测的流动世界。返返：流动不息。返返有无，意为天地之间流转不息。返返，虞侍书诗法本、杨成本、祝允明书迹本等作"反之"，误。返返，与"超超"句式相对。虞集的语言表述习

———————
　　① 《诗品集解》，第43页，人民文学出版社，1963年。
　　② 《送陈冈游金陵序》，《道园类稿》卷二十一。据宋蔡沈《洪范皇极内外篇》卷一："邵子曰：性者，道之形体也。道妙而无形，性则仁义礼智具而体著矣。程子曰：天运而不已，日往则月来，寒往则暑来，水流而不息，物生而不穷，皆与道为体者也。非性无以见道，非不息亦无以见道，是以君子尽性而自强不息焉。"

惯之一，是好叠用，如本品中之"返返""超超"，《诗家一指》"三造"中"观"造的"观观不已"①。

来往千载，是之谓乎：如果说"超超神明"二句是就空间来说宇宙流动的话，那么此二句又是从时间的角度来说变化乃宇宙恒常之道。来往千载，虞侍书诗法本作"往来真宰"，与诸本异，当是抄录之误。是之谓乎，祝允明书迹本作"同归殊途"，与诸本异，当误。

▨ 延伸讨论 ▨

由雄浑到圆浑

"流动"作为《二十四诗品》最后一品，有模仿《周易》的痕迹。《周易》以乾、坤两卦开始，以既济、未济作终。何名"未济"，《说卦》云："物不可穷也，故受之以未济终焉。"旁通互动、回环往复是《周易》的根本思想之一，在一卦中六爻上下循环往复，所谓"周流六虚"，在六十四卦中，也彼摄互容，相因相生，构成一种内在的"周流"。大道周流，宇宙万有都在生生不息、往复回环的运动之中。诗人要同乎大道，把握这宇宙运转之轴，这样才能来往千载。

就像车水转动毂辘（所谓"观流泉以玩其不息"②），就像在手中转动丸珠，这是天地所昭示的环转优游、流动不息的精神。天地运转，环环相联，往复回环，生生相联，生生不息，万有群生无不在此回环豫如的节奏中，而诗人要有卓越之创造，也必须要其端、同其符，身与之盘桓，心与之流转。宇宙，是一个永恒流转的世界，诗家之心，

---

① 如其《杨贤可诗序》云："英英乎其风采也，濯濯乎其容色也，浩浩乎其神气也，秩秩乎其经画也。"（《道园学古录》卷三十三）

② 虞集《刘氏长安园池记》，《道园类稿》卷二十九。

取会风骚之意，同乎天地之心，自有永恒。

　　本品所突现的是中国生生哲学的精神。《周易》哲学以"生"为主，所谓"天地之大德曰生"——天地的最高德性就是生生精神。《易传》所说的"生生之谓易"，既可以说生生而成变化，变化乃天地之大法；又可以说是"生生之谓《易》"，生生的精神，也就是中国哲学最高典籍《周易》一书的核心。所谓"易名三义"，意思可以概括为：**《周易》就是以简易的语言来说明变易是天地不易之理。**其中的关键词就是"变易"。生之谓性，《诗家一指》论诗极重性的发明，这个性就是生。可以说作为《诗家一指》核心篇章的《二十四诗品》；就是以传统艺术的生命精神为其根本特点的。

　　传统的生生哲学有三个层面，一是生生相联，生命之间是互相联系的，所谓"此生联于彼生"，天下无一孤立之物，这是生命的横向展开。二是生生相续，所谓"后生续于前生"，这是从时间维度上谈生生的，是生命的纵向展开。三是生生不停、新新不已，所谓"新生替于旧生"，生命是一种不断新变、不断创造的过程。穷则变，变则通，通则久，创造是生生哲学的恒常之道。

　　生生精神周流贯彻，无一时断歇，无一物不及。所以，生生精神的根本是"流动"，《周易》以"周流六虚"、往复回环为其根本思想。其于此生生中突出一个"复"字，所谓："无往不复，天地际也"，"复，其见天地之心乎"，阴阳相摩相荡，往复回环，复不是重复，不是循环论，而是创造再创造，新生再新生。而道家哲学更将此往复回环的生命流转，作为自然无为哲学的核心，老子说："周流而不殆。"道在周流，无一物相断，无一刻有"殆"。他说："大曰逝，逝曰远，远曰反。"这"反（返）者，道之动"，成了老子哲学的核心。

　　正是以生生不已、宇宙周流的思想为基础，儒道和《周易》哲学，都强调人契合天地之节奏，浑然与天地同体，与物优游，吮吸其太和之气，自臻远大，诗之妙也于焉有成。

《二十四诗品》之"流动"品，正是由此一角度来说他的流动之妙，从诗的创造看，欲创造流动之境界，必加入到万物的联系之中，去体会万物彼摄互联的精神，在联系中把握流动，在流动中把握联系。这就是"流动"一品要阐述的中心内容，这也是《二十四诗品》以流动来收摄全篇的用意所在。虞集说："天之大也，阴阳尽之矣。阴阳之往来逆顺，六十四卦方圆图尽之矣。"[1]这也是号为邵庵的虞集，从北宋邵雍、周敦颐等图书之学中取来的思想。

《诗家一指》以"灵运无碍"的境界为其至高追求。"十科"中"趣"科云："意之所趣不尽而有余之谓，是犹听钟而得其希微，乘月而思于汗漫，宕然真用，将与造化者周流，此其趣也。""四则"中"字"则云："故夫圆活善用，如转枢机，温清自然，如瞻佩玉。"**圆融无碍，流转不休，生生不已，是虞集美学推崇的最高旨趣。**他说"与太虚同体而无所亏，与造化同用而无所私"[2]，正是此品理论之立脚点。

《二十四诗品》以此品作结，造端雄浑，归于流动，加入到新的生命循环之中。天道如斯，诗道亦如是。

① 《御风亭记》，《道园类稿》卷二十八。
② 《看云道院记》，《道园类稿》卷二十九。

丙　总说

作为《诗家一指》组成部分的二十四品

《二十四诗品》，明末以来都是独立流传的篇章。一直到1996年，陈尚君、汪涌豪二位教授《司空图〈二十四诗品〉辨伪》之文发表，人们在讨论《二十四诗品》作者的同时，《诗家一指》，这个本来对传统诗学研究专业学者来说都可能陌生的书名，进入了人们的视野。《二十四诗品》与《诗家一指》到底是怎样的关系？如果确定《二十四诗品》是从《诗家一指》中分离而出，这就意味着，《诗家一指》的作者其实就是《二十四诗品》的作者；同时，如果确定《二十四诗品》就是《诗家一指》组成部分的事实，将会对《二十四诗品》的解读产生重要影响。

本讲记正是基于《二十四诗品》是《诗家一指》组成部分这一前提来解说的，但这个前提只是一种预设。在《二十四诗品》每品具体解读之后，现对这个前提进行集中讨论。

一 《诗家一指》之名

《诗家一指》之名，最早见之于明初赵㧑谦《学范》中的记载，其中有三处引用该书，卷上《作范》上《总论》部分有两处：

> 命意：作诗先命意，如构宫室，必法度形似备于胸中，始施斤钺。此以实论。取譬则风之于空，春之于世，暂有其迹，而无能得之所为者，是以造端超诣，变用易成，立意卑凡，直情愈远。（《一指》）

篇法：有以字论者，有以意论者，有以事论者，有以血脉论者。(《一指》)

另一处是在卷下《作范》下：

气象、翰苑、辇毂、山林、出世（偈颂神仙）、儒先（石屏宋贤）、江湖、闾阎、末学（道听途说得一字而杂糅用之，不成家数，又在江湖闾阎之下）：已上气象各随人之资禀高下，而发之文学，以变化气质，须仗师友及所读所习以开导佐助，然后能脱去近俗，以造高明。(已上并《一指》)

后之"一指""已上并一指"等，均为《学范》的原注。《学范》编纂体例严谨，引录前人之作，多有注出。赵㧑谦（1352—1395），字古则，余姚（今属杭州）人，官至吉安府学教授，明初著名学者、书法家。《学范》确切的成书时间不详。据《四库全书总目提要》载，《学范》版本有三个，永乐二年（1404）王惠刻本题"余姚，赵㧑谦编集"，有洪武二十二年（1389）郑真序，《学范》成书当在这之前。

《文式》两卷[1]，由元末明初学者曾鼎（1321—1378）所编[2]，曾氏为书法家，字元友，又字有实，泰和（今江西吉安）人[3]。《文式》卷上第十一总论诗，其中引用两段《一指》之语，一是《命意》部分，同

---

[1]　《文式》有明嘉靖八年（1529）刻本，藏于中共中央党校图书馆。日本内阁文库藏有旧钞本。

[2]　据杨士奇《孝子曾先生改葬志铭》言，其"春秋五十有八，生元延祐辛酉八月廿二日，没于洪武戊午五月廿九日"(《东里集》卷二十)。

[3]　《六艺之一编》卷三百六十一引杨士奇《东里集》云："曾鼎，字元友，更字有实，泰和人。有孝行，人称曰曾孝子。元末为濂溪书院学正。洪武三年（1370）以明经举，引疾辞。博学强记，工诗，擅八分书。"洪武八年（1375）受聘任教泰和县社学。曾鼎是杨士奇外祖母之弟。

上《学范》所引第一段"作诗以命意为主……"之文字，后注出自《一指》。另一段乃《篇法》，也即上《学范》所引"有以字论者……"，后也注有《一指》之出处。《文式》第十八又录"气象、翰苑、辇毂、山林、出世（偈颂神仙）、儒先（石屏宋贤）、江湖、闾阎、末学……"，文字也与《学范》所引同。注出于《一指》。

《文式》二卷是编辑前人论作，略加点评而成。虽言论文，也涉及诗。据卷前自序，作者曾从先辈处得《文场式要》一书，后又获李涂《文章精义》、赵㧑谦《学范》，遂交互参订，编成本书。其编纂《文式》之时，《学范》成书不久。由《学范》和《文式》可知，《诗家一指》在刚入明时就已流行。

佚名编、明初史潜刊刻的《新编名贤诗法》三卷，无刻书具体时间，刻成于明初正统年间（1436—1449）。是书辑录元代名家诗法著作，分上中下三卷，其中在卷下收《虞侍书诗法》。题为元虞集所撰的这部诗法，其主要内容与今之所见其后刻本《诗家一指》本相近。篇中多次提及"一指"之名。史潜，字孔昭，金坛（今属江苏）人。正统元年（1436）进士，曾官河东盐运使。

其后怀悦所刻《诗家一指》一卷，是现今所见最早以《诗家一指》为书名的刻本。卷前有魏骥《诗家一指序》，题作于成化二年（1466）八月，卷末有怀悦《书诗家一指后》，款"成化二年岁次丙戌九月既望嘉禾怀悦谨识"。怀悦，字用和，号铁松，嘉禾（今浙江嘉兴）人。景泰至成化年间在世。曾以漕粟入官。怀悦这个刻本，前有序言，其实是将虞侍书诗法本的第一段加上原属"三造"的内容合为一体，虽未题"序"言，编纂者其实是以序言对待的。其后为十科、四则、二十四品，再其次是"普说外篇"，凡四段。最后是三造。三造部分二十六条，不见于虞侍书诗法本。而所谓"普说外篇"，此本并无"内篇"之语。

杨成于成化庚子（1480）所刻《诗法》五卷本，其中卷二收《诗家一指》，后来为黄省曾、朱绂、谢天瑞编选元人诗法所奉。今存《诗法》五卷，藏中国国家图书馆，略残。此本前有杨成之序，款"成化庚子夏四月"，序中说为官淮阳，"偶得写本诗法一部"，其中包括范德机、杨仲弘的论诗著作以及《诗学禁脔》《金针集》《沙中金》等。写本错误较多，他加以考订，最后形成了此五卷本。《诗家一指》，是这部《诗法》的重要组成部分。其中，卷一题"木天禁语，内篇，范德机著"，卷二题"诗家一指，外篇"，并在"普说"下有"外篇，四段"四字。杨成，字成玉，闽县（今福建福州）人。天顺八年（1464）进士，成化间任扬州知府。此书编定于他任职扬州之时。

成书于1625年前后的胡震亨《唐音癸签》，在卷三十二著录《诗家一指》一卷，未列撰人。改定于1632年的许学夷《诗源辩体》，在卷三十五也著录《诗家一指》，其云："出于元人，中有十科、四则、二十四品、三造。"

《诗家一指》流传有绪，此名非为后之编纂者、刊刻者所拟，而是撰者自己所为。这在刻于明正统（1436—1449）年间的史潜本中有明确交代。此刻本在名为《道统》（实为《诗家一指》后序）的一段话中说：

> 集之《一指》，诗也……抑真人而后知诗之真，知诗之真而后知《一指》之非真，而非真之真，备是《一指》矣。

其中有三处言及《一指》之名，说明撰者本有其名，与那种编者将几段不相干的文字汇编另加名称的通常所见不同，原撰者对此有缜密的构思，有完整的篇章结构。通过虞侍书诗法本、怀悦刻《诗家一指》等相关文字，也可以大体了解原撰者的思路。

　　"一指"之名受佛教影响。佛教有以手指月、得月忘指的说法，以指比言教，以月比佛法。一切言教都是方便法门，为显示实相而设。《楞严经》卷二说："如人以手指月示人，彼人因指，当应看月。若复观指，以为月体，此人岂唯亡失月轮，亦亡其指。"《楞伽经》卷四有偈云："如实观察者，诸事悉无事。如愚见指月，观指不观月。计著名字者，不见我真实。"禅宗中以"指月"一语来警示人们不能执着于文字名相。禅宗"十六字心传"中的"不立文字，教外别传"，也是就此而言①。正如龙树《大智度论》卷九所说："如人以指指月，以示惑者。惑者视指而不视月，人语之言：我以指指月令汝知之，汝何看指而不看月？此亦如是，语为义指，语非义也。"

　　《诗家一指》以"一指"为名，道出编者的独特用心。在是书撰者看来，诗乃智慧之业，显露的是人的真性，表现人的真实生命感觉，语辞声律等只是为显示这个核心而设，不能沉溺于字句格律声韵而忘记这个本。学诗者也不能流连于诗格、诗法之类的技法，失落了诗心。诗心诗性是月，而一切文字都是指月之指。

　　前引撰者那段话说得很清晰："抑真人而后知诗之真，知诗之真而后知《一指》之非真，而非真之真，备是《一指》矣。""《一指》之非真"，即是说此三造、四则等，乃是方便法门，幻而非真。禅宗中说，

① 自明以来，谈及《诗家一指》之"一指"之名，多从"一心""一贯"方面去解释。这可能与成化年间刊行此书的怀悦有关。如朝鲜刊本《诗家一指》卷尾录怀悦《书诗家一指后》："诗家有一指之传，非取义于指也，盖以明夫心之无二也。诗家有一指之喻，亦有诗法之传，本乎正宗而贯乎心法之好也。"在他看来，一指，就是谈心法。该本录魏骥《诗家一指序》："夫一指者，一贯之谓也。"今人陈尚君、汪涌豪以《佛学大辞典》中的"尽天尽地悉摄于一指头上之意"来释之，认为此与禅宗的"一指禅"有关（《司空图〈二十四诗品〉辨伪》，《中国古籍研究》1996年，第一卷，64页）。这样的理解与《诗家一指》的确实涵义不合。

佛经三千卷，尽是为止小儿啼的黄叶①。然而，虽非真，却是通向真实之门的必然门径。《诗家一指》的撰者虞集（见后文辨析）在《断崖禅师塔铭》中说："我见其人，断崖千尺。茎草金身，说法炽然。"在《铁牛禅师塔铭》中说："拈草作梵刹，帝释之所赞。"所谓"茎草金身""拈草作梵刹"，就是佛门所说的止小儿啼的黄叶。《一指》篇章本身"非真"，然此"非真"之文字，却是为了发明"真"——诗之真性本源的津梁。作者自信地说，《一指》文字虽短，但诗之大要，庶几备乎此矣。

舍筏登岸，得月忘指。虞集何以言"指"而以"一"规范之？其实，"一"也有特别内涵。有的论者说，归于"一"，就是归于"心"，诗乃心之作，诗言志、缘情都在于这个心。如果这样理解，《诗家一指》可以说毫无新意。《诗家一指》的要旨之一就是超越情、理、志这些传统的定义。《一指》的"一"，乃是真性，也即二十四品、三造、十科以及后序中反复言及的"真""实境""真源"等。虞集曾引断崖的话说："尽大地有一人，发真归源，从'一'皆知之。"

归于"一"，也不是归于一个抽象的绝对的精神本体。《一指》之意思并不落实在回归诗之"道"。虞集的思想深受大乘佛学"不二法门"思想影响，在"般若性空"中显现"诸法实相"的思想为其所持守。他说："吾尝宴坐寂默，心境浑融，纷然而作，不沦于有。泯然而消，不沦于无。"②这也就是《诗家一指》跋文中所说的"性与空等"，法立于空虚，而非追求虚空之道，要在荡去遮蔽，让真如之念朗然澄明。他曾多次引高峰原妙"万法归一，一归何处"的话头，强调"一"，无所归的哲学。只是归于人的真性无遮蔽的呈现，归于诗家的生命创

---

① 据《大涅槃经》卷二十记载，佛陀常常将自己应机说法比喻为手上拿着一片黄叶子，哄小孩说这是黄金，其实只是空的，并没有黄金，以此来说明对佛的教法不能拘泥于文字名相。《景德传灯录》卷六马祖章云："僧问：和尚为什么说即心即佛？师云：为止小儿啼。僧云：啼止时如何？师云：非心非佛。"

② 《护法论后序》，《道园学古录》卷三十四。

造力——真实的生命价值的跃现。这个一，在禅家言真如，言真空妙有；在诗家言真性，言虚灵不昧。

虞集的"一指"之喻，可能也有庄子思想影响的因素。毕竟历史上人们说到"一指"，会自然联想到庄子的齐物理论。《庄子·齐物论》说："以指喻指之非指，不若以非指喻指之非指也。以马喻马之非马，不若以非马喻马之非马也。天地一指也，万物一马也。"先秦名家代表人物之一公孙龙著《白马论》《指物论》，庄子此议就是在破名家的学说，指、马是种概念，大拇指、白马是属概念，以大拇指来说明大拇指不是手指，不如以非大拇指来说明大拇指不是手指。庄子认为这种彼此、总分等的概念辨析，是是非非，是没有意义的。天地就是一指，万物就是一马，浑成一体，更无分别。这与虞集论诗超越名相辨析、直呈生命真实的思路也是吻合的。元耶律楚材《醉义歌》吟道："芥纳须弥亦闲事，谁知大海吞鸿毛。梦里蝴蝶勿云假，庄周觉亦非真者。以指喻指指成虚，马喻马兮马非马。天地犹一马，万物一指同。胡为一指分彼此，胡为一马奔西东？"[1]与虞集的意思颇合。

"一指"的定义，决定《诗家一指》的基本思路，也决定《二十四品》的性质。《二十四诗品》乃道出诗家作诗之大意，非拘拘于技法可成。正因此，《诗家一指》才自信地说："于诗不必尽似，品不必有似，而或者为诗之尤。"于诗不必尽似，说的是三造、四则、十科等并非具体谈作诗之法；品不必有似，这个"品"，当然特指二十四品。二十四品虽品目细致，然也并非谈鉴诗之具体入门，大都是一些虚灵空妙的内容，但他说这可能是"诗之尤"——乃是作诗鉴诗的关键。

《诗家一指》虽兼融多家思想，但在写法上是以禅家面目为主轴的，明显受到"学诗浑似学参禅"的整体气氛的影响。其一指、三造、

---

[1]　《湛然居士集》卷八。

二十四品的品目都有佛教的影子；其"性空""实境"等论述，来自于佛门。然而《一指》借禅比诗，重视的是二者内在精神上的共通，而不是外在花哨的言辞。在这一点上，甚至比严羽《沧浪诗话》的诗禅之说更加地道。虞集谈到禅宗的发展时说："达摩以直指为宗，而数百年来，文字转盛。"[①]五代北宋以来禅门乖离本真的情况，在诗坛也有类似的发展。他认为，自晚唐五代以来，诗也"文字转盛"。他说："浮图氏之入中国也，不以立言语文字为宗，于诗乎何有？然以其超诣特卓之见，搏节隐括以为辞，固有浩博宏达大过于人者，则固诗之别出者也。而浮图氏以诗言者，至唐为盛，世传寒山子之属，音节清古，理致深远，士君子多道之。乃若舍风云、月露、花竹、山水、琴鹤、舟笻之外一语不措者，就令可传，亦何足道哉！"[②]他的"一指"，要矫正这一发展趋势，返回心灵的真实，以独特的生命体验去代替文字概念的拈弄。他说："春冰结花，尘滓都尽。秋空卓秀，一色空青。"禅家的此一境界也是诗道的高标。

要言之，虞集的《一指》，所"指"之真性、真源，是一颗"诗心"。诗要有诗味，诗人要有诗心。培养诗意的心灵，是诗道之根本，也是返归诗道正途的必由之径。何为诗心？远离卑凡（为欲望、名声等所控制者不可能成为真诗人），告别从属（正统、道统、为某某服务之类的劳作其实与诗无关），超越追问（诗场不是说理之所），让"诗的感觉"作主，将创造的主宰（真宰）交给当下直接的体验，让生命的真实直接呈现，就能有一颗莹然的诗心。

"娟娟群松，下有漪流。晴雪满汀，隔溪渔舟。可人如玉，步屧寻幽。载瞻载止，空碧悠悠。神出古异，淡不可收。如月之曙，如气之秋。"像"清奇"一品所说，你在晴雪满汀之时，只是计量着雪下得多

---

① 《德海和尚塔铭》，见钱维乔（乾隆）《鄞县志》卷二十三。
② 《会上人诗序》，《道园学古录》卷四十五。

大、何时下的事实（科学的态度），考虑着这一场雪的作用（功利的态度），或者站在观赏者的角度去欣赏雪天的美感（审美的态度），都不是虞集直指的"诗心"，**诗心是一种清澈透明的意绪，一种空阔超迈的情怀，一种与世界优游同在的选择。从世界的对岸回到世界中，不是去观照世界、欣赏世界、消费世界，放下接触世界的种种态度，与世界"共成一天"，在纯粹生命体验中创造一个"实相"世界。**

《诗家一指》所念念在兹的"真性"，其实就是"诗性"（或者说是"诗心"）。二十四品，不是说二十四种诗的风格，而是人的真实生命呈现的不同境界，人的"真性"存在的不同方式，面对丰富的世界、不同的境遇，所带来的不同的体验形式。所以这个"品"，与前此的画品、诗品、书品之类的"品"不同，直"指"之内涵，与前此的论诗的式、格、法、主客图之类的作品不同，虽然《一指》在谋篇中不免受到前代和同时代思想的影响，但它的论说方式是独特的，它所得出的结论也是独特的。

二　《诗家一指》的基本结构

虞侍书诗法本有《道统》一段，此段在怀悦本《诗家一指》则名为《普说》，是《普说》四段中的第四段。名称虽不同，但这段文字两处表达基本相同，只有少量的异文。其中在最后谈到本书的结构：

> 集之一指，诗也。三造，所以发学者之关钥。十科，所以别武库之名件。四则，条达规律，指述践履。二十四品，含摄大道，如载图经。

虞侍书诗法本三造之一"观"云：

观，要知身命落处，与夫神情变化、意境周流、亘天地以无穷、妙古今而独往者，则未有不得所以然也。由之可以明十科、达四则、读二十四品，观观不已，而至于道。

第一段话谈到《一指》主要包括四个部分：三造、十科、四则和二十四品。而在三造的"观"造中，谈到十科、四则、二十四品，没有言及三造，因为此段正是论三造。其他三者的顺序与第一段相同。

不难看出，《诗家一指》，依次由三造、十科、四则和二十四品四部分构成。这里由此尝试还原《诗家一指》的基本内容。《诗家一指》以此四部分为主体，前有简短的开篇语，后有跋（或称后序），说明此书编纂之大旨以及基本结构。共有六个部分。跋，即虞侍书诗法本称为"道统"，怀悦本、杨成本等称为"普说"四部分中的第一段内容。以下分述之。

（一）引言

虞侍书诗法本开始一段话说："诗，乾坤之清气、性情之流至也。由气，而有物；由事，而有理。必先养其浩然，存其真宰，弥纶六合，圆摄太虚，触处成真，而道生矣。"[①] 这段话，没有名称统摄，当是全篇的引言。

语虽短，逻辑却很严密。远而言者，诗，乃因得天地宇宙之清气而生；近而言之，诗缘人之性情以发。所谓通乎天地，本乎人心。以下抓住"清气"与"情性"而论述。天地间二气相参，气化氤氲，而万物生焉。气有清浊，清明澄澈的好诗，由清刚之气流出，而那些滞

① 怀悦本此段文字改为："乾坤之清气、性情之流至也。有气则有物，有事斯有理。必先养其浩然，存其真宰，弥纶六合，圆摄太虚，触处成真，而道生于诗矣。"杨成本、黄省曾本等从之。

碍之语则因气之染着所造成。故善为诗者，虽发之于情，必本之于性，性情合一，诗由清刚之气转出，便由真性真源而发。

若成为一个诗人，仅熟悉格律字句，仅知写物抒情，并不能成为诗人，技巧的训练固然重要，但诗心（真性）的培养则是决定性的。所以，学诗者不能等同于讲学家之门径，不是说涵养心性，修养德性，就能写好诗。德性修养只是基础，诗心却是一种与德性有关但却更加复杂、远阔、深邃、微妙的心理形式。所谓"养其浩然，存其真宰，弥纶六合，圆摄太虚"，要有贯通天地宇宙的眼光（观），要去"直养"——有正大磊落的浩然情怀（气），要发之于当下直接的生命体验，要呈现出有意义的生命真实（真），这样才能近于诗之道。虞集在《易南甫诗序》中说："性其完也；情其通也；学其资也；才其能也；气其充也；识其决也。则将与造物者同为变化不测于无穷焉，诗赋云乎哉！"[1]正是这个意思。

这一段话涵摄内容丰富，所言情（性）、气、物、事、理等，在下文的"十科"中都有分别论述，此可谓总说。

（二）三造

造，来自佛教，即佛教中所说之造业，简称为"业"，意思为造作，主要指外在行为等引起的心理活动。小乘佛教有身、口、意三业的说法。《一指》将"造"引入诗学，无非是强调人的行为决定于心理，而诗是由人的心灵流淌而出的。诗法即心法。"发学者之关钥"，意为这是学诗者的关键。三造中，一观，说智慧；二学，说学问；三作，说训练。三者不可缺一。

就观而言，他说："犹禅宗具摩醯眼，一视而万境归元，一举而群迷荡迹。超物象表，得造化先，夫如是，始有观诗分。观，要知身命落处，与夫神情变化、意境周流、亘天地以无穷、妙古今而独往者，

---

① 《道园类稿》卷十八。

则未有不得所以然也。"到底为什么要作诗,作诗要表达什么,怎样成为一个诗人,怎样具有通观的眼光,怎样培养囊括古今、包括宇宙的思虑,做好了这些,则有智慧之人,"始有观诗分"——才能有领会诗的真谛(分,才分)的可能。

摩醯眼为禅家语。《五灯会元》卷二十载福州懒庵禅师偈语道:"顶门竖亚摩醯眼,肘后邪悬夺命符。瞎却眼,卸却符,赵州东壁挂葫芦。"摩醯眼乃直视本真之眼[1]。《一指》三造中的"观",非观照外在之事物,而是建立一种观照体验生命真实的眼光。诗家要由性灵上做起,"观其身命落处",诗为生命安顿提供一个宅宇。"神情变化、意境周流、亘天地以无穷、妙古今而独往",此一"观"法,深及情性之所,斟酌于心对之境,泛观天地之无穷,徜徉古今之通变,一心独往,万象为开,意与境接,周流贯彻。诗不是吟弄花草之具,而是攸关生命安顿之大业、明澈心性之要务。此"观"法,乃纯粹体验之法、显露生命真实之法。

虞集将"观"造置于《诗家一指》的最前端,可能与他受天台宗的止观学说影响有关。僧肇说:"系心于缘谓之止,分别深达谓之观。"[2]止观相当于佛教三学中的定和慧。虞集的"观"所具有的发慧思想,正与此有关。

虞集说,观,是理解《一指》的要冲,所谓"由之可以明十科、达四则、读二十四品,观观不已,而至于道",正是言此。故他将三造置于《一指》最前端。

就学而言,诗也是知识之业,无才力学识,何以为诗?然而,并

---

① 佛教《无量寿经》十六观法所言之"观"法,其实就是这样的眼光。该经说一个念佛的行者愿生西方极乐世界,请佛说修行方法,佛给他说十六种观法,也即往西方极乐世界的十六种门径。观,非视觉之观察,乃观心以进净土,进真实之门。

② 《维摩诘经注》卷五,《大正藏》卷三十八。

非学问大，就能做好诗。诗不是说理的地方。出于理，又必须超越于理。学诗者，必重视前人之法，无法则不为诗也。然而重视法，又必须超越法，无法而法，是谓我法。未闻流连于古人之法而成于诗者。故其三造之学，论学古人之态度，在我心，在我法，在我的真实体验中。"造"由我起，非为法囿。故其云："夫求于古者必法于今，求于今者必失于古。盖古之时、古之人，而其诗如之，故学者欲疏凿神情，淘汰气质，遣其迷妄，而反其清真。""反其清真"，荡涤一切束缚，让心灵的独鹤轻松地飞翔。古人有古人之法，今人有今人之法，我有我之法，不能以古人之法为我法，不能以他人之法律我心，这就是学。学的是放松情怀、使精神自由，掘发人的创造力。这也是虞集的一贯思想，他曾有言道："今人以古人为古，古人自以为今也；今人以今为今，后人则谓之古矣。今之谓古，自人而论之，无定名也。天地日月之运同也，人物生生之理同也，何必以古为好哉？"①

三造之"作"，言其下手处。倡导意在笔先之说，涵养在前，积累在前，下手之时，自然而然，如果刻意造作，必无所成。故其"作"法，实是反对造作法。他说："先须明彻古人意格声律，其于神境事物，邂逅郁折②，得其全理，胸中随寓唱出③，自然超绝。若夫刻意创造，终亏天成。苟且经营，必堕凡陋。妙在著述之多，而涵养之深耳。然当求证于宗匠名家之道，庶几可横绝旁流矣。"

（三）十科

所谓"十科，所以别武库之名件"，就像武库中的各种武器，此为衡量作诗的十个关键性因素。分别是：意、趣、神、情、气、理、兴、境、事、物。十科可分为五组，也可以说是五种类型。

---

① 《好古斋铭》，见《周秦刻石释音石鼓文》，《文渊阁四库全书》本。
② 邂逅郁折，虞侍书诗法本作"解后郁抑"，误，据怀悦本改。
③ 唱，虞侍书诗法本作"倡"。

首二科意、趣。意，说诗之立意，意在笔先，立意高远，则一篇则高矣。趣，说的是韵味，含不尽之意如在言外。诗要有韵味，"听钟而得其希微，乘月而思于汗漫"，意味干瘪，形式生涩，当为下流。

下二科神、情，三造中说要"疏凿神情"，得"神情变化"之妙，此即言之。神，说的是发自本心，生机活泼，如风云变态，花草精神，都有一种活泼的韵致在，《二十四诗品》中"精神"之谓也。诗无情不生，前代就有诗缘情之说，然此中论"情"却与之不同。他认为心之于色，必有所染，必会生情，得失顺逆之感，而出喜怒哀乐之情，情由欲而生，是虚妄的，染着的。他强调，情必由性出，情性一体，不为色染，故是诗家真源。

下说气、理。所谓由气而有物，由事而有理，天下万物本一气而生，均有生生之条理也。气，说的气脉贯通、灵运无碍。所谓"盛大等乎空量，熹微蔼如春和"，阴阳协调，冲淡自然。理，说的是穷理知要，培养材力，如此方可能有大境界。然理由性出，性中含理，非说理之谓。故要涵养精进，而不是去掉书袋。

下说兴、境。比兴为中国诗之传统，无兴不为诗。兴，乃兴发感动也。此说当下直接的生命启发，而不是暗自扪摸，所谓"总属自然，非有造设"，直接兴会是也。境是唐代以来诗学的大问题，元人重视的皎然《诗式》等，都是重境之文。境一语由佛教而来，是心对之所。对境者，物也，有物，就有物与我的相对，就有我观之主体和被观之对象，物与我截为两橛，此如何有诗中境生？**故此处说境，在超越境，超越世谛之境，而达于真谛之境。**其云："心之于境，如镜之取象。境之于心，如灯之取影。"心与物接，意与境会，在虚明静妙之心中契合如一。

最后两科论事、物，序言说："由气，而有物；由事，而有理。"事，谈诗中对过去之故实的运用，强调形趣泯合，神造自如，所谓

"窅然色之胶青，空然水之盐味"（如其言禅家一色空青之境），反对且表学问式的创作方式。物，谈外在物象的描写，提出不著、不脱二原则。不脱者，乃不离于物；不著者，又不在于物。即物即心，诗中之物，已非外在观照之对象，而成了呈现人心灵境界的共生体。此不脱不著之说，也是禅门的当家学说。

这里虽有对前代诗论的取资，如其论境就受到前代取境论的影响，其论趣，也有前代言外之意、韵外之致等学说的痕迹，但就整体而言，构思绵密，其中多有独到之见解。

此十科之说，是三造的具体化，是诗之"造作"的分解；又是通于二十四品的十条线索，二十四品在一定程度上就是这三造、十科的类型化，其思路犁然清晰。

（四）四则

虞集精于格律，诗律细密而谨严，这"条达规律，指述践履"的四则，论字、句、格、律，属于诗歌构成的基本因素，只是几句话带过，并未深究，这当然与《一指》成文的特性有关。此由一句之妙，说到一字之妙，再说到格（风格、气象），一时代有一时代之风格，一家有一家之气象，风格不同，气象有殊，要在细心区别，斟酌有价值的内涵。最后说到律，强调诗歌要有"条达气神，吹嘘兴趣"的音韵美，其"犹清风徘徊于幽林，遇之可爱；微径萦迂于遥翠，求之愈深"的境界，是其毕生追求的。

（五）二十四品（略）

（六）跋（或称后序）

这段话的全文如下：

世皆知诗之为，而莫知其所以为；知所以为者情性，而莫知所以情性。夫如是，而诗远矣。远之，几不失乎！心之于色为情。天地、日月、星辰、江山、烟云、人物、草树，响答动悟，履遇形接，皆情也。拾而得之为自然，抚而出之为几造。自然者，厚而安；几造者，往而深。厚而安者，独鹤之心、大龟之息、旷古之世、君子之仁；往而深者，清风泡泡而同流，素音于于而再往，乘碧景而诣明月，抚青春而如行舟，由之而得乎性。

性之于心为空，空与性等。空非离性而有，亦不离空而性。必非空非性，而性固存矣。夫今有人，行绿阴风日间，飞泉之清，鸣禽之异，松竹之韵，樵牧之音，互遇递接，如别区宇，省揖备至，畅然无遗，是有闻性者焉。自是而尽世之所谓音者，无不得之。

而于闻性，无一物分，复有欲求其所以闻之而性者，犹即旅舍而觅过客往之，久矣。故取之非有其方，得之非睹其窍。惟翛然万物之外，云翠之深，茂林青山，扫石酌泉，荡涤神宇，独还冲真，犹春花初胎，假之时雨，夫复不有一日性悟之分耶？

集之《一指》，诗也。"三造"，所以发学者之关钥。"十科"，所以别武库之名件。"四则"，条达规律，指真践履。"二十四品"，含摄大道，如载图经。于诗不必尽似，品不必有似，而或者为诗之尤。抑真人而后知诗之真，知诗之真而后知《一指》之非真，而非真之真，备是《一指》矣。

虞侍书诗法本以之为"道统"，怀悦本、杨成本等以之为"普说"。在虞侍书诗法本中，在"道统"之后，还有一段话为"诗遇"。"诗遇"是一段独立的文字，从诗歌发展史的角度，讨论"诗得诸遇，斯有自然"的道理，并总结："由是观之，遇不同者，然亦无不同也。善遇者，当有遇乎性也。"要"善遇"，诗由引发而生。这一段独立的文字，与三造、十科等文字游离，当非《诗家一指》之内容，但其论情、性等理论看，当是虞集手笔。或从虞集生平论诗语中摘来。

而怀悦本、杨成本《诗家一指》有"普说"四段，第一段所录，大致同于虞侍书诗法本"道统"一段。这也是最长的一段，其他三段文字不仅短，内容也与《诗家一指》主体内容不合。

道统，反映了传统儒家的重要观念，在理学发展过程中占有重要位置。唐代以来，论诗也讲求道统。但虞侍书诗法本这段关于《诗家一指》编纂原由的论述，与道统毫无关系，当是编者或刊刻者自己加上。

而"普说"乃禅家语，意思是禅门高僧上堂升座说法，为一般学人开示。《百丈清规》卷二《住持章》有"普说"一条："有大众告香而请者，就据所设位坐。有檀越特请者，有住持为众开示者，则登法座。凡普说时，侍者令客头行者挂普说牌报众，铺设寝堂或法堂，粥罢，行者覆住持，缓击鼓五下，侍者出候众集，请住持出据坐。普说与小参礼同。"此概念源自佛经。《华严经·离世间品》说："普说正法，智慧观察。"所以禅门中，"普说"之名，一般不会出自自己之口，而为弟子尊敬老师之谓。如果自己著文，言"普说"，乃有自诩之嫌，并不恰当。故《诗家一指》的"普说"之名是刊刻者或编选者所为，非作者所为。

综上言之，《诗家一指》之作，依次由引言、三造、十科、四则、二十四品、跋六部分所组成，论及诗人创造能力的培养（三造）、写诗的入手关键（十科）、诗歌形式构成诸要素（四则）和诗之境界的二十四种类型（二十四品），层层递进，由表及里，探讨诗歌艺术世界的内在精髓。

三　《诗家一指》的增删和篡改

《诗家一指》在流传过程中，却出现极为复杂的情况。

《诗家一指》在元代的流传中，就出现了大量的增删和篡改的情况。

本文开头提到明洪武年间刊刻的赵㧑谦《学范》中，引《诗家一指》的三条内容，其中"命意"一条，其内容为"作诗先命意，如构宫室……立意卑凡，直情愈远"，此条为《诗家一指》十科的第一科"意"的内容（与虞侍书诗法本只有个别文字差异）。

然而另外两条却不见于上节所概括的六部分的《诗家一指》。如"篇法"的一段文字"有以字论者，有以意论者，有以事论者，有以血脉论者"，虽注出于《一指》，却是《木天禁语》"六关"（篇法、句法、字法、气象、家数、音节）第一关的内容。"作范"下所引"气象、翰苑、辇毂、山林、出世（偈颂神仙）、儒先（石屏宋贤）、江湖、闾阎、末学（道听途说得一字而杂糅用之，不成家数，又在江湖闾阎之下）：已上气象各随人之资禀高下，而发之文学，以变化气质，须仗师友及所读所习以开导佐助，然后能脱去近俗，以造高明"一段，注"已上并《一指》"，却是《木天禁语》"六关"中"气象"的内容。

这反映出《诗家一指》在流传过程中，刊刻和抄录中不断附着内容的现象。

前文所提到的内外篇问题，其实就属于这种附着。内篇、外篇的文本编排在中国古代文献中常有，如《庄子》《抱朴子》等就有内篇、外篇。在诗学著作中，这类情况也比较多。一般来说，注有内篇者，都会有外篇相伴，如无外篇，仅有内篇之文，这类现象是罕见的。同时，相对来说，内篇一般是内容的主干部分，外篇有延伸讨论、羽翼主论的意思。

1466年刊刻的怀悦《诗家一指》刻本，在"诗家一指"四字后有"外篇"两字，又在"普说"后系有"外篇"两字，今论者常常以"普说外篇"四字连缀引之。但没有内篇，何来外篇？显得非常突兀。在1480年刊刻的杨成本五卷《诗法》中，卷一题"木天禁语，内篇，范德机著"，卷二题"诗家一指，外篇"，未著撰者，并在"普说"下有"外篇，四段"四字。

由此可见，怀悦《诗家一指》刻本中的外篇之称，是与内篇相对而言的，只是在编纂过程中，位置被打乱，内外篇的编排看不出了。魏骥在《诗家一指序》中谈到这一点："一日，嘉禾怀氏用和号铁松者，以书抵余，自言近得诗法一编，乃盛唐诸贤之作，择其精粹，订为诗格，名之曰《诗家一指》。"①魏氏的"怀悦定名《诗家一指》说"是想当然之论，而所记怀悦得诗法一编而进行删除选择之事，与流传怀悦本《诗家一指》状况是相合的。他当时所得诗法一部，当有以《木天禁语》为内篇、《诗家一指》为外篇的内容，在其"择其精粹"重新编排之后，这样的顺序不易看出了。

而"学范"在"作范"篇末列"当看诗评"之书，列了《木天禁语》，未言著者。而在"总论"部分引篇法、句法、字法、气象、家数、音节六关之说，后注"范氏"。"六关"的篇法、气象所引段落后，又注引自"一指"。如此矛盾，正是《诗家一指》流传中的混乱所造成的。赵氏所见的这个本子，可能总名为《诗家一指》，未标撰者，其内篇是《木天禁语》，却题为范德机所撰，外篇为《诗家一指》。如此情况，与后来杨成本所反映的情况基本一致。

也就是说，《诗家一指》之名因涵括内容不同，有两种形式，一是广义的包括内篇（《木天禁语》）、外篇（《诗家一指》）的《诗家一指》本，一是如怀悦刊刻所录的，只包括三造、十科、四则、二十四品、普说等的狭义《诗家一指》。《学范》所引《一指》，则属于前者。

杨成所刻虽然与怀悦本属于同一版本系统，魏骥跋中所述怀悦"得诗法一编"，杨成在《诗法》五卷序言也说"偶得写本诗法一部"，

---

① 朝鲜刊本《诗家一指》卷首。

但对后代影响很大的杨成本并非依怀悦本编纂而成。怀悦本是一个删节本，杨成可能所依据的是一个元代流传而来的摄《诗家一指》内外篇内容于编中的《诗法》抄本，在这个《诗法》抄本中，广义的《诗家一指》之名被省却，而内篇、外篇的字眼却保存。在杨成五卷《诗法》中，第一、第二卷都是照录广义《诗家一指》内外篇的内容，卷三的开篇按语也谈到《诗家一指》：

> 严沧浪先生诗法：要论多出《诗家一指》，中有印本。此篇取其要妙者，盖此公与晚宋诸公石屏辈同时，此公独得见《一指》之说。所以制作非诸人所及也。自家立论处依旧，有好者今摘写于此，其余出《一指》者，兹不再编矣。然诸家论诗，多论病，而不处方，卒无下手处。

杨成在刊刻序言中说，其所见写本，"不知何人所编，如德机、仲弘之集，亦皆载之，中间略有隐括，其后又有《金针集》《诗学禁脔》《沙中金》等集，皆人所罕见者，余反复再四，深喜，以为诗人之为法，莫有备于此者矣。奈何传写字样讹舛甚多，用是过，不自量力，粗加考订，别写一通，以便览观"。其中所列，均为此五卷中所收。上引谈及严沧浪诗法这段文字可能非杨成所撰，或为元人所系。它说明，《诗家一指》虽然在元代是一本著名的诗学著作，但当时人并不知其撰者为谁，或以为其所作时间在严羽《沧浪诗话》前。

《诗家一指》内外篇的编排在元代就已出现，还有一些其他辅助证据。如怀悦本、杨成本录二十四品，在多数品目后系有诗人之名，如怀悦本："雄浑：杜少陵"、"冲淡：孟浩然"、"纤秾：王维"、"沉著：杜子美"、"典雅：揭曼硕"，"洗炼：范德机"、"劲健：杜子美"（杨成本为杜少陵）、"绮丽：赵子昂"（杨成本为赵松雪）、"自然：孟浩然"、"清奇：范德机"和"委曲：白乐天"。杨成本，除了怀悦本所附，尚有"高古：杜少陵"、"含蓄：孟郊"、"精神：赵、虞"等。其中除了唐代李杜等大家外，其余主要为元代诗家（有赵子昂、虞集、范德机、揭曼硕等），不及明代。广义《诗家一指》的增删者当是元人。另外，怀悦本之"当代名公雅论"，所收为揭傒斯、马奉常、虞集、范椁、杨载、李云等，都是元人。这也说明，此书本为元人所编纂完成。

怀悦本《诗家一指》（即杨成五卷《诗法》卷二）与虞侍书诗法本交互参照，使我们对《诗家一指》在流传过程中出现的复杂情况有了进一步的了解。

怀悦本开篇的一段文字，编者当以为是原本之序言：

乾坤之清气、性情之流至也。有气则有物，有事斯有理。必先养其浩然，存其真宰，弥纶六合，圆摄太虚，触处成真，而道生于诗矣。

诗有禅宗具摩醯眼，一视而万境归元，一举而群魔荡迹。超言象之表，得造化之先，夫如是，始有观诗分。观诗要知身命落处，与夫神情变化、意境周流、亘天地以无穷、妙古今而独往者，则未有不得其所以然。由是可以明十科、达四则、该二十四品，观之不已，而至于道。

夫求于古者，必法于今，求于今者，必失于古。盖古之时、古之人，而其诗如之，故学者欲疏凿情尘，陶汰气质，遣其迷妄，而反其清真。未有不如是而得其所以为诗者。

学下手处，先须明彻古人意格声律，其于神境事物，邂逅郁折，得其全理于胸中，随寓唱出，自然超绝。若夫刻意创造，终亏天成。苟且经营，必堕凡陋。妙在著述之多，而涵养之深耳。然当求正于宗匠名家之道，庶几可以横绝旁流者也。

怀悦本的第一段话，实是虞侍书诗法本的序言，文字略有差异，虞侍书诗法本作："诗，乾坤之清气、性情之流至也。由气，而有物；由事，而有理。必先养其浩然，存其真宰，弥纶六合，圆摄太虚，触处成真，而道生矣。"怀悦本更动的文字虽不多，但却产生了明显的矛盾。他把虞侍书诗法本中第一句话前的"诗"字省却，使得"乾坤之清气、性情之流至"不知所云。而将此"诗"字，加到最后一句，而成"而道生于诗矣"。原序中"圆摄太虚，触处成真，而道生矣"，是说诗人能涵养心体，归于真性，就可以归于大道，并非说"道"是由诗中而生，这样的文字修改，篡改了原文的意思。

以下三段话，是《诗家一指》原本"三造"的内容，怀悦的传本将其删削，而归之于序言之中，为了更好地理解编者删削的情况，兹全引虞本"三造"文字，与之对勘：

一观　犹禅宗具摩醯眼，一视而万境归元，一举而群迷荡迹。超物象表，得造化先，夫如是，始有观诗分。观，要知身命落处，与夫神情变化、意境周流、亘天地以无穷、妙古今而独往者，则未有不得所以然也。由之可以明十科、达四则、读二十四品，观观不已，而至于道。

二学　夫求于古者必法于今，求于今者必失于古。盖古之时、古之人，而其诗似之，故学者欲疏凿神情，陶汰气质，遣其迷妄，而反其清真。未有不由是而得其所以为诗者。

三作　下手处，先须明彻古人意格声律，具于神境事物，解后郁抑，得其全理。胸中随寓倡出，自然超绝。若夫刻意创造，终亏天成。苟且经营，必堕凡陋。妙在著述之多、涵养之深耳。然又当求证于宗匠名家之道，庶几可横绝旁流矣。

　　这显然不是文字抄录中的错误，而是有意修改。虞本"一观：犹禅宗具摩醯眼"，被改成了"诗有禅宗具摩醯眼"，意思便不通。删改者可能并没有读懂文章的意思，有些修改便露出了痕迹。如怀悦本的"学下手处"，这句话原来是"下手处"，为何多出一个"学"字？可能原来三造的"观""学""作"三字，是系于每段话后面的。这样的蛛丝马迹在十科的篡改中也有存在。

　　三造的原有内容被偷换，于是留下了"三造"的名称，给篡改者留下天地，任其增加内容，于是便有怀悦本三造系于二十四品后的现象，便由观、学、作的三种"造业"，变成了"三段中分关键、细义、体系"的"新三造"，所录26条内容，无一为《诗家一指》作者所撰，而是撮合前人文字，略加变动①。这与包括三造、十科、四则、二十四品的《诗家一指》的戛戛独造文风截然不同，断非原作者所可为。这种做法倒是合于元明以来诗学著作编选刊刻的常态，编选者（或刊刻者）在其中动了手脚。

　　在怀悦本中，十科的文字删改情况最为严重，多数内容几不可读。现将虞侍书诗法本和怀悦本十科的内容对照如下：

　　虞：一意：诗先命意，如构宫室，必法度形似已备于胸中，始焉斤斧。此以实论，取譬则风之于空、春之于世，虽暂有其迹，而无能得之以为物者。是以造端超诣，变化易成，若立意卑凡，清真愈远。

　　怀：意：作诗先命意，如构宫室，必法度形制已备于胸中，始施斤铁。此以实验取譬，则风之于空、春之于世，虽暂有其迹，而无能

---

　　① 怀悦本之"三造"，26条，基本都是抄录前人的观点，主要来自姜白石《白石诗说》、严羽《沧浪诗话》、葛立方《韵语阳秋》、欧阳修《六一诗话》、周紫芝《竹坡诗话》、蔡居厚《蔡宽夫诗话》、蔡條《西清诗话》、吕本中《吕氏童蒙训》、陈师道《后山诗话》、刘攽《中山诗话》、韩子苍《陵阳室中语》和魏庆之《诗人玉屑》等。

得之于物者，是以造化超诣，变化易成，立意卑凡，情真愈远①。

虞：二趣   意之所趣不尽而有余之谓，是犹听钟而得其希微，乘月而思于汗漫，睿然真用，将与造化者周流，此其趣也。

怀：趣   意之所不尽而有余者之谓趣，是犹听钟而得其希微，乘月而思游汗漫，睿然真用。将与造化者周流，此其趣也。

虞：三神   其所以变化诗道，濯炼精神，含秀储真，超源达本，皆是神也。是由真心静想中生。不必尽谕，不必不谕。然月于水，触处自然。

怀：神   其所以变化诗道，濯炼性情，会秀储真，超源达本，皆其神也。

虞：四情   于诗为色为染，情染在心，色染在境，一时心境会至，而情生焉。其于条达为清明，滞著为昏浊。

怀：情   是由真心静想中生，不必尽谕，不必不谕。犹月于水，触处自然。神于诗为色为染。情染在心，色染在境。一时心境会至，而情出焉。

虞：五气   贵乎流通，灵远无碍，盛大等乎空量，熹微蔼如春和，然非果有所自，而生之者愈不可知。

怀：气   其于条达为清明，滞著为昏浊。情贵乎流通，虚往无碍，盛大等乎空量，熹微蔼如春和，然非果有所自，而生之者愈不可知。

---

① 《学范》引录此段文字为："作诗先命意，如构宫室，必法度形似备于胸中，始施斤钺。此以实论。取譬则风之于空，春之于世，暂有其迹，而无能得之（按此字《文式》作"知"）所为者，是以造端超诣，变用易成，立意卑凡，直情愈远。"

虞：六理　犹王家之疆理也。今人所发，足将有所即，靡不由是而达，然犹有所未至。非日积之未深，则足力之病进。于诗亦然。非寻思之未深，则材力之病进。要在驯熟，如与握手俱往。

怀：理　有所兴起而言也。故凡一事之感，一物之悟，皆兴起也。而其悲欢通塞，总属自然，非有造设，惟不尽所以尽之。兴，犹王家之疆里也。

虞：七兴　有所兴起而言也。故凡一事之感、一物之悟，皆兴起也。而其悲欢通塞，总属自然，非有造设，惟不尽所以尽之。

怀：力　今之发足，将有所即，靡不由是而达。然犹有所未至，非日积之功未深，则足力之病进。于诗且然，非寻思之未深，则材力之病进，要在驯熟，如与握手俱往。

虞：八境　耳闻目击，神遇意接，凡于形似声响，皆境也。然达其幽深玄虚，发而为佳言；遇其浅深陈腐，积而为俗意。不能复有心之境、境之于心。心之于境，如镜之取象。境之于心，如灯之取影。亦因其虚明净妙，而实悟自然，故于情想经营，如在图画。不著一字，宥然神生。

怀：境　耳闻目击，神寓意会，凡接于形似声响，皆为境也。然达其幽深玄虚，发而为佳言；遇其浅深陈腐，积而为俗意。复如心之于境，境之于心。心之于境，如镜之取象；境之于心，如灯之取影。亦各因其虚明净妙，而实悟自然。故于情想经营，如在图画，不著一字，宥乎神生。

虞：九事　凡引古证今，当如己造，无为彼夺，缘妄失真，其如窅然色之胶青，空然水之盐味，形趣泯合，神造自如。

怀：物　凡引古证今，当如己造，无为彼夺，缘妄失真，其如窅然色之胶青，空然水之盐味，形趣泯合，神造自如。

虞：十物　指其一而诗，不可著，复不可脱。著则堕在陈腐科旧，脱则失其所以然。必究其形体之微，而超乎神化之奥。

怀：事　诗指其一而不可著，复不可脱。著则落在陈腐窠臼，脱则失其所以然。必究其形体之微，而超乎神化之奥。

怀悦本的十科，肆意篡改，漏洞百出。兹举其大要说之：

一是肆意篡改：如虞本的"事"，说的是用事，所谓典故是也。所以它说"凡引古证今，当如己造"，就是针对此而言，内容和科目是相符的。"物"是论诗如何接物、写物，所以此中论"究其形体之微，而超乎神化之奥"，在物的"形体"之外去追求意义，不能为物象表面事实所控制。这两科，怀本却调换了位置。其论"物"则在引古证今，当如己造。其论典故的运用，则在超乎形体之外，内容几近荒唐。

又如虞本十科七为"兴"，此乃作诗之大要，受比兴传统影响所致。然怀悦本"兴"的内容杂入了"理"中，而本来论"理"的部分被分割，其论"理"部分只有一句属于原文，"犹王家之疆里也"，且将"理"易为"里"，一个疆域广泛、山川繁复的"理"，变成了距离的词汇。本来此句是比喻，这个引子没有了，以下所论便与"兴"无关，于是从文中的"足力"一语拈出"力"字，成为一个"力"科，简直不知所云了。此段中"靡不由是而达"的"是"到底指什么，原文前有"犹王家之疆理也"，是个比喻，说的是"理"，这个中心词没有了，后面就无法读懂了。

二是张冠李戴。如虞本"是由真心静想中生。不必尽谕，不必不谕。然月于水，触处自然"，属于第三科"神"，怀本却为第四科"情"的开始。这样就使得怀本的"情"成了在"真心静想"中产生，而不是触物生情，割断了和外在的关系。本属于虞本第四科"情"的"其于条达为清明，滞著为昏浊"两句，被归入第五科"气"。本来是接着"于诗为色为染。情染在心，色染在境。一时心境会至，而情出焉"而说的，情有两种，自性而出，其情为清明，为色所拘，其情为混浊。但怀悦本的话没说完就结束了。

三是抄录中的错误。错误地理解文本的意思。其所本之文，可能既无虞侍书诗法本之"一意""二趣""三神"等十科之前引，也无怀悦本的起字意、趣、神之类的标示。而是将十科之名，放在每科文字之后。以一字独立而显示。但抄录者没有发现这一问题，致使引起错误理解。如意科中，"意，作诗先命意。"情科中："神，于诗为色为染。情染在心，色染在境，一时心境会至，而情出焉。"气科中："情，贵乎流通，虚往无碍。"理科中："兴，犹王家之疆里也。"其与虞本对比，在"诗先命意"前多了一个"作"字，这其实是三造中第三造"作"之名，置于句末。"于诗为色为染"前多了一个"神"，在"贵乎流通"前多一个"情"字，在"犹王家之疆里也"前多了一个"兴"字。这三句分别是十科中五气、六理、七情的第一句。神、情、兴三字分别在第四科、第五科、第六科之末。抄录者将此完全理解错了。上举"三造"中的"学下手处"也可能是这样的情况。"学"字，是原本中第二造的名称，在最后注出，抄录者没有注意，酿成此错，进而以讹传讹。

同样的情况，也出现在四则中，四则"字"则中，虞侍书诗法本作："一字之妙，所以合众要之微；一诗之根，所以生一字之妙。故夫圆活善用，如转枢机，温清自然，如瞻佩玉。字法病在炼、在浮、在常、在暗弱、在生强、在无谓、在枪棒、在嘴爪、在不经。"然而怀悦本、杨成本却没有了"字法病在炼、在浮、在常、在暗弱、在生强、在无谓、在枪棒、在嘴爪、在不经"以下文字,并删除了"字法"二字,作为"法"则的开头。于是,原来的四则的"律"格被删除,增加了"法"则,四则内容纠缠,造成内容表达的极度混乱。

怀悦本、杨成本有关二十四品的内容是个足本,虞侍书诗法本残缺的八品这里都有,但编选者(或刊刻者)对原本进行了修改,主要是增加了品目之后的诗人之名。如怀悦本"雄浑杜少陵""冲淡孟浩然"之类的联系,料非《诗家一指》原撰者所为,这是传统诗格、诗法、诗品著作的老路。二十四品根本不是品鉴作品、品第高下的诗学之作,也与一般的谈诗歌创作鉴赏的具体方法、技巧之类的论作不同,其所论为诗家之大旨,是诗之道而非技,谈的是诗家性情、涵养、境界等问题,其特点是"不必有似""不必尽似",是指月之指,而不能停留在指上而忘记所指之月。所以,以一到两个诗家去概括一品的特点,是不符合《诗家一指》思路的。

综上言之,《诗家一指》问世以后,由于其文辞简约、意涵深邃,触及诗之根本问题,受到诗坛行家的喜欢,因而对这件诗学名作的增删篡改现象也频繁起来。以包括三造、十科、四则、二十四品等内容为核心的《诗家一指》,被"捆绑"进大量的本不相干的内容,这便有了内外篇的大面积的"混搭",有了利用原"三造"之名,摘录前人论诗之语的十多家诗格、诗法著作的"窜入",有了辗转抄录刊刻中的大量文字误植、篡改。

原本《诗家一指》虽是一个整体,但二十四品的内容显然是它的中心,入明以来二十四品之名日炽,于是二十四品被从《诗家一指》中独立出来,托诸名手,流传诗界,成为中国传统诗学乃至美学中的重要文本,而《诗家一指》的三造、十科、四则等内容便湮然无闻,渐渐深埋于历史中。

四　作为《诗家一指》组成部分的二十四品

二十四品作为《诗家一指》的重要组成部分，是一基本事实。

从虞侍书诗法本、怀悦《诗家一指》刻本到杨成《诗法》五卷本，在《诗家一指》15世纪的流传中，二十四品都是作为《诗家一指》的组成部分而存在的。现今所知文献中，二十四品第一次从《诗家一指》分离出来，是祝允明正德丙子（1516年）所书二十四品，祝氏在前言中说："诗有二十四品，偏者得其一，能者得其全，会其全者，唯李杜二人而已。"[①]因为二十四品的独特意味，有人从《诗家一指》中将其袭出而玩赏，当属正常。但在整个16世纪的流传中，未见《二十四诗品》的单独刻本。直至1630年前后，津逮秘书本有《诗品二十四则》单行刻本行世，其后这部影响深远的诗学论作才正式脱离《诗家一指》而存在。

《诗家一指》包括三造、十科、四则和二十四品，前有短序，后有跋文，二十四品乃《诗家一指》的组成部分。从《诗家一指》的内在结构看，没有二十四品，也就不可能有《诗家一指》的存在。《诗家一指》其实是专为这包括四言十二句的二十四则韵文而存在的，三造、十科、四则之内容，均是羽翼二十四品而撰写。脱离二十四品，这些论述则成了一些零星的论诗感言，难以支撑一部有分量的论诗作品。如若这样，《诗家一指》之名称都有些名不副实，因为这部作品有阐扬诗家大道之弘任，是指月之指，无二十四品，月将黯淡。

---

①　怀悦本、杨成本《诗家一指》的二十四品前有一段文字，当非虞集所撰，乃后之编者或刻者所为："中篇秘书，谓之发思篇，以发思者，动荡性情，使之若此类也。偏者得一偏，能者兼取之，始为全美，古今李杜二人而已。"这说明祝允明所见二十四品乃是怀悦本或杨成本的版本系统。

正如前文所说，《诗家一指》文字对其结构在两处有明确的交代，一是在跋中说："三造，所以发学者之关钥。十科，所以别武库之名件。四则，条达规律，指述践履。二十四品，含摄大道，如载图经。于诗不必尽似，品不必有似，而或者为诗之尤。"一是在论"三造"第一造"观"时说："由之可以明十科、达四则、读二十四品，观观不已，而至于道。"除非证明此两段文字为后人伪托，否则无法将二十四品从《一指》的结构中剥离开去。

这两段文字，言及二十四品在《一指》中的位置。这座诗的"城池"，其他部分可以说是关键、锁钥，是攻克这一城池的"名件"，而二十四品就是这座城池，其所谓"于诗不必尽似，品不必有似，而或者为诗之尤"①，就是专谈二十四品的，二十四品是含摄大道之所在。

二十四品当然是《一指》中最为重要的部分，那么是否有可能作者引前人之成说，来填充自己所搭建的架构？这样的可能是不存在的。只要看看二十四品与《一指》其他部分的深层联系，这一问题可以说一目了然。

从《诗家一指》诸部分之间的理论相关度看，二十四品是这部著作的当然组成部分。以下从《诗家一指》总体思想脉络，来看二十四品与《一指》的深层联系。

一、色、情、性

色、情、性是《一指》三个重要概念。色，指外在物象世界（包括物与事），情指内在情感世界，性指在纯粹体验中显现的真实世界，三者相互关联。由于诗的独特性，离色、情、性，则无以谈诗。《一指》之跋说："世皆知诗之为，而莫知其所以为；知所以为者情性，而莫知所以情性。夫如是，而诗远矣。远之，几不失乎！"他作此《一

① 怀悦本将"品不必有似"误为"亦不必有似"，意思全然不同，将这句专言二十四"品"的论述，变成了一般论述。

指》，就是要揭示情、性乃至色在诗中是如何呈现的道理。在十科之"情"科中说："于诗为色为染，情染在心，色染在境，一时心境会至而情生焉。其于条达为清明，滞著为昏浊。"诗缘情而生，情由色而起。诗无情则无由而出，情缘色引发而生。情与色，乃诗之根本。所以，情有爱著，有倾向，必然有所"染"。染有清浊净垢之分，入于垢境为滞浊，入于净境为清明；滞浊则使真性遮蔽，净境则使真性豁然显现。由此，《一指》的作者强调，情由性出，情性一体。所以诗家之根本，不是根于情，而是返归于性。

《一指》主张情性一体，于色不离不染，由此方能实现它所说的"拾而得之为自然，抚而出之为几造"。《一指》所论，不是简单的涵养论、功夫论，非由道德的参取入手，而是于纯粹体验之真实境界上着力。这里明显受到大乘佛学的影响。就像《大乘起信论》所说，人心本清净，这个真"性"是不可染的，因为不觉悟而起无明，于是被烦恼所染。觉悟就是荡涤无明，去除烦恼。如《坛经》所说，将乌云荡去，使慧日自现。《一指》跋说："清风泪泪而同流，素音于于而再往，乘碧景而诣明月，抚青春而如行舟，由之而得乎性。"正是在这个意义上说，《一指》中所反复言及的"返""复"才有可能，它是假设有一个清净本心（性）的存在，审美妙悟的过程，就是"复明"的过程、发明真性的过程，也是荡去一切染着的过程。

也是受佛学影响，《一指》还谈到了性与空的关系。这个空，不是与有相对的空，而是不有不无，是"一"心不生之空，也就是《一指》中所说的"空非离性而有，亦不离空而性"，面对自然的飞泉之清、鸣禽之异、松竹之韵、樵牧之音，能够互遇递接，畅然无遗，无住无相，这就是"空与性等"。性，就是一心不生、万法无咎之自在呈现之境界。《一指》的色、情、性的三者一体观，最终就落实在当下此在的纯粹体验中。

论者是一位哲学家，对理学和道禅哲学都有很深的修养，这一理论为中国传统哲学中的重要思想，他引来解决诗学中的色、情、性之根本问题，提出了自己的思路，与诗言志、诗缘情之类的传统诗论完全不同，也与传统诗学中简单效法自然论不同。读《一指》诸部分，内容畅然明白，思路也很清晰。二十四品诸品与《一指》序言、跋以及十科中的情、气、境、物诸科论色、情、性之理论交相融契，毫无扞格。

情性一体，是二十四品的根本思想。"实境"品说："情性所至，妙不自寻。遇之似天，泠然希音。"情性合一，如道家的"天""自然"的境界。二十四品提出"宅性"论，"疏野"品说："惟性所宅，真取弗羁。"在性上去发明真实，映照世界。像"典雅"中说的"落花无言，人淡如菊"，"洗炼"中说的"空潭泻春，古镜照神"，都是性上的映照——纯粹体验中显现的真实世界。

"返"归真性，是二十四品另一个有关真性的观点，所谓"反虚入浑，积健为雄"（雄浑）、"欲返不尽，相期与来"（精神）、"超超神明，返返冥无"（流动）。此与传统诗学中的心物感应、发乎真情的理论不同，"返"不是对色与情的回避，而是即色即性中的呈现，一如"自然"品所说的"俯拾即是，不取诸邻。俱道适往，着手成春"。

二十四品也贯彻着不有不无的性空观。如"超诣"云："匪神之灵，匪几之微。如将白云，清风与归。远引莫至，迹之已非。少有道气，终与俗违。"追求玄远的神灵几微，不停追问，满身道气，与弘扬诗道并无关涉，真正的得道者，是没有追问，没有知识的分析，没有目的的求取，与清风明月同归，便能复归真性，朗照如如。

二、清真

与色、情、性相关的另一个重要概念是真。真，是一个价值概念。性是体，真是其意义，也是诗歌追求的最高理想境界。因此，《诗家一指》是要通过其存真之道，建立一种显现生命真实的价值世界。

《一指》跋最后说："抑真人而后知诗之真，知诗之真而后知《一指》
之非真。而非真之真，备是《一指》矣。"它的意思是，作诗者通过培
植心性，在纯粹体验中归于生命之"真"；能够从彰显生命真性出发，
就知道诗道之根本原在这理想境界的呈现；能够领会这样的思想，就
知道包括《一指》在内的一切说诗之语，都是方便法门，是为了领会
生命真实境界而设，不能留连于言相之"指"而忘记真性之"月"。《诗
家一指》的言相世界，就在于呈现生命真实的境界。

正因此，《一指》将返归心源的路向，定义为一种呈现生命真实的
途径。审美体验的根本之道，就是将此真实境界呈现出来。真，是贯
通宇宙生命和个体生命的意义世界，审美体验的道路就是要去除蒙蔽
在真实境界之外的烟雾——妄念。十科之"神"云："其所以变化诗道，
濯炼性情，含秀储真，超源达本，皆其神也。"又，"情"云："是由真
心静想中生，不必尽谕，不必不谕。犹月于水，触处自然。"又，"事"
云："凡引古证今，当如己造，无为彼夺，缘妄失真。"外物不接，内
欲不起，如碧空澄潭，明月秋水。

二十四品也是如此，将"真"定义为诗家追求的最高理想境界。
"雄浑"说："大用外驰，真体内充。""豪放"说："真力弥满，万象在
旁。""高古"说："畸人乘真，手把芙蓉。""洗炼"说："体素储洁，乘
月返真。""劲健"说："饮真茹强，蓄素守中。""自然"说："真与不夺，
强得易贫。"在二十四品中，"真"的概念标示的是最高的本体世界（真
性）和美的境界（当下直呈的生命境界）。

二十四品与《诗家一指》关于"真"的表述惊人相似。如《一指》
序言中所说的"诗，乾坤之清气，性情之流至也……必先养其浩然，
存其真宰，弥纶六合，圆摄太虚，触处成真，而道生矣"云云，这样
的表述，使人很容易联系到二十四品中的"是有真宰，与之沉浮"（含
蓄）、"是有真迹，如不可知"（缜密）等论述。

真，是不沾系的心灵境界。故《一指》中又以"清"规范之，所谓"清真"。三造中的"学"云："故学者欲疏凿神情，淘汰气质，遣其迷妄，而反其清真。"十科中"意"科云："若立意卑凡，清真愈远。"二十四品也是如此，常将"真"说为"清真"，"形容"说："绝伫灵素，少回清真。"

三、性悟

《一指》以返归于真性为根本目标，然真性为空，《一指》之跋云："性之于心为空，空与性等。空非离性而有，亦不离空而性。必非空非性，而性固存矣。"这里的"性空"思想显然受到大乘佛学"不二法门"观念影响，《维摩诘经》对此有详细论述。所谓"非空非性，性固存矣"，这句话是《诗家一指》的纲领之一。它明确标示，其所谓真性，人的生命真性、创造特质的无遮蔽呈现，是"非空"——并非追求一个与"有"相对的"无"的世界，也是"非性"——并非有一个抽象绝对的精神本体的存在。这一非空非性、非神灵几微的境界，这一超越性、空概念的世界，就是人生命真性的当体直呈，故而有"性悟"——在心源上的妙悟之说。

《一指》跋云："夫今有人，行绿阴风日间，飞泉之清，鸣禽之异，松竹之韵，樵牧之音，互遇递接，如别区宇，省揖备至，畅然无遗，是有闻性者焉。"此以"闻性"一语来表示性悟的道理。它进而解释"闻性"："而于闻性，无一物分。复有欲求其所以闻之而性者，犹即旅舍而觅过客，往之久矣。故取之非有其方，得之非睹其窍。"

"闻性"一语来自禅宗。禅宗有声闻和性闻之别，五代延寿《宗镜录》卷四十四："不认自体恒常之闻性，却徇声尘生灭之闻相，遂乃闻赞而生喜，闻毁而起瞋，以迷本闻，故随声流转。"唐宗密也说："闻心为浅，闻性为深。"①闻性，就是与物融融一体，没有物我之分，没有意象之别，没有情景之求。闻性者，无所闻也，于性上当体直呈也。

"无一物分"有两层意思。一是"无一之分"，也就是不一亦不二；一是"无物之分"，即如庄子所说的"物物矣"——从世界的对岸回到世界中。《一指》之跋几乎是用与二十四品相同的笔法写道："惟翛然万物之外，云翠之深，茂林青山，扫石酌泉，荡涤神宇，独还冲真，犹春花初胎，假之时雨，夫复不有一日性悟之分耶！""性"上之妙悟，亦即纯粹的无所对待的生命体验本身，这是《一指》"触物得真"诗歌哲学的精髓。

《一指》要建立这超言绝象、随生命真性自由呈现的纯粹体验方式，是对人生命本明的显露，是对人生命创造力的启动。

二十四品几乎每一品都在阐释这样的思想，归复生命真性，让生命的本明朗照，让创造力迸发。它强调，诗道不关知识，必由妙悟。将知识和妙悟对立起来，认为知识在探索诗境的过程中只能充当障碍者的角色。作者写道："是有真迹，如不可知"（缜密）；"俯拾即是，不取诸邻"（自然）；"取语甚直，计思匪深"（实境）。知识的活动是逻辑的、理智的、推理的，而诗是别样的形态，需有别样的衷肠。诗悟是非知非思非言的，它如无言的落花，无虑的清风，无思的明月，只是自然而然地运动，诗家只是"俯拾"，只是"直取"。诗悟无须"取诸邻"——在时间上为过去、现在、未来所缠绕，在空间上为相互对待而裹挟。作者强调，就将一片芳心寄于当下直接的感悟。因为一涉知识，即是伪。"匪神之灵，匪几之微。如将白云，清风与归"，也不是神，也不是几，妙悟的方式并非是玄不可测的，它就是一片平常，一腔自然，清风自清风，白云自白云。乔木森森，就是我的性灵，青

---

① 《禅源诸诠集都序》卷一。

苔历历，就是我的心衷，在这样的氛围中，没有自我，没有我和外物的隔阂，我"诵之思之"，而归于"希"——不思不想之境，归于一片庄严的静寂。

四、自然

《一指》将真性妙悟，定义为一种"自然"的方式和态度。从心源中生，从真性中出，便是自然而然，发自本然，无造作，无取舍。其跋中对此自然之说，有一段生动的描绘：

> 心之于色为情，天地、日月、星辰、江山、烟云、人物、草树，响答动悟，履遇形接，皆情也。拾而得之为自然，抚而出之为几造。自然者，厚而安；几造者，往而深。厚而安者，独鹤之心、大龟之息、旷古之世、君子之仁；往而深者，清风浥浥而同流，素音于于而再往，乘碧景而诣明月，抚青春而如行舟，由之而得乎性。

这段重要论述有两个要点，一是心之于色，便会生情，情由性出，必是自然。自然由真性发出，欲望情感由外在物象刺激而随意表达，并不是自然。二是"自然"与"几造"的合一。自然者，随性所适，真性乍露。顺应自然，不是放弃人的创造性，而是在无遮蔽的状态中，将人的创造力展现出来。唯有自然之呈露，在性的根源上，才能有真正的创造。其思想一如唐代张璪"外师造化，中得心源"的纲领，发于真性，在"心源"上创造，即心源即自然即创造。

《一指》所言自然，是不杂入概念、不粘滞色相、任物而迁、与世界相契相融的态度。十科中"神"科说："是由真心静想中生。不必尽谕，不必不谕。然月于水，触处自然。"自然之道，如水中之月，渺无痕迹而寻。"兴"科说："故凡一事之感、一物之悟，皆兴起也。而其悲欢通塞，总属自然，非有造设，惟不尽所以尽之。"自然是与造设相对的态度。"境"科说："心之于境，如镜之取象。境之于心，如灯之取影。亦因其虚明净妙，而实悟自然。故于情想经营，如在图画。不着一字，窅然神生。"所谓"实悟自然"，意思是对实相的妙悟，因出于虚明净妙之心，必然是自然的。

二十四品不仅有"自然"一品，而且通篇贯彻以自然真性去创造的思想。在提倡妙悟、反对知识的理论中，此书有一个观点格外引人注意，就是对随意性的强调。如第二品"冲淡"云："遇之匪深，即之愈希。脱有形似，握手已违。"冲淡境界须诉诸静默的体悟，使心灵臻于"素"，洁净无尘，迥然独立，无所窒碍，方有妙悟。艺术的飞跃来自于瞬间的超越，这一过程是不可预料的，随意的，所谓"遇之匪深，即之愈希"。艺术飞跃是在自然而无所窒碍的状态中得到。诗人是以心去"遇"——无意乎相求，不期然相遇，不是去"即"——孜孜以追求。因为一"即"就"希"，渺然而不可见；一遇即"深"，契合无间，意象融凝。在"高古"一品中，作者强调，若要悟入，需要"虚伫神素，脱然畦封"，如庄子所说的"虚室生白，吉祥止止"，解除一切心灵束缚，从"封"——人所设置的障碍中超越而出，让一个自由的人挺立于天地之间，如半壁见海日，空中闻天鸡。此时，好风从心空吹过，白云自在缱绻，我无所得，但得我所得，我成了风、云，成了天鸡的伙伴，成了明月的娇客。所以此一境界独立高标，在时间上直指"黄唐"，在空间上直入"玄宗"，超越了时空，在绝对不二的境界中印认。

在"典雅"一品中，作者说："玉壶买春，赏雨茅屋。坐中佳士，左右修竹。白云初晴，幽鸟相逐。眠琴绿阴，上有飞瀑。落花无言，人淡如菊。书之岁华，其曰可读。"在惠风和畅、竹影森森的氛围中，诗人放弃了目的、知识、欲望的追求，如落花般无言，如秋菊般恬淡，无言中独会，恬淡中饮领自然之和气，随意所适，洒洒脱脱，一切过去相、见在相、未来相，一切正确因、错误因等随风荡去，以一颗平常心去印认。

所谓随意性，不执着，不粘滞，无住无想，不期然而会，将目的性彻底解除。"如不可执，如将有闻。识者已领，期之愈分"（飘逸），不能"期"，一"期"即会"分"，即有"封"（障碍），即会"执"。执于我，也执于物，便没有了自由。二十四品强调"妙造自然，伊谁与裁"，你就像自然那样去"妙造"吧，自然何言何为，但四时行焉，百物兴焉，还要到哪里去"裁"，去追求，费尽心机？"裁"之追之，终是水中捞月。

所谓与世界契合无间，是道禅哲学的大智慧，就是从世界的对岸回到世界中，没有能所之别，没有主客之分。在自然中性悟。"委曲"云："登彼太行，翠绕羊肠。杳霭流玉，悠悠花香。力之于时，声之于羌。似往已回，如幽匪藏。水理漩洑，鹏风翱翔。道不自器，与之圆方。"大自然中蕴藏着生生不息无往不复的精神，这一精神通过自然的形态向我们显示，诗人的领悟，就是要深入到自然之中去，与道缱绻往复，与物从容往来。哪里有物，哪里有我，哪里有什么玄奥的大道，哪里需要你劳心追寻？妙道是不需要"自寻"的，你所要做的就是像物那样，要其端，同其符，这样你就可以在当下成就永恒，在瞬间达到妙会。水曲曲地流，云矮矮地飘，细细的山径盘旋着向前延伸，嘉卉的芬芳袅袅地向我飘来。大道是无影无形的，自然的精神是优游不迫的，你就和眼前的众景一样，身与之徘徊，心与之萦绕，路曲你也曲，云绕你就绕，没有彼此，大道圆方，就在你的契合中。

这样的态度与《诗家一指》所说的思想是完全一致的："惟翛然万物之外，云翠之深，茂林青山，扫石酌泉，荡涤神宇，独还冲真，犹春花初胎，假之时雨，夫复不有一日性悟之分耶！"

十科、三造、四则和序、跋等五部分内容，虽然文章不长，但内容丰富，其中心意旨与二十四品款款相合，无有间隔。二者出自同一人之手，当属必然。

《诗家一指》的作者问题

从《诗家一指》中独立出来的《二十四诗品》，明末以来题为司空图所撰。《诗家一指》（包括序、三造、十科、四则、二十四品、跋）作者，据明正统年间刊刻三卷《新编名贤诗法》卷下所录包含《诗家一指》主要内容的《虞侍书诗法》，题为虞集所撰。万历年间朱绂根据前代杨成本刊刻的《名家诗法汇编》本，卷二收录之《诗家一指》，题作"范德机《诗家一指》"。

广义的《诗家一指》（包括内外篇、26篇三造内容等）的编选者可能不止一人[①]，它当为元代诗法编选者或刊刻者直接所为，现已无从知晓。而包括二十四品、共有六部分组成的狭义《诗家一指》，有相同的文字风格、缜密的内在构造和严密的理论推阐，出于同一作者之手。其作者便是元代著名学者、诗人虞集。张健教授在《〈诗家一指〉的产生时代与作者：兼论〈二十四诗品〉作者问题》一文中通过一些论证[②]，指出《诗家一指》"可能"为虞集所撰，这里结合我所了解的一些情况，再作一些简要的讨论。

一　《诗家一指》出现的时代

前人所论，曾有关于这部作品产生时代的推测。清初卞永誉《式古堂书画汇考》卷二十五录明祝允明《枝指生书宋人品诗韵语卷》，

---

①　朱绂万历年间刊本是指广义的《诗家一指》，而在《学范》中，属于广义《诗家一指》（内篇）的《木天禁语》，就题为范德机所撰。

②　张健《〈诗家一指〉的产生时代与作者：兼论〈二十四诗品〉作者问题》，《北京大学学报》1995年第5期。

卞氏所谓"宋人品诗韵语"之语，出自卷后明人冯梦祯于万历癸卯（1603）所作跋文，跋中说："吴闻凌玄房出示先生所书宋人品诗韵语几千余字，盖赠顾箸溪先生者。"至少在万历年间（1573—1620）将《二十四诗品》归为司空图所作尚未流行，此中所言宋人所作，并未言其缘由。而杨成所刊五卷《诗法》，其中卷三云："严沧浪先生诗法，要论多出《诗家一指》。"虽未明言时代，《诗法》编纂者（或转述前人所言）认为《诗家一指》在《沧浪诗话》之前，至迟为南宋人所作。明末许学夷（1563—1633）《诗源辩体》指《一指》为元人所作①。

如本讲记前一篇所论，明初赵㧑谦（1352—1395）《学范》已有对《诗家一指》的引录，曾鼎（1321—1378）编纂《文式》两卷并引述《学范》三处涉及《一指》的文字，也就是说，刚刚进入明代，《一指》就有流传。综合怀悦本、杨成本等另外的流传系统看，其中《二十四诗品》中，有多品后系有诗人之名（多取唐和元代诗人），收有元代诸诗人论诗语的怀悦本《诗家一指》（广义的诗法集，非第一篇《诗家一指》）中的《当代名公雅论》，所录之揭应奉（揭傒斯）、杨编修（杨载）、虞待制（虞集）、马仲常、李仲元、范应举（范梈）等都是元代诗坛名手，这也从另外的角度说明，《诗家一指》非明人编纂之书，至少在元代已经出现。

史潜刊《虞侍书诗法》中有一段文字对昭示《诗家一指》创作时代极为重要，《诗家一指》四则之三"格"说：

犹陶家营器，陶本一土，而名状等差非一，然有古形今制之

---

① 《诗源辩体》据明崇祯十五年陈所学刻本。是书卷三十五著录《诗家一指》，评论比较刻薄，其云："二十四品以典雅归揭曼硕、绮丽归赵松雪、洗炼清奇归范德机，其卑浅不足言矣。外篇又窃沧浪诸家之说而足成之，初学不知，谓《沧浪》之说出于《一指》，不直一笑。"

别、精朴浅深之殊，贵各有其体用之似尔。诗则诗矣，而名制非
一，晋汉高古，盛唐风流，与夫西昆、晚唐、江西，则各家造立
不等，气象差殊，亦各求其似者耳。

这里论述诗歌发展源流，所言西昆，乃北宋初年形成，包括杨亿、
钱惟演、刘筠等在内的诗歌流派，因收集他们相互酬唱的《西昆酬唱
集》而得名。而所谓"江西"，当然指的是江西诗派，此诗派初得名于
宋徽宗年代，因吕本中于徽宗时所作《江西诗社宗派图》而得名，江
西诗派在南宋获得新的发展，其名在南宋时始大为流行，至南宋末年
方回倡"一祖三宗"之说，这一宗派的理论始得完善。

这里追踪诗歌发展，由汉魏说起，言及盛唐、晚唐、北宋初年的
西昆乃至两宋之江西诗派，说明《诗家一指》的出现不会早于南宋时
期。这里的"晚唐"之说，始于南宋，这也说明《诗家一指》不可能
早于南宋[①]。其中关于"晋汉高古"一段论述，与严羽的看法相近。《沧
浪诗话·诗辨》云："汉魏晋与盛唐之诗，则第一义也；大历以还之诗，
则小乘禅也，已落第二义矣；晚唐之诗，则声闻辟支果也。"严羽论诗
已经触及由盛唐到晚唐过渡的"大历以还之诗"，虽未言中唐，已有诗
风不及盛唐之评。

由此可见，从时间上看，《诗家一指》非出于明人之手，成书又在
南宋之后。这与这部诗学著作标明虞集所撰的记载并不矛盾。

这段诗史的描绘，明确谈到盛唐与晚唐具有不同的诗风，并将
汉魏盛唐之作与晚唐至南宋诗风进行对比，所谓"造立不等，气象
差殊"，表面看未置轩轾，其实是将后者作为前者的对立因素而提出

---

①　初唐、盛唐、中唐、晚唐之"四唐"之说，一般认为出现于明高棅《唐诗品
汇》，其实，在元代的《诗家模范》中已经有四唐之分。其云："大抵学者要分别得初
唐、盛唐、中唐、晚唐及宋、元人诗。"。

的。这里反映出的对诗歌发展的看法与虞集的观点是一致的。他论诗推崇汉魏风骨和盛唐之作。对晚唐以来的诗歌渐渐滑向拈弄辞藻、以议论为诗以至于嚣张怒骂等持批评态度。他说："近世学诗者，好言长吉，言长吉者，造语多不可解。又言山谷，言山谷者，音节必故为不谐。又言简斋，言简斋者，意浅气短。又言诚斋，言诚斋者，率易卤莽，又类俳优。好言道理者，最似近之矣。然乏咏叹之性情，则直有韵之讲义、山僧悟道偈颂耳。此殆无复比兴之余风矣。"①据清顾嗣立《元诗选》初集卷十七记载："虞文靖公谓宋季士习卑陋，以时文相尚。病其陈腐，则以奇险相高，江西尤甚。"也谈到这一问题。他长于江西，晚年居江西，江西的山川之美陶养其性情，但江西为文之弊，他从来不庇护，他曾说："故言文者，未有先于江西，然习俗之弊，其上者，尚以怪诡险涩、断绝起顿、挥霍闪避为能事，以窃取庄子释氏绪余，造语至不可解为绝妙。其次者，泛取耳闻经史子传，下逮小说，无问类不类，剿剟近似而杂举之，以多为博，而蔓延草积，如醉梦人，听之终日不能了了。"②

二　《诗家一指》跋文中的"集之《一指》"

《虞侍书诗法》之跋在谈全书结构时，第一句就说："集之《一指》，诗也。"怀悦本、杨成本《诗家一指》此句作："集之《一指》，所以返学者迷途。"这里的"一指"当然指《诗家一指》之书，而"集"，应是作者自称，这是现存涉及《诗家一指》材料中，最清楚地显示《一指》为虞集所撰的证据。《虞侍书诗法》本所云"集之《一指》，诗也"，言甚简括，但有特别含义，言下之意是：一指之名虽取自禅宗，但我

①　《庐陵谢坚白诗集序》，《道园类稿》卷十九。
②　《南昌刘应文文稿序》，引见明吴讷《文章辨体》卷三十四。

之《一指》不是对禅的讨论，而是讨论诗的，在呈现生命的直接体验方面，诗和禅是共通的，所以移以论诗。在禅家，名相文字都是方便法门，在诗家，语言形象所构成的外在"象"也幻而非真，《一指》就是借以说这个真。

从此语言表述的特点看，"集"只能指《一指》的作者。

第一，这个"集"，不可能指《一指》，《一指》并非文集、诗集，从其基本构成看，它是论诗的记录，作者不可能将此称书为"集"。

第二，这个"集"，也不可能指其他文集、诗集之类的著述，《一指》不是由对某诗家、诗集等的讨论，而引出理论问题的。

第三，虞集文集中，常以"集"自称，如："集尝闻之，众生自无始以来……"（《方山定林寺记》，《江宁金石记》卷七）；"塔曰宝华之塔，而命臣集为文。臣集顿首稽首……"（《大辨禅师宝华塔铭》，《道园学古录》卷四十八）；"集昔与师相见于吴郡……集虽老，犹将往问之"（《断崖和尚塔铭》，《道园学古录》卷四十九）；"明年，光临临川，为集言曰……"（《东屿海和尚塔铭》），等等。

"集之《一指》"之"集"，应当是虞集自谓。怀悦本、杨成本等刊刻《诗家一指》诸家中，可能并没有注意到这句话中的特别含义。这与元代以来诗坛为了流传方便、任意托诸名手的风气有关。

《诗家一指》为虞集所撰，当然还有史潜刊刻《虞侍书诗法》这一重要依据。虽然我们现在还不能确定史潜所得钞本的来源，但其所据来自元代的版本已经将包括流传《诗家一指》主要内容的诗法注为虞集所撰，是可以确定的。这说明在元末明初时，《诗家一指》至少有以虞集之名而流传的事实。

根据这两处显示的虞集撰《诗家一指》之资料，结合《诗家一指》与流传虞集文字的内在精神的深契，可以判定《诗家一指》作者就是虞集。

三 《诗家一指》思想倾向与虞集思想的一致性

《诗家一指》与虞集生平思想倾向是相契合的。虽然是有关诗学方面的思考，但所反映的思想内容几乎可以说是虞集一生思想的浓缩版。我这里只作一些简单概括（细致的论述另有专文）：

其一，《二十四诗品》乃至《一指》全篇有浓厚的道教倾向，这是清末以来研究《二十四诗品》的基本结论，在近二十年来对《诗家一指》的论作中，论者也承认这一结论。这与虞集的身份相合，从侧面反映《一指》为其所撰的事实。如《二十四诗品》中的"独鹤与飞""畸人乘真，手把芙蓉""太华夜碧，人闻清钟""体素储洁，乘月返真""缑山之鹤，华顶之云"等等表述，都可以看出这一点。

虞集是一位对道教有很深研究的学者①，他还曾做过道士，一生都有浓厚的道教倾向，很小的时候就学过成仙之术。如其《天台歌》云："我少学仙意疾得"②。关于他的道教因缘有很多传说。如其友人陈旅《寿虞先生》诗前有注云："先生生时，其外母梦衡山道士。"③陆楫《古今说海》卷四云："龙虎山道士吴善渊谓余曰：虞邵庵先生自云其母夫人尝梦羽人骑鹤，抱一小儿来曰：此南岳真官，寄汝家养之。既而诞先生。"虞集生平所写与道教相关的碑、记、序、诗等文字极多，所交

① 陶宗仪《南村辍耕录》曰："道士张伯雨，号句曲外史，又号贞居，尝从王溪月真人入京。……它日，伯雨往谒谢诸公，惟虞先生不言儒者事，只问道家典故，虽答之，或不能详。末问，能作几家符篆？曰：不能。先生曰：某试书之，以质是否。连书七十二家，伯雨汗流浃背，辄下拜曰：真吾师也。自是托交甚契，故与先生书必称弟子焉。"高傲如句曲，竟然以师事之，可见其非一般之造诣。

② 《道园遗稿》卷二。

③ 诗云："衡山道士驻飞车，千载儒宗出相家。月下华星垂五色，人间珠树吐三花。芝田养鹤春凝乳，莒石听莺晓赐霞。朝退日长宾客醉，翠房文火伏丹砂。"（见《元音》卷八）

友人多有道士，他与当时性格孤迥的著名道教诗人张雨（句曲）交往极厚，倪瓒之兄文光之碑铭就出自虞集之手①，他对全真教、正一道、净明教等都有很深的研究。他曾至庐山白鹤观，作有《白鹤观》诗，前有自序云："三月一日青城山道士虞集伯生、同临川江朝宗、鄱阳柴景实、颖川陈升可、彭城张允道游白鹤。"②这里就以"道士"自称。他有号青城山樵，就是一个与道教有关的号。

其二，《诗家一指》所显现出的儒学正宗倾向与道教一样明显。其中气化氤氲、无往不复的生生哲学思想，涵养心性、与宇宙造化同流的哲学，都是两宋以来理学与心学发展中所涉之重要思想。这与虞集的学术背景、思想坚持是吻合的。虞集是一位理学家，在元代合会朱陆的大背景下，他是一位兼通朱陆、又以心学思想为宗的学者。少从元代大儒吴澄为学，吴澄是一位陆象山心学的崇尚者。虞集曾说："盖先生尝为学者言：朱子道问学工夫多，陆子静却以尊德性为主，问学不本于德性，则其弊偏于言语训释之末。"③故虞集论学重视返归真性之思。《诗家一指》关于"真性"的思想与虞集毕生的思想坚持恰相融契。他论学主张性即理，所谓"性之有义，惟理之宜"④，这成了支撑《诗家一指》的基本思想点之一，他反对南宋以来诗歌的说理化倾向，常常缘此以为论。他的理、气、条畅等说法，明显受到吴澄心学思想的影响。十科之"情"云："于诗为色为染，情染在心，色染在境，一时心境会至而情生焉。其于条达为清明，滞著为昏浊。"虞集曾说："无时无处，莫不通达条畅，无所滞碍，然后快于其心。"⑤又说："澹然冲和，

<hr>

① 《倪文光墓碑铭》，《道园学古录》卷五十。
② 见明刊本《庐山纪事》卷六所载，又见清毛德琦编《庐山志》卷七。此诗写道："白鹤山人如鹤白，自抱山樵留过客。要看修竹万琅玕，更对名花春雪色。山樵本出山下泉，过客醉去山人眠。客亦是鹤君莫笑，重来更待三千年。"
③ 《故翰林学士资善大夫知制诰同修国史临川先生吴公行状》，《道园类稿》卷五十。
④ 《义斋铭》，《道园类稿》卷十四。
⑤ 《御风亭记》，《道园类稿》卷二十八。

而不至于寂寞；郁乎忧思，而不堕乎凄断；发扬蹈厉，而无所陵犯；委曲条畅，而无所流佚。"① 这里的"条达清明"、"通达条畅"、"委曲条畅"之说，与吴澄的"理在气中"的学说有关，吴澄说："理者，非别有一物在气中，只是为气之主宰者即是。"② 理在气中，理由性出。

《诗家一指》的兴于色、起于情、归于性的理论，也与虞集的心学思想相合。其《大本堂记》说："人之受命于天，与血气俱禀而生，其为性本静也。知识生而情欲作，接于物而动者，纷至叠起，互为应感，反复相因于无穷，虽梦寐休佚之顷，其憧憧者未尝少止而定也，是以一往而不复，倒行逆施、谬迷颠沛，以终其身，而莫知反其本原者多矣。彼为佛老，亦或知此以为忧，乃为绝物壁立以自胜……今夫天道之行也，必有敛肃以启发生之机，人之为学，何可无所涵养养以为动而泛应之地乎？苟自始及终，无一息之静，则隐微之间，动机之发，亦何以察其辨而致其力？况于风靡澜倒、溃冒冲突，而后从而制之，将何及乎？"③ 这段论述在《诗家一指》中几乎处处可以看出其痕迹。

虞集号邵庵，这是他仰慕北宋邵雍学说所命之号。邵子"观万物之生意、拍拍满怀都是春"的思想，在《诗家一指》中也留下很深的印迹。虞集晚年名其园为"道园"，园中有处所名为"天藻"，取其生生之意，他说："后常治斯田园，以居安宅，神明粹精，生息流动，无物我彼此之间，不能喻之于言。予题其宇曰：天藻。"他还用以名其诗集④。他要通过此天赐之藻，"以观乎造化之迹，有志于斯文者也"。这与《一指》所体现出的"来往千载，是之谓乎"的生生哲学倾向也是相融相契的。

---

① 《琅然亭记》，《道园类稿》卷二十八。
② 吴澄《答人问性理》，《吴文正集》卷二。
③ 《道园学古录》卷三十八。
④ 《道园天藻诗稿序》，《道园类稿》卷十八。

读《诗家一指》的三造、十科以及后跋，能强烈感到作者深厚的禅学背景。其性空理论，不有不无的中观思想，当下直呈的实相观，都是禅宗发展的深邃思想，绝非那些学诗浑似学参禅式的浅尝辄止之说所能相比。元徐一夔《跋虞文靖公张外史墨迹》说"虞公晚年，雅嗜禅理，其言语意识超入无尘，有非凡近所能窥测。"[1]虞集对禅宗思想不是简单的引述，而是有精深的研究，其思想深度能显现出元代以高峰原妙、中峰明本等为代表的禅宗发展新倾向。本讲记前文谈此甚多，此略。

虞集晚年有《邵庵老人画像自赞二首》，其一："邈乎千载之下，而谓古今一时也；眇乎五尺之躯，而谓天地一体也。廓乎不自知其所知也，欿乎未能至其所至也。俯乎若忧，非有伤乎其内也；泊乎若休，无所待乎其外也。服今人之服，食今人之食，同乎今之人，聊以顺吾际也。读古人之书，颂古人之诗，思夫古之人，不知老之至也。"其二云："世家岷峨之山，生身衡岳之舍。咏圣神之遗言，攀仙真之轶驾。白雪晴空，春风秀野，雨云露雷，不可绘画，聊采灵芝，以遗远者。"[2]

这里以高度概括、略带幽默的口气谈他的一生，反映出他的基本思想旨趣。**他是一位温和的儒家学说的践履者，又是有飞鹤之想、赤霞之思的理想主义者，超越于古今，又不薄今人爱古人；立身于大地，又时时腾踔于无限时空之外；生平俗务沾身，却时时有白雪晴空、春风秀野、雨云露雷的清澈思虑；一生虽大部分时间在为官，但并没有忘记自我生命价值的追寻。超以象外，又得其环中，与天地为一体的大境界，是这位号为"邵庵"的思想者毕生的"安身立命处"。**从他晚年的自悟中，可以看出，他是一位清醒的思考者，在思想上兼融多方，他生平所作中，很少见到正统儒学者一味维护道统的陈词滥调，虽然他是一位坚定的儒家价值观念的维护者。《诗家一指》本质上可以说是

---

[1]　《始丰稿》卷八，《文渊阁四库全书》本。

[2]　《道园类稿》卷十五。

一篇思想史作品，其眼光早已越出作诗之具体方法、载道之外在承担这样的内容，他思考的是"诗家之心"，思考的是人的生命价值。

从《诗家一指》的内容看，如此之文字，如此之情怀，如此深厚的儒佛道哲学的学养，有元一代，舍虞集，真是罕见其人。不是说那个时代没有超过他的人，而是说，就《诗家一指》尤其是二十四品的情况来看，虞集最是其人。有的人才华卓绝、为诗坛之高手，但却无如此通达冲融之情怀；有的人学拥潘文陆海，却缺少出入儒道佛而淬炼出的透彻之思。读《一指》之文字，可以感受到，这是一位出色的诗人，一位思想者，一位生命圆融的实践者，绝非拈弄文字、拣拾香草者所能梦见。非其才雄，而其心和；非其位尊，而其慧平。

《一指》全篇读来，有清真之怀、平和之气。优雅在其心，不在其形；诗味在其骨，而不在其辞。对众生有一片感恩之心，对天地有白雪之怀，其论及古之圣哲、今之苍生，能如此平章情怀、折衷置论，使得这部作品能超拔群伦，明末以来人们直以为其中之二十四品是大唐之正声，这是毫不奇怪的。

四 《诗家一指》文字风格与虞集存世作品风格的一致性

读《二十四诗品》，其思想启发不说，其文字就能使人一诵难忘。如其言："落花无言，人淡如菊""流水今日，明月前身""饮之太和，独鹤与飞""空潭泻春，古镜照神"等等，读之真如狂饮慧泉。清人有赞曰："盖其人既脱离尘俗，如半天之朱霞，云中之白鹤，故能心空笔脱如是矣。"[1]真并非虚语。

虞集一生留下大量的脍炙人口的诗句，其作《风入松》词，赠画

---

[1] 据郭绍虞《诗品集解》第74页引（人民文学出版社，1982年），作者不详。

家奎章阁学士柯九思，因其"词翰兼美，一时争相传刻，而此曲遍满海内"①。其云："画堂红袖倚清酣，华发不胜簪。几回晚直金銮殿，东风软、花里停骖。书诏许传宫烛，轻罗初试朝衫。　御沟冰泮水挼蓝，飞燕语呢喃。重重帘幕寒犹在，凭谁寄、锦字泥缄。报道先生归也，杏花春雨江南。"②当他晚年离开北京，归隐临川，其友人陈旅有诗云："忆昔奎章学士家，夜吹琼琯泛春霞。先生归卧江南雨，谁为掀帘看杏花。"③《风入松》词也成了虞集的一个象征，"杏花春雨江南"，成了后人挚爱的秀句。他曾有五首问堂前石诗，又有代石答诗五首，寓意极深，其中"雪尽身还瘦，云生势不孤"；"向无文字托，寂寞竟谁传"等句④，真将石的精神抖落出来。很多年前，我在研究假山的过程中，触及他写石头的文字，为他的妙笔而折服。"落花无言，人淡如菊"这样的千秋仅笔，似乎就应该出自能写出"杏花春雨江南"的妙手中。

虞集是四言诗的高手，生平写下大量的四言铭文。读其《三茅山四十五代宗师赞》，如读《二十四诗品》的文字。如：

绝世之资，皆思友之。仙缘有定，敢縻以私。茂松清泉，亦复何须？冥心合真，乐出太虚。（十一代）

至神合虚，应物无迹。强名坐忘，销尔尘质。高风华林，旭日丹台。蓬海无师，归求天台。（十二代）

神凭虚生，至灵为宝。世尘纷扬，独静以保。时成返空，我知其归。来无所欣，去无所悲。（十四代）

---

① 陶宗仪《南村辍耕录》，卷十四。

② 虞集又有《腊日偶题》："旧时燕子尾毵毵，重觅新巢冷未堪。为报道人归去也，杏花春雨在江南。"

③ 《题虞先生词后》，陈旅《安雅堂集》卷一。

④ 董其昌甚至误其为唐诗，他说："唐诗云：'寒姿树片奇突兀，曾作秋江秋水骨。'又云：'雪尽身怀瘦，云生势不孤。'此颇足以状石。"（《客台集》别集卷四）

瞻日得道，其知甚真。柏庭之来，桃源始春。石龟五色，首
动尾应。忽然亡之，妙极玄征。（十五代）

朝游宝林，暮宿玉池。微吟所激，籁生凉飔。玄圃之英，濯
濯其羽。我翔太清，假尔飞舞。（二十一代）

古先圣真，炼质返始。往来无方，聚散无体。我神甚真，故
与之遇。外户何人，欲闻其语。（二十七代）

土木之崇，时息时兴。我行无为，彼梦有征。峨峨象帝，玉
质天粹。临化俱返，孰执其契？（二十八代）

华阳之洞，壁以玄琼。千岁一开，列见仙名。仙之为道，有
化无迹。人穷大传，我返真极。（四十二代）[①]

这里不仅与二十四品的思想有相合处，且使用语言的习惯也有相
似之处。像二十四品中"飘逸"云："落落欲往，矫矫不群。缑山之鹤，
华顶之云。高人惠中，令色氤氲。御风蓬叶，泛彼无垠。如不可执，
如将有闻。识者已领，期之愈分。"读起来颇类似于宗师赞体。

《苏武慢》十二首，是虞集晚年杰构。自1342年始，历时四年，
他长于意境创造、精于文字推敲的特点于此一览无余。十二首词是
为和全真教冯宗师而作[②]。其中所表达的思想和境界创造的特点，与

---

① 《茅山志》上清品第六篇卷七。
② 虞集序云："全真冯尊师，本燕赵书生，游汴遇异人，得仙学，所赋歌曲，
高洁雄畅。最传者苏武慢二十篇，前十篇道遗世之乐，后十篇论修仙之事。会稽费无
隐独善歌之闻者，有凌云之思，无复流连光景者矣。予登山每登高望远，则与无隐歌
而和之。无隐曰：公当为我更作十篇。居两年得两篇半，殊未快意也。昭阳协洽之年
嘉平之月（按：癸未，1343年，至正三年，嘉平月，腊月），长儿之官罗浮，予与客
清江赵伯友、临川黄观我、陈可立、游东叔、吴文明、平阳李平幼子翁归泛舟送之，
水涧转鄱阳湖上，豫章遇风雪十五六日不能达三百里，清夜秉烛危坐高唱，二三夕
间，得七篇半，每一篇成，无隐即歌。冯尊师，天外有闻，能乘风为我一来听耶。
明春舟中又得二篇，并无俗念一首，后三年仙游山，彭致中取而刊之。与瓢笠高明共
一笑之乐也。道园道人虞集伯生记。"

二十四品深相契合，因文长不便多引，兹引其两首，以示对比：

其三："皓月清霜，钓舟如叶，闲渡小溪澄碧。银汉无声，玉虹垂野，斗柄正横天北。半幅乌纱，数茎华发，一两野凫飞鸟。问回仙，城南老树，能见几何今昔。 西华顶，十丈高花，九天秋露，结就翠房瑶室。脱屣非难，凌空何远，三咽雪融冰液。辟谷神方，餐霞真诀，一去更无消息。笑人间，长住虚空，谁似一轮红日。"

我们可将其与二十四品"高古"对比："畸人乘真，手把芙蓉。泛彼浩劫，窅然空踪。月出东斗，好风相从。太华夜碧，人闻清钟。虚伫神素，脱然畦封。黄唐在独，落落玄宗。"二者所持思想相同，表现的境界相似，使用的语言也有相似处。

又如其十一云："一径通幽，画屏横翠，行到白云深处。世外蟠桃，井边佳橘，别有种萱瑶圃。檀板轻敲，素琴闲弄，奉献凤膏麟脯。舞翩翩，鹤发飘飘，仍似旧时仙侣。 君看取，华屋神仙，满堂金玉，此是蟪蛄朝暮。五色蓬莱，九秋雕鹗，别有出身之路。酒熟麻姑，云生巫峡，稽首洞天归去。任海波，清浅无时，何处绿窗云户。"

将其与二十四品"旷达"对比："生者百岁，相去几何。欢喜苦短，忧愁实多。何如尊酒，日往烟萝。花覆茅檐，疏雨相过。倒酒既尽，杖藜行歌。孰不有古，南山峨峨。"发现二者在境界创造、语言使用上也有相似之处。

二十四品乃至《诗家一指》其他部分的语言表达习惯，与虞集存世文字相比，具有明显的相似性。我在二十四品的具体分析中已多涉及，此处从略。

五 《诗家一指》撰写时间

虞集一生可分为三个阶段，1302年之前为早年求学阶段，尝从吴澄为学，是为第一阶段。1297年至大都，1302年被荐为儒学教授、国子助教，开始了他三十余年的为仕历程。这是第二个阶段。1333年，因为目疾等身体原因①，或因与朝廷龃龉之事，辞官返乡，在江西临川的偏僻山居中安度晚年，一直到他1348年离开这个世界。

《诗家一指》成为虞集身后散落的文字，可能与其撰写的时间有关。种种迹象表明，《一指》之作，当作于他归隐临川后的最后几年。这里有几点理由：

其一，《一指》中所反映的内容，与他晚年临川生活的方式有切合处。晚年乡居生活的他，实现了他长期与自然优游的期盼，此间他过着如云渡水、如花随风的生活，享受着他在杏花春雨江南中的性灵高蹈。其友人钱惟善《题半间云》说："蜀岭庐峰半是云，青城樵者受氤氲。晨沾席上看山笋，暮湿窗间辟蠹芸。闲逐蛟龙行雨去，静栖鸾鹤与松分。更从真诀披三素，莫把词章绣五纹。"②虞集号青城山樵，诗中描绘虞集的山水之乐，似与二十四品中的情况相似③。顾阿瑛说："奎章学士虞夫子，老向山中卧白云。"二十四品中描绘的"如将白云，清风与归"的生活，与此正相合。虞集弟子赵汸（1319—1369）曾题老师《戴笠图》，描绘老师的生活："每风日清好，则领宾客，从以门生子弟、山僧野老，徜徉山水间，或寻梅放鹤，觞咏而归。"这与《一指》描绘的玉壶买春、赏雨茅屋、眠琴绿阴、上有飞瀑的生活如出一辙。

其二，看《一指》的文字，老辣、疏旷而又简省，虞集自评诗曾有"汉廷老吏"之谓，于此可见之。《诗家一指》序几乎就是一句话，

---

①　其《环翠亭记》云："元统癸酉冬，予谒告归田。"（《道园类稿》卷二十八）
②　钱惟善《江月松风集》卷十。
③　其诗友贡奎《题虞少监小像》："岩壑高堂上，烟霞眼底清。向来曾寄迹，老去未忘情。茆屋苍林掩，藤崖白道萦。远峰云际直，孤嶂水边横。宿雨分浓澹，斜阳闪晦明。折梅惊雪坠，倚竹待风生。岭断炊烟补，沙回鹜岸倾。杂花浮野意，飞瀑送溪声。……"（《贡文靖公云林集》卷三）也写到他晚年山居的生活。

三造、十科等都是至为简单的概括，完全没有展开论述，而二十四品的遣词用语，明白晓畅，没有复杂的用典，甚至有的字句浅近如白话，像"落花无言，人淡如菊""不着一字，尽得风流""生者百岁，相去几何"等等，思深而语近，神远而意亲。这与他晚年的身体状况、存在样态有关。

《一指》可能是虞集极晚之作，似作于其七十岁之后。因为足疾，最晚之时，他已不能真实地履行卧游之乐，只能寄意于精神，他说："然吾晚岁，足骎骎而视茫茫也，山水之间，济胜之具，顿绝惟育，端坐绝物，使善歌快诵于清风明月之际，亦足以慰吾之寂寞也乎。"①其严重目疾几乎完全改变了他的生活，退隐原因大多因于此，这也改变了他晚年著述的方式。他在《易南甫诗序》中说："嗟夫！予岂敢拟于古之人哉？会有耳目之疾，有园囿而无所游观，有鼓吹而不能以自乐，而心思凋耗，亦不复能诗，徒使弟子诵昔贤今人之诗，以自娱焉。"②赵汸曾记载说："邵庵先生文章学问冠冕一时，而临池之工近代莫及……目眚后字画多倚侧重叠，然笔意犹仿佛可见。代书泛出门生侍史，得于口授，故时有讹字。"③从《一指》流传中的情况看，文本杂出，错讹较多，可能与他不可亲自书写的情况有关。《诗家一指》可能出自课徒之需，似由其口述、门人记录而流传。

其三，虞集一生留下了大量的论诗文字，不少都是与当时诗坛同好对谈之资料，如与杨载、范梈、马伯庸、揭傒斯等对谈的文字记载尤多，但《一指》却与之有很大不同，这是经过严密构思的作品，非出于应酬而作。这可能与他晚年教授弟子的经历有关。

---

① 《饶敬仲诗序》，《道园类稿》卷十八。
② 《道园类稿》卷十八。
③ 《书苏参政所藏虞先生手帖后》，《东山存稿》卷五。

六　《诗家一指》的流传

虞集学问渊博，为人宽厚仁博，其在世时，即为人崇仰，一生撰述不辍，传世文字也多，如《道园学古录》《道园类稿》《道园遗稿》《翰林珠玉》等，凡百余卷。然在其存世文献中，竟无一句言及《诗家一指》。其学生赵汸所撰《邵庵先生虞公行状》[①]、欧阳玄《元故奎章阁侍书学士翰林侍讲学士通奉大夫雍虞公神道碑》[②]以及《元史》本传等，也未有片言只字谈及[③]。包含二十四品的《诗家一指》，如此优美而具有理论内涵的文字，为什么会散落而少人知晓呢？这可能与虞集离世后其文物流传的情况有关。

欧阳玄所作《虞公神道碑》中就谈到虞集著述虽多，虽蒙其门人多方搜集，然"其散逸尚多"。其友人黄溍说："抑公平生所为文无虑万余篇，今《道园录》中所载不啻十之三四而已。"[④]虞集还是一位收藏家，其生平收藏甚多，他离世后，这些文物也与其著述一样，多作星散。

虞堪是虞集的侄孙，字克用，一字胜伯，明初著名藏书家，居长洲（今苏州），他在虞集生平文集整理和流传中扮演着重要角色，《道园遗稿》《鸣鹤余音》等都因其整理而刊行于世。倪瓒曾说虞堪："道园先生，其从叔祖也，先世雍公遗文，道园先生欲求而不可得，胜伯

---

① 《东山存稿》卷六。赵汸（1319—1369），字子常，尝从虞集为学。

② 见欧阳玄《圭斋集》卷九，成化刊本。欧阳玄（1283—1357），字元功，号圭斋，元代著名学者，国子祭酒，与虞集交谊甚厚。

③ 我曾读过一则资料，或与《诗家一指》有关。明胡俨（1360—1443）《颐庵文选》卷上有《熊先生墓志铭》，熊钊，字伯几，南昌人，曾从虞集为学，其中写道："钊幼承父师之训，及登虞文靖公之门，得公指喻。亦曰：战战兢兢，如临深渊，如履薄冰，曾子终身之敬也。求诸圣贤之心，必考乎儒先之教，凛凛乎其可忽哉！"（《颐庵文选》，据《文渊阁四库全》书本）这里的"指喻"，或许就是以"一指"喻诗的意思。待考。

④ 《虞先生诗序》，文见朱存理《珊瑚木难》卷二。

必欲以意购取之。"① 虞集离世之后，其文物多散落，虞堪力为收之。李东阳有所谓"收拾诗魂返衡岳，遗编分付从孙堪"的说法②。

翁方纲《虞文靖公年谱》③，在附录中转引吴门朱存理（1444—1513）之笔记，有一篇《虞氏书册》，谈及虞家文物流落情况："笠泽虞氏为丞相雍公（按：此指虞允文）之后，有名湜者，老而居贫。其先雍公遗像、世谱、手迹、所遗古剑等物具在。学士邵庵公省墓来吴所留诗卷、其祖胜伯先生遗稿及诸宋元人辞翰累百轴、古书殆千卷藏于家。家惟草屋数间，萧然江渚，予买舟造之，乃尽出其所藏，烂然文锦，秀溢于目。所遗盛唐诗数家、庄列诸子等书，皆宋时纸板，经收藏之家凡几，印章累累。"

翁方纲所引性甫笔记，还谈及虞家诸文物流落之去处："其后，丞相、学士诸像皆为昆山族人启东得之。世谱一帙，有丞相家传十卷，是胜伯手笔，及备录世系等文与丞相数帖，今不知流落何在。所谓古剑者尚存一士人家，杨铁崖作剑歌一通，予别得之。云'丞相有古遗器四'，剑其一也，而瓦琴、石磬、蜀王砚皆不及见。学士书丞相《诛蚊赋》，已归沈石田。予亦得学士遗迹凡六帖，胜伯所著《鼓枻稿》、杂著文字、《鸣鹤余音》共二三册，并义塾序、送胜伯求遗书诗文共二卷。陈吉士玉汝与翁家连姻，又多得其所秘者。至今笠泽里中人有一二残编，尚知为虞氏故物也。瑞云观道士有丞相《钧堂》一帖，今复归之仆矣。"这里所说的丞相，指虞集的先祖、南宋丞相虞允文。学士，即指虞集。

《诗家一指》可能是虞集身后的散佚文字，其如何流传，现今无从知其端绪了。

---

① 《送虞胜伯之松江求先雍公遗文》，明赵琦美辑《铁网珊瑚》卷八。
② 明李东阳《读虞邵庵诗》，见翁方纲《虞文靖公年谱》所引。
③ 《虞文靖公年谱》，据清嘉庆《虞文靖公诗集》本。

二十四品品目研究

二十四品是《诗家一指》最为重要的部分。如无二十四品之内容，《诗家一指》与元人大量的诗法、诗谱、正法眼藏之类的著作相比，并无多少特别之处。二十四品体系俨然，戛戛独造，发前人所未发，成为诗家学诗之梯航，也成为探讨中国传统美学精神的重要篇章。

《诗家一指》说："二十四品，含摄大道，如载图经。于诗不必尽似，品不必有似，而或者为诗之尤。"二十四品虽然讨论诗，但与一般的诗法、诗格著作不同。通篇无一字及于诗。它谈的是诗的"大道"，是为了发"乾坤之清气"，疏"情性之流至"。作者期望将此作为诗家之"图经"——一个诗家作诗、理解诗的路线图。

这个路线图，为"诗人"作诗之关键："诗人"如何有"诗心"，此"诗心"如何缘之以情、揆之以理而形成"诗境"，在"诗境"中如何发乾坤之清气、流情性之慧源——二十四品就是"摄"如此之"大道"。二十四品，超言绝象，所谓不必尽似，不必有似，穷诗道之渊奥，为诗家造一个"虚"的城郭。作者自信所言"或者为诗之尤"——这可能是作诗赏诗最为重要的内涵，这样的判断并非虚语。

一　二十四品之名称

二十四之数，因与传统二十四节气有关，二十四节，一年之数也，数至二十四，俨然而成庞大之统系，翕然而合宇宙之节奏，故历来受到重视。宋欧阳修就作有"花品录",列有二十四品之目①。

　　然而,《诗家一指》取"二十四品"之名,主要与佛道教有关②。佛经《金光明经》传世有多种译本,其中隋代大兴善寺沙门宝贵之译本八卷,二十四品。品,是佛经中篇章划分的词汇。中土佛教著作有时也用品目的形式,如《坛经》敦煌本不分品,而通行本宗宝本则分自叙品、般若品等十品。品乃区别部分之意,一般无高下之分。道教炼丹术中有"二十四品神丹、七十二家炉火,头头是道"的说法。

　　《诗家一指》中二十四品在表示部分之意外,又别有内涵。二十四品,意为二十四个关键点,是构成"图经"的纽结。品,又有"境"的意思。南宋张功甫《梅品》列梅花"二十六宜",其云:"花宜称凡二十六条,为澹阴、为晓日、为薄寒、为细雨、为轻烟、为佳月、为夕阳、为微雪、为晚霞、为珍禽、为孤鹤、为清溪、为小桥、为竹边、为松下、为明窗、为疏篱、为苍崖、为绿苔、为铜瓶、为纸张、为林间吹笛、为膝下横琴、为石枰下棋、为扫雪煎茶、为美人淡妆簪戴。"③宜者,意也。二十六宜,说的是二十六种境界,与《诗家一指》二十四品之"品"意颇有相合之处。明末清初徐上瀛(约1582—1662)论琴学,著《溪山琴况》,仿《诗家一指》之二十四品,得二十四"况"。"况"者,况味也,即二十四种境界,分别是:和、静、清、

---

　　① 四库总目提要言《洛阳牡丹记》:宋欧阳修撰。"是记凡三篇,一曰花品,叙所列凡二十四种;二曰花释名,述花名之所自来;三曰风俗记首,略叙游宴及贡花,余皆接植栽灌之事。文格古雅有法。蔡襄尝书而刻之于家,以拓本遗修,修自为跋,已编入文忠全集。此其单行之本也。周必大作欧集考异,称当时士大夫家有修牡丹谱印本,始列花品,叙及名品,与此卷前两篇颇同。"

　　② 陈尚君等《司空图〈二十四诗品〉辨伪》:"'二十四品'之'品',无'三品'、'九品'之类所具有的品第等次高下之意,原意是借用佛经中经品名之意,指分别各细目而言。二十四数则恐系受到二十四气、二十四治、二十四孝等之影响。"(《中国古籍研究》创刊号,上海古籍出版社1996年,第65页)

　　③ 此说南宋即流行,南宋周密《齐东野语》卷十五即引此二十六宜。张功甫《梅品》全文据明田汝成《西湖游览志余》卷十引述。

远、古、淡、恬、逸、雅、丽、亮、采、洁、润、圆、坚、宏、细、溜、健、轻、重、迟、速。其实，这里的"况"，也接近于二十四品之"品"意。

"二十四品"本不作"二十四诗品"。明正统年间刊行之《虞侍书诗法》本和明成化年间刊行的怀悦《诗家一指》本、杨成《诗法》本等，是刊列二十四品的几个较早刻本，诸本都作二十四品，并无二十四诗品之名。至明末，二十四品被从《诗家一指》中独立出来，归于晚唐司空图名下，成为一独立诗学著述，这时方有《二十四诗品》之名。

崇祯初，毛晋《津逮秘书》第八集收有"诗品二十四则"，明谓为司空图所撰[1]。明末清初贺复徵《文章辨体汇选》收有此书[2]，题"二十四诗品，唐司空图"。清代以来，司空图《二十四诗品》书名、作者确定化，或简称《诗品》，有时为与钟嵘同名著作区别，题司空图《诗品》。

其实，将《诗家一指》中的二十四品，称为"二十四诗品"，简称为《诗品》，与作者的原意并不切合。正像我们不能将《诗式》中的辨体"十九字"说成"十九诗字"、严羽"诗之品有九"说成是"九诗品"一样，将二十四品，称为"二十四诗品"，不仅混淆了与传统"诗品"之类作品的差异，也脱离了《诗家一指》的整体思路。

《诗家一指》中的二十四品之"品"，并无品第高下的意思。受汉代以来九品中正制的影响，魏晋以来人物品藻蔚然成风，其中所谓"品"，乃品第高下也。六朝以来以"品"论诗论艺之作甚多，都有品第之意。南朝梁庾肩吾作《书品》，将东汉以来128位书家分为九等，梁钟嵘《诗品》分上中下三品品第诗人高下，南齐谢赫《古画品录》（原名《画品》），也是品第高下之作，论及汉以来画家29人，厘为六品。

---

[1]　明末清初称"诗品二十四则"，多有其书，如《全唐诗》、费经虞《雅论》等。

[2]　贺复徵，字仲来，丹阳（今属江苏）人，大约生于1600年，清初尚在世。《文章辨体汇选》卷四百三十九《诗品下》，录有"二十四诗品，唐司空图"。

其后姚最作《续画品》、李嗣真作《书后品》等等，无不以品第高下为其特征。

揣摩《诗家一指》二十四品之"品"意可知，此"品"乃品目之意，示类别之分，无高下之涵义。同时，二十四品，确立了二十四个理想的境界模型，示人以"所能达到之理想境界"，探讨诗家在"诗品"与"诗心"的内在联系，为诗家濯炼精神、提升性灵确立风标。这与钟嵘《诗品》以及前此的诗品、画品、书品之类著作完全不同，故不当以"诗品"之名而简称之，这样造成的混淆，不利于对二十四品的理解。

二   二十四品品目之成立

二十四品的品目为雄浑、冲淡、纤秾、沉著、高古、典雅、洗炼、劲健、绮丽、自然、含蓄、豪放、精神、缜密、疏野、旷达、清奇、委曲、实境、悲慨、形容、超诣、飘逸和流动。所有这些品目无一出于生造，都是在长期历史发展中逐步形成的文学艺术理论概念。但这并不意味《诗家一指》中二十四品只是对前人所论进行整合。梳理其间的关系，可以帮助我们更好地理解二十四品的理论价值。

《诗家一指》为元人所作，从品目上也略可窥其端倪。

（一）其品目与前代两本重要的诗学著作有关。一是唐末皎然《诗式》，一是南宋末年严羽《沧浪诗话》。两书作者，一为诗僧，一具有浓厚禅宗倾向，与《诗家一指》作者的思想倾向比较接近。《诗式》和《沧浪诗话》入元以后，受到诗学界的重视，成为当时人们讨论的热点。在目前所见分别题名为杨载、范梈、揭曼硕、黄清老等所作之《木天禁语》《诗学禁脔》《诗法源流》《诗法家数》《诗宗正法眼藏》等著作中，《诗式》《沧浪诗话》这两部著作，受到特别的注意。《诗家一指》中二十四品品目受此二书影响，与此学术趣尚有关。

皎然《诗式》卷一有"辩体有一十九字"，其云：

> 高：风韵切畅曰高；逸：体格闲放曰逸；贞：放词正直曰贞；忠：临危不变曰忠；节：持节不改曰节；志：立志不改曰志；气：风情耿耿曰气；情：缘情不尽曰情；思：气多含蓄曰思；德：词温而正曰德；诚：检束防闲曰诚；闲：情性疏野曰闲；达：心迹旷诞曰达；悲：伤甚曰悲；怨：词理凄切曰怨；意：立言曰意；力：体裁劲健曰力；静：非如松风不动、林狖未鸣，乃谓意中之静；远：非谓淼淼望水、杳杳看山，乃谓意中之远。

《沧浪诗话》之《诗辨》部分云：

> 诗之品有九：曰高、曰古、曰深、曰远、曰长、曰雄浑、曰飘逸、曰悲壮、曰凄婉。

《诗式》这十九字、《沧浪诗话》九品与二十四品，有明显的内在联系。它们在主导精神上均非谈具体技法，而是侧重谈诗歌的境界创造，谈人的情性与诗的关系。

二十四品品目，与"十九字""九品"有密切联系，有的是名称完全相同，如疏野、雄浑、飘逸、含蓄。有的是名目有别，实质内涵却有联系。如二十四品之"高古"，与"十九字"第一字"高"，"九品"的"高"、"古"有内在联系。"九品"中的"悲壮"、"凄婉"，"十九字"中的"悲"、"怨"二字，与二十四品中"悲慨"一品实质相关。再如，"十九字"中的"心迹旷诞"的"达"与二十四品中"旷达"意思接近。另外，"十九字""九品"中的深、远、长、静、逸等范畴，也在二十四品中有若隐若现的存在。而《沧浪诗话》论诗评杜之沉著痛快、李之优游不迫，也与二十四品中的"沉著"、"冲淡"等品有关。

（二）二十四品产生于一个"以境评诗"的时代氛围中。

产生于元代初中期、题为杨载（字仲弘，1271—1323）所作之《诗法家数》，其中有言：

> 诗之为体有六：曰雄浑，曰悲壮，曰平淡，曰苍古，曰沉著痛快，曰优游不迫。

> 诗之为难有十：曰造理，曰精神，曰高古，曰风流，曰典丽，曰质干，曰体裁，曰劲健，曰耿介，曰凄切。

该书又在《作诗准绳》中说：

> 立意：要高古浑厚，有气概，要沉著，忌卑弱浅陋。
> 炼句：要雄伟清健，有金石声。
> 琢对：要宁粗毋弱，宁拙毋巧，宁朴毋华，忌俗野。[①]
> 写景：景中含意，事中睒景，要细密清淡，忌庸腐雕巧。

谈到各体的特点，该书强调，七言要"声响、雄浑、铿锵、伟健、高远"，五言要"沉静、深远、细嫩"，五言古诗要"寓意深远，托辞温厚，反复优游，雍容不迫"，五言古诗"写景要雅淡，推人心之至情；写感慨之微意，悲欢含蓄，而不伤美刺，婉曲而不露"。该书将诗之内容分为荣遇、讽谏、登临、征行、赠别、赞美等类别，谈到各类特点，该书强调，荣遇诗要"富贵尊严，典雅温厚，写意要闲雅，

---

① 北宋陈师道《后山诗话》："宁拙毋巧，宁朴毋华，宁粗毋弱，宁僻毋俗，诗文皆然。"

美丽清细，如王维、贾至诸公早朝之作"，赞美诗"贵乎典雅浑厚"，
赓和诗"要造一两句雄健壮丽之语"。该书在"总论"部分说："凡作
诗，气象欲其浑厚，体面欲其宏阔，血脉欲其贯串，风度欲其飘逸，
音韵欲其铿锵"；"语贵含蓄，言有尽而意无穷者，天下之至言也"，
等等。

综上可见，该书有雄浑、平淡、沉著、精神、高古、劲健、含蓄、
平淡、飘逸、典雅等十概念，与二十四品品目相同①。其悲壮、苍古、
典丽、凄切、气概、细密、风流、美丽、清细、雄健、壮丽、沉静等
也与二十四品诸品有相近处。二十四品中的绝大多数品目在此书已经
具备。

又如元人所作《诗家模范》②，其中谈到各体写作特点时说："大抵
作诗，随其所宜：台阁之作，气象要光明正大；山林之作，要古淡
闲雅；江湖之作，要豪放沉著；风月之作，要蕴藉秀丽；方外之作，
要夷旷清楚；征戍之作，要奋迅凄凉；怀古之作，要慷慨悲惋；宫
壶闺房之作，要不淫不怨；民俗歌谣之作，要切而不怒，微而婉，
虽寓情写景不同，而止于忠爱则一。故曰温柔敦厚诗教也。"③其中所
言闲雅、豪放、沉著、蕴藉、秀丽、慷慨、悲惋等，也与二十四品的
品目相似。

杨成本《诗法》卷三载《名公雅论》，引述诸家论诗之语，其中
有如下之论：

　　　虞待制云：典雅、抛掷、出尘、浏亮、缜密、渊雅、温蔚、
　　宏博、纯粹、莹净，此诗之十美也。

---

① 平淡，虞侍书诗法本二十四品之"冲淡"作"平淡"。
② 据朱权编《西江诗法》所引，著者不详。
③ 明费经虞《雅论》卷十六，以此段为《诗法指南》语。

马仲常云：揭君典重，杨君雄浑，虞君雅丽，范君清高。[①]

范应奉云：优游不迫，沉著痛快。力全而不苦涩，气促而不枭张。痛巧尚直，而神思不得直；废言尚意，而典丽不得遗。

其中所述范梈、虞集、马仲常等人论诗之语，多有与二十四品品目相似之处。值得注意的是，虞集论"诗之十美"，非常接近于二十四品的论述，使我们对《诗家一指》可能出自虞集之手，有了一条新的证据。

《诗家一指》可能就产生于这样的理论氛围中。

《诗家一指》之二十四品的独特贡献在于，其品目虽然孕育于元代的诗学氛围中，有对同时代论诗主张的取资，但从总体上看，"二十四品"不啻为一独特的创造。二十四品融合当时的诗学理论，并通过独出机杼的阐释，使之成为一部论述"诗家之心"的重要著作，一本关于中国人审美观念的重要著作。

品目虽然多为前人所用，同时代中也有人讨论，但二十四品的作者却融入了自己的独特理解。如"雄浑"，前人、时人多有言及。但是，论诗学者谈论此一概念，或如怀悦本所载，在"雄浑"后附杜少陵，以一人诗之特点来诠释"雄浑"；或举一诗或数诗以附之，清人多有此行为；或以诗是否雄浑来判断某诗人的地位。这主要是一种风格学的描述。但作为二十四品之一的"雄浑"却有完全不同的内容，它不是告诉你雄浑在诗中如何体现，哪些诗人最符合雄浑的"范式"，而是告诉你为什么要雄浑，雄浑与诗家的心灵有什么关系，雄浑体现出中国人怎样的追求，如何涵养浸渍达到此一境界。它的理论落脚点在如何培养浑朴的诗心。看起来只是一首十二句的四言韵文，有一些

---

① 所评四人，分别是揭曼硕、杨载、虞集和范梈。

意象编排，没有清晰的理论交代，却通过这种诗意的形式拓展了丰富的内容。这样的理论探讨在此前的诗学中是罕见的。

如"清奇"一品："娟娟群松，下有漪流。晴雪满汀，隔溪渔舟。可人如玉，步屧寻幽。载瞻载止，空碧悠悠。神出古异，淡不可收。如月之曙，如气之秋"，它要呈现的是一种士人的生命态度，一种独特的人生境界与宇宙感怀。这样的书写方式，与"写诗要雅淡"、某某类型诗要"典雅温丽"之类的表述有根本区别。

我们可以比较它与元人陈绎曾《诗谱》有关"十四格"的区别①：

五甲等　玄：境极清虚，了无影迹。圆：八面中间，透彻明莹。沉：神力所载，天地秋毫。雄：神气自然，胸蟠八表。郁：精力造微，穷深极远。

五乙等　清：泠然至清，微似有迹。明：明白洞达，正面莹然。深：运思至清，杳冥不测。壮：志气宏大，手斡乾坤。密：精力造微，周密无罅。

五丙等　逸：飘飘凌云，想在尘外。温：温其如玉，正而有文。重：气质凝重，山岳不摇。健：老气苍然，笔力有余。婉：意思从容，辞旨微婉。

五丁等　澹：脱落浮华，唯有真实。奇：惊天动地，迥出常情。俊：才思风流，举措可爱。怪：神出鬼入，崄绝常理。丽：文华绮丽，灿然精妙。

该书在论诸格时说："清婉，寓意深远，遣辞粹雅。超逸，超出常度，别发奇文。壮丽，奋厉辞气，不拘调度。清丽，专炼辞情，略具

---

① 《诗谱》附在《文筌》之后，李士芬家藏本。

首尾。典雅，立意高平，造语醇古。奇丽，运意险绝，造语精神。顿挫，立意跳荡，措辞起伏。"

我们可以发现，论其品目，与《诗家一指》二十四品的确有相似之处，但所阐发的思想却是完全不同的。陈绎曾只是简单地勾勒写文章的方法，与二十四品深入到雄阔的中国思想文化背景中探讨诗心的培植的论述是完全不同的。

又如，元代诗话论气象，不同的题材，有不同的风度气格，《诗家模范》说："大抵作诗，随其所宜：台阁之作，气象要光明正大；山林之作，要古淡闲雅；江湖之作，要豪放沉著；风月之作，要蕴藉秀丽；方外之作，要夷旷清楚；征戍之作，要奋迅凄凉；怀古之作，要慷慨悲惋；宫壶闺房之作，要不淫不怨；民俗歌谣之作，要切而不怒，微而婉。"① 所触及的气象，多有与二十四品相似之处。然而二十四品所论却与之有根本不同，如这里所说所的"江湖之作，要豪放沉著"。豪放、沉著为二十四品中的两品，《诗家模范》所论还是局限在题材与风格之间的协调之处，未有越出风格论的畛域。而二十四品对豪放、沉著的论述的中心却在两种心灵境界的创造，两种不同的生命格调之呈现。

三　二十四品之次第

二十四品的次第，现在通行本的顺序为：1.雄浑 2.平淡 3.纤秾 4.沉著 5.高古 6.典雅 7.洗炼 8.劲健 9.绮丽 10.自然 11.含蓄 12.豪放 13.精神 14.缜密 15.疏野 16.清奇 17.委曲 18.实境 19.悲慨 20.形容 21.超诣 22.飘逸 23.旷达 24.流动。

---

① 《诗家模范》，见明朱权《西江诗法》所收录，明费经虞《雅论》卷十六也录有此段。

明毛晋《津逮秘书》本有《诗品二十四则》，收在第八集，此书已题为司空图所撰。刻于1630—1632年间。其顺序即如上述。刻于崇祯末年的说郛宛委山堂刊陶珽重辑《说郛》本，收有题为司空图《二十四诗品》，其顺序也与津逮本相同。其他如刊行于明末的《续百川学海》本、刊行于清顺治年间的费经虞《雅论》卷二十所收之《诗品二十四则》、刊行于康熙时之《全唐诗》卷六百三十四所收之《诗品二十四则》等，都延续津逮本排列顺序。《四库总目提要》也依此顺序。这个顺序在清康熙以来基本没有变化。

但在明初以来《二十四诗品》流传过程中，却有不同的情况。

最早见于明初正统年间史潜刊刻的《新编名贤诗法》，凡三卷，卷下收《虞侍书诗法》。此书唯存十六品，史潜在本书的"凡例"中就说："诗评二十四品，亦缺八品。"《虞侍书诗法》在三造、四则、十科之后，续之以二十四，先有目录：

雄浑　平淡　纤浓　沉著　高古　典雅　洗炼　劲健

绮丽　自然　含蓄　豪放　精神　超诣　飘逸　流动

下录此十六品之内容。其中在"精神"一品，原品中"妙造自然，伊谁与裁"两句被换成"离形得似，庶几斯人"。此二句是通行本第二十品"形容"的最后两句。"精神"品后之"缜密""疏野""清奇""委曲""实境""悲慨""形容"，付阙，直接接"超诣""飘逸""流动"三品。史潜所刻"虞侍书诗法"所依是残本，自"精神"品最后两句"妙造自然，伊谁与裁"一直到通行本第二十品"形容"第十句"妙契同尘"，文字全部丢失。因此，此残本不是偶有地方剥蚀，而是二十四品三分之一内容整块丢去。

《诗家一指》二十四品早期的流传有两个版本系统，一是明正统年间史潜刻《虞侍书诗法》本，一是明成化年间怀悦所刻《诗家一指》本，这两个本子内容编排不同，但都有二十四品，作为现今可见的最早传本《虞侍书诗法》本，虽然丢失八品，其品目的顺序，自第一品"雄浑"，到第十三品"精神"与通行本顺序无异。但《虞侍书诗法》本第二十一品当为"形容"（此品唯有最后两句误入第十三品"精神"），其后为"超诣""飘逸""流动"三品。而通行本"形容"在第二十品，以下为"超诣""飘逸""旷达"和"流动"。这也就是说通行本第二十三品"旷达"品不在此处，而在第十四到十九品之中。

这个疑问，看怀悦本便豁然可解。怀悦本二十四品为全本，其顺序与通行本有差异。"旷达"的位置不在通行本的第二十三，而是第十六，其后为"清奇"。其最后四品是"形容""超诣""飘逸"和"流动"。所反映的情况，正好与《虞侍书诗法》本相同。

杨成刊刻于明成化十六年（1480）《诗法》五卷本，其中卷二收《诗家一指》，内收二十四品，其顺序即与上述二本有异，却与通行本完全相同。其后，刊于明嘉靖二十四年（1545）黄省曾《名家诗法》，刻于万历四十年（1612）朱绂《名家诗法汇编》，刻于万历年间的谢天瑞《诗法》本等，都收录了《诗家一指》，均属于杨成本的版本系列。其顺序与杨成本无异。大致在明崇祯年间，二十四品从《诗家一指》中独立出来，成《二十四诗品》，并归于司空图名下。二十四品的顺序所依即为杨成刻本之传承，遂成今日之通行本排列顺序。

在怀悦本、史潜《新编名贤诗法》本两个版本系列中，二十四品的排列顺序一致，足以说明，这个顺序可能最接近《诗家一指》中二十四品原来的品目顺序。所以本书的写作，便不依通行本，而依二十四品早期刊本作了调整。它的顺序是：

1.雄浑 2.冲淡 3.纤秾 4.沉著 5.高古 6.典雅 7.洗炼 8.劲健 9.绮丽 10.自然 11.含蓄 12.豪放 13.精神 14.缜密 15.疏野 16.旷达 17.清奇

18.委曲 19.实境 20.悲慨 21.形容 22.超诣 23.飘逸 24.流动。

在明清以来《二十四诗品》的流传过程中，也出现过其他一些情况。如卞永誉（1645—1712）《式古堂书画汇考》卷二十五录《枝指生书宋人品诗韵语卷》，为祝允明（1461—1527）所撰，款正德"丙子秋"，时在1516年，其开章云："诗有二十四品，偏者得其一，能者得其全，会其全者，唯李杜二人而已。"下接二十四品，录全文。它的顺序是：

雄浑　冲淡　纤秾　沉著　高古　典雅　洗炼　劲健

绮丽　自然　含蓄　豪放　精神　清奇　委曲　悲慨

实境　形容　超诣　飘逸　旷达　流动　缜密　疏野

在上述两个版本（虞侍书诗法本、杨成本），"缜密""疏野"在第十四、第十五，而此移到最后两品。另外，"旷达"一品则与虞侍书诗法本、怀悦本不同。此非刻本，而是书法所录。"缜密"和"疏野"的位置，可能是抄录所漏，最后补上。如果此推测可以成立的话，将此两品放回第十四、第十五的位置，那么，其顺序与杨成本完全一样："旷达"不在第十六，而在第二十三。这说明，可能杨成本的编排顺序在明代中期就已经开始流行。

四　品目关系之臆测

以上花了很长篇幅讨论品目的顺序，是为探讨二十四品品目关系提供一个基础。

明代中期以来，《诗家一指》中的二十四品渐受人们重视，尤其在明末毛晋等将此文从《诗家一指》中独立归于司空图名下后，其名声日浓，在康熙之时就基本确立了它在诗坛中至尊之地位。关于它的顺序也随之引起人们的兴趣。清乾隆以来，有大量研究《二十四诗品》的著述，大都注意到它的顺序，并认为领会二十四品目之顺序，是了解此篇思想必不可少之途径。

杨振纲《诗品解》谈二十四品的顺序，本着儒家中庸之道，在他看来，二十四品中，相邻之品之所以发生关系，主要是相互补充，后一品一般是对前一品不足的补充，如其云："雄浑矣，又恐雄过于猛，浑流为浊，惟猛惟浊，诗之弃也，故近之以冲淡。""冲淡矣，又恐绝无彩色，流入枯槁一路，则冲而漠，淡而厌矣，何以夺人心目，故近之以纤秾。""纤则易至于冗，秾则或伤于肥，此轻浮之弊所由滋也，故近之以沉著。""然而过于沉著，则未必能高古，一于沉著，又未必不俚俗，故近之以高古。""高古矣，而或任质以为高，简率以为古，非极则也，故必近之以典雅。"如此类推，彼此如修辞顶针之法，这样理解有一定的道理，但硬性黏附以至削足适履的倾向比较突出。

杨廷芝治二十四品多有所得，他从体用等角度来谈品目之次第："予总观统论，默会深思，窃以为兼体用，该内外，故以雄浑先之。有不可以迹象求者，则曰冲淡。亦有可以色相见者，则曰纤秾。不沉著，不高古，则虽冲淡纤秾，犹非妙品。出之典雅，加之洗炼。劲健不过乎质，绮丽不过乎文，无往不归于自然，含蓄不尽，则茹古而涵今，豪放无边，则空天而廓宇。品亦妙矣。品妙而斯为极品。夫品固出于性情，而妙尤发于精神，缜密则宜重宜严，疏野则亦松亦活，清奇而不至于凝滞，委曲而不容以径直。要之无非实境也。境值天下之变，不妨极于悲慨。境处天下之赜，亦可以拟诸形容。超则轶乎其前，诣则绝乎其后，飘则高下何定，逸则闲散自如。旷观天地之宽，达识古今之变，无美不臻，而复以流动终焉。"[①]他的理解思路通脱自由，给

---

① 《二十四诗品小序》，引见郭绍虞《诗品集解》。

人以启发，但先入为主的痕迹也很明显，与二十四品所论时有不相凿枘处。

当代《二十四诗品》研究中，肖驰一篇《司空图的诗歌宇宙——论〈二十四诗品〉的可理解性》长文①，很有影响力。该文在第三节，讨论二十四品品目顺序，认为有一种"诗道沿时"的观念潜藏其中，二十四品品目展现的是一种时间性的序列，体现出"以时统空""时空合一"的传统思路。"雄浑"是天数，乃初发之元，至"冲淡"就有荏苒在衣的春风了，接下是"纤秾"的采采流水，那是春意盎然之时。到"典雅"的玉壶买春、人淡如菊，这是由夏入秋了。再到"含蓄"的花时返秋、"缜密"的水流花开清露未晞，已见深秋之状。到"清奇"的雪溪渔舟、"悲慨"的大风卷水，那是隆冬景况。到了"旷达""流动"，就是一阳来复，由终返始。这样的思路很有想象力，表面上看似乎也能说得通，但深究其里，又见其不然。不要说"旷达"一品本来的顺序就不在第二十三，就是基于文本来看，掠其篇章中一二词句，演为时间有序展开，与二十四品的整体思路亦有距离。

上述对品目的研究，给我很大启发，虽然一些观点我未必赞同。二十四品品名顺序，有缜密构思，绝非随意而为，也非后人编排所致。《诗家一指》所谓"图经"一说是可信的，作者尝试提供的是一种"路线图"，而不是断线残珠。品目的整体览观，是了解二十四品乃至整个《诗家一指》思想之不可忽视之途径。这里我尝试谈谈自己一点粗浅的体会，以就教于学界。

虞集自幼在老师吴澄的影响下，极重视易学，及其长，深迷北宋邵雍的思想，其号邵庵，就反映他潜在的思想倾向。邵雍重视象数图书之学的思想也影响了他。欧阳玄《许熙载神道碑》谈到虞集的经学

---

① 《中国社会科学》1985年第6期。

修养时说："其于经，则曰：《易》之为书，首尾完具于三圣人之手，生乎千载之下，仰观千载之上，以凡下之资而欲窥见天与圣人之道，不可下此而他求也。得江东谢君直之说，以先天八卦图为《河图》，九数而九位者为《洛书》，十数而五位者为《五位相得之图》，心雅善之，或请著说，则辞曰：《易》道广大，苟得其自然之数，何往不合？先儒有成言焉，存以俟知者。"①虞集虽然没有象数图书方面的著述，但在其他方面却有体现。他归隐临川之后，名其庐为邵庵，其友袁桷为其撰《邵庵记》，其中有云："雍虞伯生，界其居之偏为庵庐焉。温清之隙，则怡怡然饱食以歌，宴休于中。其庐温密朴质，备粹且深。中而虚之，若璧而环，若鉴而明，枢圆而扉方，阖辟以动止。其温燥也，裼以舒其清焉；其凄厉也，隩以休其和焉。左顾右瞩，神止气寂，昼握其动，夜根其静，不丐饰于外，据万物之会，将以极其荣观者焉。庐不广寻丈，旁设《易》图，图除其卦，五十有六，瞪而视之，首击而尾应，迎而存之，风至而水涌。审声遗形，益原其情。"②邵雍的象数图书之学甚至影响他的居处构成。

在其二十四品的结构中，也可以或明或暗地发现他受易之象数学影响的痕迹。数至二十四，虽非如易之六十四卦，但品目的顺序，品与品之间的关系，似乎隐括了《周易》象数学的内涵。易是讲究卦序的，《易传》有《序卦》一篇，所谓"有天地，然后万物生焉。盈天地之间者，唯万物，故受之以屯；屯者，盈也，屯者，物之始生也。物生必蒙，故受之以蒙"云云，卦的顺序隐括着深邃的思想，故为历来研究易学者所重视。二十四品排列中，沿着一种独特的关系演进，品与品之间有内在关联，二十四品又构成了一个"圆"——一个如邵子太极图式的圆转流动的实体。流转回环，周而复始，以尽易之通变精神。

---

① 欧阳玄《圭斋文集》卷九。
② 《元文类》卷二十九。

　　若简而言之，易学中"对待"和"流行"的学说，是二十四品立序的潜在理论基础。

　　《易》有阴阳，流行为其根本特性，所谓日往则月来，月往则日来，寒暑更迭，气息万变，是谓流行。一卦之中，周流六虚，吉凶悔吝在流行中生出。六十四卦间循环往复，由此构成一种"流行"之关系。

　　六十四卦两两相对，所以又有"对卦"之说，对卦有反对和正对两种形式，反对卦有五十六卦，卦中六爻上下卦倒置后易位，如屯卦倒置后易位就成了蒙卦。正对卦是卦爻完全相反，有乾与坤、坎与离、颐和大过、中孚和小过四对。易之阴阳相对而生，六十四卦排列相互对待，从而构成易的内在义理世界。

　　朱熹谈到《周易》之道时总结说："阴阳有个流行底，有个定位底。'一动一静，互为其根'，更是流行底，寒暑往来是也。'分阴分阳，两仪立焉'，便是定位底，天地上下四方是也。'易'有两义，一是变易，便是流行底；一是交易，便是对待底。"[1]所谓交易，就是相互对待，相反而相成。朱熹的弟子蔡渊（1156—1236）《易象意言》也说："天地之间，对待、流行而已。对待者，体静而生；流行者，体动而成。伏羲八卦，对待者也，体静而生，则吉凶悔吝由乎我，故曰先天。文王八卦，流行者也，体动而成，则吉凶悔吝奉乎天，故曰后天。"

　　对待和流行是易之两大根本特性，流行是对待中的流行，对待是流行中的对待。理学非常重视这样的特性。对易有深刻研究的虞集，从前代易学哲学中汲取滋养，铸造出二十四品的内在有序结构。二十四品中，有一个流行不殆、往复回环的潜在系统，以见天地流行之妙。又有一个相互对待之关系，以见万物彼摄相生，从而演为生生之世界。易道如此，诗道也如此。我将此称为"对品"。

---

① 《朱子语类》卷六十五。

第一，流行。

《诗家一指》潜在地持守着一种"圆"道。序言中说："存其真宰，弥纶六合，圆摄太虚，触处成真，而道生矣"；三造之"观"造说："观，要知身命落处，与夫神情变化、意境周流、亘天地以无穷、妙古今而独往者，则未有不得所以然也。"观造，就是要观出一种圆融无碍的精神。这种圆通无碍、流转不息的思想融进了二十四品的内在秩序中。

二十四品以"雄浑""冲淡"开始，以"飘逸""流动"为最后两品，揆之《周易》六十四卦之排列，似可读出其中的端绪。《周易》以乾、坤两卦开始，二十四品以"雄浑""冲淡"两品为先，一以标阳，一以标阴，雄浑取《易》"大哉乾元"之精神，冲淡取《易》"至哉坤元"之精髓，由此而成一阴一阳之格局。《周易》以既济、未济作结，所谓未济者，"物不可穷也，故受之以未济终焉"（《说卦》），由此见周流往复之精神。二十四品以"飘逸"和"流动"两品作结，显然有仿易卦序之考虑。"飘逸"是一意独往，如"独鹤与飞"，仰以向"天"；"流动"则是和光同尘，俯以察"地"，加入到世界的周流中，如佛经所谓"一切烦恼乃佛之惠"。"流动"一品，又有总摄全篇主旨，敷衍其"来往千载，是之谓乎"的精神，无往不复，周流贯彻，加入到新的循环中，所谓生生不已，新新不停。

二十四品之间彼摄互因、相互嬗联，似有一泓清泉在诸品之间流动，流过了雄浑冲淡、纤秾沉著，流过了高古典雅、洗炼劲健，一直流到实境悲慨、形容超诣，流到流动一品之终结，彼此相关这一点是断断不可忽视的。一如《诗家一指》所说，"与造化者周流"。

清李修易《小蓬莱阁画鉴》说得好："发端混仑，逐渐破碎，收拾破碎，复归混仑。"二十四品由"雄浑"而肇其端，中而泛论诸种心灵涵泳、诗歌审美之境界，最后又复归于浑沦，归于"流动"，流动不息，生生不已。"流动"一品，正所谓"篇终结混茫"也。

第二，对品。

所谓对品，是指品目之间两两相对之关系。二十四品大体构成十二对。或品目内容相对而立（如雄浑与冲淡、含蓄与豪放），或品目之间接续相生（如疏野与旷达）。一如《周易》六十四卦之相对而生，二十四品的这种相对关系也是隐在的，并非机械对应。二十四品虽然是《诗家一指》之核心，在一定程度上说，《诗家一指》是为说二十四品而存在的。其他三造、十科、四则等羽翼二十四品而存在。通过"对品"的分析，似也能感受到此一脉络的存在。

（一）阴阳相对：《诗家一指》开篇即言："诗者，乾坤之清气、性情之流至也"，这也是此书之纲领。二十四品以"雄浑""冲淡"打头，便是演绎"乾坤之清气"，二者相对而生。

（二）心之于色：《诗家一指》主张性、情一体观，特别注意心之于色、由色生情、情根于性的理论阐发，《诗家一指》跋中开篇即谈情，"心之于色为情。天地、日月、星辰、江山、烟云、人物、草树，响答动悟，履遇形接，皆情也"。故二十四品品目安排，阴与阳会之后，便是心与色通，以"纤秾"接续"雄浑""冲淡"而出。"纤秾"是触处成真地秀出，盎然而兴起。以"沉著"接续之，"沉著"乃沉郁顿挫，意在沉潜往复。二者互为对品。

按：前四品似有内在勾连。如果说"纤秾"一品说阳春之景，如阳春召我以烟景、大块假我以文章之李白，那么，"沉著"的沉郁顿挫则非杜甫莫属。两宋以来论诗以李杜为最高范式，二人风格各有所长，又互为补充，使后之诗家万般腾跃，不出此庭宇。元人谈诗，也不离严羽所概括的优游不迫（李白）和沉著痛快（杜甫）两条。如果此推测成立的话，那么前四品在结构上，前两品说一阴一阳之谓道的哲学，下两品似由李杜说唐诗之妙，说两种独特的美感，说诗之发于真性的最高境界，并发为人生的感叹。前四品对二十四品之意已有涵括之象。

（三）无穷与独往：《诗家一指》三造第一为"观"，推崇"亘天地以无穷、妙古今而独往"的精神。"高古"和"典雅"有以当之。二者为对品，意相近，又有微别。它们都侧重于时间性谈超越的境界，但高古落脚在永恒的追求，典雅落脚在现世中独往的情怀。

（四）濯炼精神：《诗家一指》序云："由气，而有物；由事，而有理。必先养其浩然，存其真宰，弥纶六合，圆摄太虚，触处成真，而道生矣。""洗炼"与"劲健"为对品，"洗炼"讲洗涤清净精神，"劲健"讲培养刚健心胸。二者都属于《诗家一指》所说的"濯炼精神"。二者同类相对。

（五）几造与自然：《诗家一指》后跋在谈到心与色相接而情生之后，接着说到："拾而得之为自然，抚而出之为几造。自然者，厚而安；几造者，往而深。厚而安者，独鹤之心、大龟之息、旷古之世、君子之仁；往而深者，清风泡泡而同流，素音于于而再往，乘碧景而诣明月，抚青春而如行舟，由之而得乎性。""绮丽"和"自然"两品，似即是就此而论。前者说"几造"——诗家独特的创造，讲这一创造不能脱于自然，讲浓尽必枯、浅者屡深的道理，后者讲"自然"，讲随意而往、自然天成的哲学，在天成中有独特的创造。二者意思相互补充，故为对品。

（六）含秀与超源：《诗家一指》十科之"神"云："含秀储真，超源达本，皆是神也。是由真心静想中生。不必尽谕，不必不谕。然月于水，触处自然。"含秀储真，乃含蓄隐秀之道；超源达本，由心源中转出，超然象表，狂放中见真神。"含蓄"和"豪放"两品似与上论有关。二者一向内潜藏，一向外伸展，反其对而意相嬗，以成对品。

（七）流通与无痕：《诗家一指》十科之"气"云："贵乎流通，灵运无碍，盛大等乎空量，熹微蔼如春和，然非果有所自，而生之者愈不可知。""精神"和"缜密"两品，一讲生气远出的活泼韵致，一讲渺无痕迹的细腻美感，二者意也有相联处，故为对品。精神之活泼，虽然可臻"盛大"（繁盛貌），但却不能粘滞于色相，故"等于空量"，此之谓真精神；而密不可见、飘渺无痕的"熹微"之中，也有"春和"荡漾，也有渺不可知的生气蕴乎其间。

（八）于物闻性：《诗家一指》跋云："而于闻性，无一物分……惟翛然万物之外，云翠之深，茂林青山，扫石酌泉，荡涤神宇，独还冲真，犹春花初胎，假之时雨，夫复不有一日性悟之分耶？"《诗家一指》论诗，强调真性勃发，不是离物离色而谈性，而是"无一物分"，即在与世界的冥合中，达于真性。"疏野"与"旷达"两品即围绕真性而言。"疏野"讲在秩序中超越秩序，"旷达"讲在痛苦中达观而面对痛苦。二者也有意思嬗连处。杨成本《诗家一指》将"旷达"置于第二十三品，撕裂了其内在关系，造成了对二十四品内在关系理解的困难。

（九）奇迥与任化："清奇"一品，清在离染，奇在远俗，清与奇合，以成荒寂幽迥之境界；"委曲"一品，委在委运任化，曲在深婉曲回，委与曲合，以得与物婉转、曲径通幽之趣味。"清奇"和"委曲"两品，一注目于幽远之思，一侧重于顺物之想，翻其反而，并臻生命之高致。

（十）对境兴怀："实境"与"悲慨"两品，都于人生命所对之"境"而展开。人不可能离境而存在，"然达其幽深玄虚，发而为佳言；遇其浅深陈腐，积而为俗意"，对境之选择，操之则在于人心。实境讲即物即真的道理，归于真性，任由生命敞开，让世界自在呈现；悲慨也由人的具体生命境遇讲起，讲生命的忧怀。前者侧重于打柴担水无非是道的禅家风韵，后者侧重于剑器箫心的骚人情怀。二者也为对品。

（十一）写形与立意："形容"和"超诣"两品都从诗人具体写作

的环节入手，"形容"讲形象的描写，但抛开技术性的斟酌，强调超越具体的、外在于我的、与人情性相对的物质形式，冥合物我，直溯"清真"，强调诗要有切近之想，才有佳绪；"超诣"讲诗家的"立意"，《诗家一指》十科第一为"意"所说"诗先命意，如构宫室，必法度形制已备于胸中，始施斤钺。……是以造端超诣，变化易成，若立意卑凡，清真愈远"，意思是，诗要有腾踔之思，方有高致。

（十二）圆摄太虚：最后两品，"飘逸"与"流动"也为对品，"飘逸"意在"独鹤与飞"，"流动"意在周流贯彻。然而，"飞"而不脱离现世，"流"而即成于当下。彰显自我真性，加入大化洪流，便有振翮远骞之想，便有来往千载的永恒之志。

以上所言，自感等同猜测，但我深感其内在联系是存在的，其内在有一种有秩序、有节律的存在，对此秩序与节律的揭示，可以帮助我们更好地了解二十四品深寓的理论思考。

丁　附录

《诗家一指》校订

《诗家一指》，元虞集撰。

此以明正统年间史潜所刻三卷本《新编名贤诗法》下卷所收《虞侍书诗法》为底本，参明成化年间怀悦所刻《诗家一指》本、杨成所刻五卷本《诗法》本中第二卷《诗家一指》以及明初赵㧑谦《学范》以校对。

诗，乾坤之清气、性情之流至也。由气，而有物；由事，而有理。必先养其浩然，存其真宰，弥纶六合，圆摄太虚，触处成真，而道生矣。[①]

三　造

一观　犹禅宗具摩醯眼，一视而万境归元，一举而群迷荡迹。超物象表，得造化先，夫如是，始有观诗分。观，要知身命落处，与夫神情变化、意境周流、亘天地以无穷、妙古今而独往者，则未有不得其所以然[②]。由之可以明十科、达四则、该二十四品[③]，观观不已，而至于道。

---

① 此段话，虞侍书诗法本置于"三造、十科、四则、二十四品、道统、诗遇"之前，当为《诗家一指》之序言。

② 虞侍书诗法本作"则未有不得所以然也"，据怀悦本、杨成本改。

③ "该"，虞侍书诗法本作"读"，误。

二学　夫求于古者必法于今，求于今者必失于古。盖古之时、古之人，而其诗如之①，故学者欲疏凿神情②，淘汰气质，遣其迷妄，而反其清真。未有不由是而得其所以为诗者。

三作　下手处，先须明彻古人意格声律，其于神境事物，邂逅郁折③，得其全理，胸中随寓唱出④，自然超绝。若夫刻意创造，终亏天成。苟且经营，必堕凡陋。妙在著述之多、涵养之深耳。然又当求证于宗匠名家之道，庶几可横绝旁流矣。

十　科

一意　诗先命意⑤，如构宫室，必法度形制已备于胸中⑥，始施斤钺⑦。此以实论，取譬则风之于空、春之于世，虽暂有其迹，而无能得之以为物者。是以造端超诣，变化易成，若立意卑凡，清真愈远⑧。

二趣　意之所趣不尽而有余之谓，是犹听钟而得其希微，乘月而思于汗漫，窅然真用，将与造化者周流，此其趣也。

三神　其所以变化诗道，濯炼精神，含秀储真，超源达本，皆其神也⑨。是由真心静想中生。不必尽谕，不必不谕。然月于水，触处自

---

① "如"，虞侍书诗法本作"似"。
② "神情"，怀悦本作"情尘"。
③ 虞侍书诗法本此句作"解后郁抑"。
④ 唱，虞侍书诗法本作"倡"。
⑤ 怀悦本和杨成本，句前多出一个"作"字，乃将三造中"作"造之名误置此处。
⑥ 形制，虞侍书诗法本作"形似"，据怀悦本和杨成本改。
⑦ 虞侍书诗法本作"始焉斤斧"，怀悦本、杨成本作"始施斤铁"，均误，据赵㧑谦《学范》改。
⑧ 清真，怀悦本、杨成本均误为"情真"，《学范》本则作"直情愈远"。
⑨ 虞侍书诗法本作"皆是神也"，依怀悦本、杨成本改。

然①。

四情　于诗为色为染②，情染在心，色染在境，一时心境会至而情生焉。其于条达为清明，滞著为昏浊③。

五气　贵乎流通，灵运无碍④，盛大等乎空量，熹微蔼如春和，然非果有所自，而生之者愈不可知。

六理　犹王家之疆理也。今人所发，足将有所即，靡不由是而达，然犹有所未至。非日积之未深，则足力之病进。于诗亦然。非寻思之未深，则材力之病进。要在驯熟，如与握手俱往⑤。

七兴　有所兴起而言也。故凡一事之感、一物之悟，皆兴起也。而其悲欢通塞，总属自然，非有造设，惟不尽所以尽之。⑥

八境　耳闻目击，神遇意接⑦，凡于形似声响，皆境也。然达其幽深玄虚，发而为佳言；遇其浅深陈腐，积而为俗意。不能复有心之境、境于心⑧。心之于境，如镜之取象。境之于心，如灯之取影。亦因其虚明净妙，而实悟自然，故于情想经营，如在图画。不着一字，窅然神生。

九事　凡引古证今，当如己造，无为彼夺，缘妄失真，其如窅然色之胶青，空然水之盐味，形趣泯合，神造自如。

---

①　"是由真心静想中生。不必尽谕，不必不谕。然月于水，触处自然"，怀悦本、杨成本误入四科"情"中。

②　怀悦本、杨成本此句前多一"神"字，是将前一科本置于最后提示科名的字，误移到"情"科中。

③　"其于条达为清明，滞著为昏浊"二句，怀悦本、杨成本误入五科"气"。

④　"贵乎流通"前，怀悦本、杨成本多一"情"字，此为上科科名误入。灵运，虞侍书诗法本作"灵远"，据怀悦本改。

⑤　此科怀悦本、杨成本抄录混乱。

⑥　怀悦本、杨成本由于文字丛错，无"兴"科，却将"理"科一部分文字构成了"力"科。

⑦　神遇意接，怀悦本、杨成本均作"神寓意会"。

⑧　境之心，虞侍书诗法本作"境之于心"，"于"字系多植。

十物　指其一而诗，不可著，复不可脱。著则堕在陈腐窠臼[①]，脱则失其所以然。必究其形体之微，而超乎神化之奥[②]。

四　则

一句　一诗之中，妙在一句，句为诗之根本。根本不凡，则花叶自异，复如威将示权，奇兵翕合，君子在位，善人皆来。

二字　一字之妙，所以合众要之微；一诗之根，所以生一字之妙。故夫圆活善用，如转枢机，温清自然，如瞻佩玉。字法病在炼、在浮、在常、在暗弱、在生强、在无谓、在枪棒、在嘴爪、在不经[③]。

三格　犹陶家营器，陶本一土，而名状等差非一[④]，然有古形今制之别、精朴浅深之殊，贵各有其体用之似尔。诗则诗矣，而名制非一，晋汉高古，盛唐风流，与夫西昆、晚唐、江西，则各家造立不等[⑤]，气象差殊，亦各求其似者耳[⑥]。

四律　所以条达气神，吹嘘兴趣，非音非响，诵而得之，犹清风徘徊于幽林，遇之可爱；微径萦迂于遥翠，求之愈深。

---

① 窠臼，怀悦本作"科旧"，据虞侍书诗法本改。
② "物"与"事"科，怀悦本、杨成本内容互换，误。
③ 怀悦本、杨成本"字法病在炼、在浮、在常、在暗弱、在生强、在无谓、在枪棒、在嘴爪、在不经"一段文字，删除"字法"二字，作为"法"则的开头，误。
④ 虞侍书诗法本作"器本陶家，一土而名状等差非一"，据怀悦本、杨成本改。
⑤ 各家，虞侍书诗法本作"名家"，疑误植。
⑥ 此数句怀悦本、杨成本作"汉魏高古，盛唐风流，西昆秾冶，晚唐华藻，宋氏乖镂，洎西江诸家，造立不等，气象差殊"，有删改痕迹。

二十四品①

雄　浑

大用外驰，真体内充。反虚入浑，积健为雄。

具备万物，横绝太空。荒荒油云，寥寥长风。

超以象外，得其环中。持之非强，来之无穷。

冲　淡

素处以默，妙机其微。饮之太和，独鹤与飞。

犹之惠风，荏苒在衣。阅音修篁，美曰载归。

遇之匪深，即之愈稀。脱有形似，握手已违。

纤　秾

采采流水，蓬蓬远春。窈窕深谷，时见美人。

碧桃满树，风日水滨。柳阴路曲，流莺比邻。

乘之愈往，识之愈真。如将不尽，与古为新。

沉　著

绿杉野屋，落日气清。脱巾独步，时闻鸟声。

鸿雁不来，之子远行。所思不远，若为平生。

海风碧云，夜渚月明。如有佳语，大河前横。

---

①　怀悦本、杨成本《二十四品》前均有一段文字："中篇秘本，谓之发思篇。以发思者，动荡性情，使之若此类也。偏者得一偏，能者兼取之，始为全美，古今李杜二人而已。"虞侍书诗法本无。连同多品后附着的诗人之名，当为后人所加，非虞集所撰。《二十四品》部分校订记载，在本书分品讲记中已有说明，请参，兹不另出。

高 古

畸人乘真，手把芙蓉。泛彼浩劫，窅然空踪。
月出东斗，好风相从。太华夜碧，人闻清钟。
虚伫神素，脱然畦封。黄唐在独，落落玄宗。

典 雅

玉壶买春，赏雨茅屋。坐中佳士，左右修竹。
白云初晴，幽鸟相逐。眠琴绿阴，上有飞瀑。
落花无言，人淡如菊。书之岁华，其曰可读。

洗 炼

如矿出金，如铅出银。超心炼冶，绝爱缁磷。
空潭泻春，古镜照神。体素储洁，乘月返真。
载瞻星辰，载歌幽人。流水今日，明月前身。

劲 健

行神如空，行气如虹。巫峡千寻，走云连风。
饮真茹强，蓄素守中。喻彼行健，是谓存雄。
天地与立，神化攸同。期之以实，御之以终。

绮 丽

神存富贵，始轻黄金。浓尽必枯，浅者屡深。
雾余水畔，红杏在林。月明华屋，画桥碧阴。
金尊酒满，伴客弹琴。取之自足，良殚美襟。

自　然

俯拾即是，不取诸邻。俱道适往，着手成春。
如逢花开，如瞻岁新。真与不夺，强得易贫。
幽人空山，过水采蘋。薄言情悟，悠悠天钧。

含　蓄

不着一字，尽得风流。语不涉难，若不堪忧。
是有真宰，与之沉浮。如渌满酒，花时返秋。
悠悠空尘，忽忽海沤。浅深聚散，万取一收。

豪　放

观化匪禁，吞吐大荒。由道返气，处得以狂。
天风浪浪，海山苍苍。真力弥满，万象在旁。
前招三辰，后引凤凰。晓策六鳌，濯足扶桑。

精　神

欲返不尽，相期与来。明漪绝底，奇花初胎。
青春鹦鹉，杨柳楼台。碧山人来，清酒深杯。
生气远出，不着死灰。妙造自然，伊谁与裁？

缜　密

是有真迹，如不可知。意象欲出，造化已奇。
水流花开，清露未晞。要路愈远，幽行为迟。
语不欲犯，思不欲痴。犹春于绿，明月雪时。

疏　野

惟性所宅，真取弗羁。拾物自富，与率为期。
筑室松下，脱帽看诗。但知旦暮，不辨何时。
倘然适意，岂必有为。若其天放，如是得之。

旷　达

生者百岁，相去几何。欢乐苦短，忧愁实多。
何如尊酒，日往烟萝。花覆茅檐，疏雨相过。
倒酒既尽，杖藜行歌。孰不有古，南山峨峨。

清　奇

娟娟群松，下有漪流。晴雪满汀，隔溪渔舟。
可人如玉，步屧寻幽。载瞻载止，空碧悠悠。
神出古异，淡不可收。如月之曙，如气之秋。

委　曲

登彼太行，翠绕羊肠。杳霭流玉，悠悠花香。
力之于时，声之于羌。似往已回，如幽匪藏。
水理漩洑，鹏风翱翔。道不自器，与之圆方。

实　境

取语甚直，计思匪深。忽逢幽人，如见道心。
晴涧之曲，碧松之阴。一客荷樵，一客听琴。
情性所至，妙不自寻。遇之似天，泠然希音。

悲 慨

大风卷水，林木为摧。意苦欲死，招憩不来。
百岁如流，富贵冷灰。大道日丧，若为雄才。
壮士拂剑，浩然弥哀。萧萧落叶，漏雨荒苔。

形 容

绝伫灵素，少回清真。如觅水影，如写阳春。
风云变态，花草精神。海之波澜，山之嶙峋。
俱似大道，妙契同尘。离形得似，庶几斯人。

超 诣

匪神之灵，匪几之微。如将白云，清风与归。
远引莫至，迹之已非。少有道气，终与俗违。
乱山乔木，碧苔芳晖。诵之思之，其声愈希。

飘 逸

落落欲往，矫矫不群。缑山之鹤，华顶之云。
高人惠中，令色氤氲。御风蓬叶，泛彼无垠。
如不可执，如将有闻。识者已领，期之愈分。

流 动

若纳水輨，如转丸珠。夫岂可道，假体遗愚。
荒荒坤轴，悠悠天枢。载要其端，载同其符。
超超神明，返返冥无。来往千载，是之谓乎。

跋^①

　　世皆知诗之为，而莫知其所以为；知所以为者情性，而莫知所以情性。夫如是，而诗远矣。远之，几不失乎^②！

　　心之于色为情^③。天地、日月、星辰、江山、烟云、人物、草树，响答动悟，履遇形接，皆情也。拾而得之为自然，抚而出之为几造。自然者，厚而安；几造者^④，往而深。厚而安者，独鹤之心、大龟之息、旷古之世、君子之仁；往而深者，清风浥浥而同流，素音于于而再往，乘碧景而诣明月^⑤，抚青春而如行舟，由之而得乎性。

　　性之于心为空，空与性等。空非离性而有，亦不离空而性。必非空非性，而性固存矣。夫今有人，行绿阴风日间，飞泉之清，鸣禽之异，松竹之韵，樵牧之音，互遇递接，如别区宇，省揖备至，畅然无遗，是有闻性者焉。自是而尽世之所谓音者，无不得之。

　　而于闻性^⑥，无一物分^⑦，复有欲求其所以闻之而性者，犹即旅舍而觅过客往之，久矣。故取之非有其方，得之非睹其窍。惟翛然万物之

----

　　① 以下部分内容，虞侍书诗法本名为"道统"，怀悦本、杨成本名为"普说"，实是《诗家一指》之跋文。为引述方便，本书凡引虞侍书诗法本"道统"此段内容，以"跋"称之。
　　② 怀悦本将此句与下句合而为"远之不失乎心，心之于色为情"，几不可读。
　　③ 此句虞侍书诗法本无"之"字，据怀悦本、杨成本加。
　　④ 怀悦本、杨成本"几造"作"机造"。几，同"机"。
　　⑤ 诣明月，怀悦本、杨成本误为"暗明月"。
　　⑥ 怀悦本、杨成本此句前有"而"字。
　　⑦ 无一物分，怀悦本、杨成本作"无一物不有"。

外，云翠之深，茂林青山，扫石酌泉，荡涤神宇，独还冲真①，犹春花初胎②，假之时雨，夫复不有一日性悟之分耶？

　　集之《一指》，诗也③。"三造"，所以发学者之关钥。"十科"，所以别武库之名件。"四则"，条达规律，指真践履④。"二十四品"，含摄大道，如载图经。于诗不必尽似，品不必有似⑤，而或者为诗之尤。抑真人而后知诗之真，知诗之真而后知《一指》之非真，而非真之真，备是《一指》矣。⑥

---

① 独还冲真，虞侍书诗法本作"独适冲真"，据怀悦本、杨成本改。
② 春花初胎，虞侍书诗法本作"春花胚胎"，据怀悦本、杨成本改。
③ 此句怀悦本、杨成本均作"集之《一指》，所以返学者迷途"。
④ 指真践履，虞侍书诗法本作"指述践履"，据怀悦本改。
⑤ 怀悦本、杨成本"品"误作"亦"。
⑥ 虞侍书诗法本下有"诗遇"一段，疑非《诗家一指》之内容，删。但从其论述的基本观点看，当为虞集之说。而怀悦本、杨成本在"普说（外篇）"此段后，尚有三段内容。下接三造，均系后人所加，不录。

虞侍书诗法（原文）

说　明

　　《虞侍书诗法》，见三卷本《新编名贤诗法》之下卷。《新编名贤诗法》编者不详，由明初史潜校刊。国家图书馆藏明初刊本，未注刻书时间。此书曾经《贩书偶记续编·诗评之属》著录，其云："《名贤诗法》三卷，不署编辑姓名，无刻书年月。约明初金坛史潜校刊黑口本。是书所采皆唐元名人诗法诗评。"

　　《新编名贤诗法》题"前进士河东盐运使金坛史潜校刊"。史潜，字孔昭，金坛（今属江苏）人。正统元年（1436）进士，曾官河东盐运使。此书凡例说："博采唐元名人诗法、诗评，旧未分类，今厘为上、中、下三卷，庶便观览，故总名目曰《名贤诗法》。"刊刻者称，此书"原系钞本"。下卷所收《虞侍书诗法》虽有脱讹之处（本书凡例称，《虞侍书诗法》中的二十四品"原缺八品"），但总体内容比较可信，可校后出怀悦本、杨成本《诗家一指》的诸多误植。

　　《虞侍书诗法》本的出现，为确定包括二十四品的《诗家一指》为虞集所撰提供了有力的证据，在考订《诗家一指》的流传统绪中，起到关键作用。其内容对流传《诗家一指》的诸多错误，提供一个不可多得的校核版本。原北京大学教授、现香港中文大学教授张健先生对发现这部罕见的诗法、并引入《二十四诗品》讨论，具有重要贡献。

　　三造　四则　十科　二十四品　道统　诗遇

诗，乾坤之清气、性情之流至也。由气，而有物；由事，而有理。必先养其浩然，存其真宰，弥纶六合，圆摄太虚，触处成真，而道生矣。

三　造

一观　二学　三作

一观　犹禅宗具摩醯眼，一视而万境归元，一举而群迷荡迹。超物象表，得造化先，夫如是，始有观诗分。观，要知身命落处，与夫神情变化、意境周流、亘天地以无穷、妙古今而独往者，则未有不得所以然也。由之可以明十科、达四则、读二十四品，观观不已，而至于道。

二学　夫求于古者必法于今，求于今者必失于古。盖古之时、古之人，而其诗似之，故学者欲疏凿神情，陶汰气质，遣其迷妄，而反其清真。未有不由是而得其所以为诗者。

三作　下手处，先须明彻古人意格声律，具于神境事物，解后郁抑，得其全理。胸中随寓倡出，自然超绝。若夫刻意创造，终亏天成。苟且经营，必堕凡陋。妙在著述之多、涵养之深耳。然又当求证于宗匠名家之道，庶几可横绝旁流矣。

十　科

意　趣　神　情　气　理　兴　境　事　物

一意　诗先命意，如构宫室，必法度形似已备于胸中，始焉斤斧。此以实论，取譬则风之于空、春之于世，虽暂有其迹，而无能得之以为物者。是以造端超诣，变化易成，若立意卑凡，清真愈远。

二趣　意之所趣不尽而有余之谓，是犹听钟而得其希微，乘月而思于汗漫，窅然真用，将与造化者周流，此其趣也。

三神　其所以变化诗道，濯炼精神，含秀储真，超源达本，皆是神也。是由真心静想中生。不必尽谕，不必不谕。然月于水，触处自然。

四情　于诗为色为染，情染在心，色染在境，一时心境会至，而情生焉。其于条达为清明，滞著为昏浊。

五气　贵乎流通，灵远无碍，盛大等乎空量，熹微蔼如春和，然非果有所自，而生之者愈不可知。

六理　犹王家之疆理也。今人所发，足将有所即，靡不由是而达，然犹有所未至。非日积之未深，则足力之病进。于诗亦然。非寻思之未深，则材力之病进。要在驯熟，如与握手俱往。

七兴　有所兴起而言也。故凡一事之感、一物之悟，皆兴起也。而其悲欢通塞，总属自然，非有造设，惟不尽所以尽之。

八境　耳闻目击，神遇意接，凡于形似声响，皆境也。然达其幽深玄虚，发而为佳言；遇其浅深陈腐，积而为俗意。不能复有心之境、境之于心。心之于境，如镜之取象。境之于心，如灯之取影。亦因其虚明净妙，而实悟自然，故于情想经营，如在图画。不着一字，窅然神生。

九事　凡引古证今，当如己造，无为彼夺，缘妄失真，其如窅然色之胶青，空然水之盐味，形趣泯合，神造自如。

十物　指其一而诗，不可著，复不可脱。著则堕在陈腐科旧，脱则失其所以然。必究其形体之微，而超乎神化之奥。

四　则

一句　二字　三格　四律

一句　一诗之中，妙在一句，句为诗之根本。根本不凡，则花叶自异，复如威将示权，奇兵翕合，君子在位，善人皆来。

二字　一字之妙，所以合众要之微；一诗之根，所以生一字之妙。故夫圆活善用，如转枢机，温清自然，如瞻佩玉。字法病在炼、在浮、在常、在暗弱、在生强、在无谓、在枪棒、在嘴爪、在不经。

三格　犹陶家营器，器本陶家，一土而名状等差非一。然有古形今制之别、精朴浅深之殊，贵各有其体用之似尔。诗则诗矣，而名制非一，晋汉高古，盛唐风流，与夫西昆、晚唐、江西，则名家造立不等，气象差殊，亦各求其似者耳。

四律　所以条达气神，吹嘘兴趣，非音非响，诵而得之，犹清风徘徊于幽林，遇之可爱；微径萦迂于遥翠，求之愈深。

二十四品

雄浑　平淡　纤秾　沉著　高古　典雅　洗炼　劲健
绮丽　自然　含蓄　豪放　精神　超诣　飘逸　流动

雄　浑

大用外驲，真体内充。返虚入浑，积健为雄。
具备万物，横绝太空。荒荒油云，寥寥长风。
超以象外，得其环中。持之匪盈，求之无穷。

平 淡

素处以默，妙机其微。领之太和，独鹤与飞。
犹之惠风，荏苒在衣。阅音修篁，美目载归。
过之非深，即之愈稀。脱有形似，握手以违。

纤 秾

采采流水，蓬蓬远春。窈窕深谷，时见美人。
碧桃满树，风日水滨。柳阴路曲，流莺比邻。
乘之愈远，识之愈真。如将不违，与古为新。

沉 著

绿杉野屋，落日气清。脱巾独步，时闻鸟声。
鸿雁不来，之子远行。所思不远，若为平生。
海风碧云，夜渚月明。如有佳语，大河前横。

高 古

畸人乘真，手把芙蓉。泛彼浩劫，窅然空踪。
月出东斗，好风相从。太华夜碧，人间清钟。
虚伫神素，脱然畦封。黄唐在独，落落玄宗。

典 雅

玉壶买春，赏花茅屋。坐中佳士，左右修竹。
白云初晴，幽鸟相逐。眠云绿阴，上有飞瀑。
落花无言，人淡如菊。书之岁华，其曰可读。

洗　炼

犹矿出金，如铅得银。超心炼冶，绝爱缁磷。
空潭写春，古镜照神。体素储洁，乘月返真。
载瞻星辰，载歌幽人。流水今日，明月前身。

劲　健

行神如空，行气如虹。巫峡千寻，走云连风。
饮真茹强，蓄微牢中。喻彼行健，是谓存雄。
天地与立，神化攸同。期之已失，御之非终。

绮　丽

神存富贵，始轻黄金。浓尽必枯，浅者屡深。
露余山青，红杏在林。日明华屋，画桥碧阴。
金樽满前，伴客弹琴。取用自足，良殚美襟。

自　然

俯拾即是，不取诸邻。俱道适往，着手成春。
如逢花开，如瞻岁新。真与不夺，强得易贫。
幽人空谷，过雨采蘋。薄言情悟，悠悠天钧。

含　蓄

不著一字，尽得风流。语未涉难，已不堪忧。
是有真宰，与之沉浮。如渌满酒，花时返秋。
悠悠空尘，忽忽海沤。浅深聚散，万类一收。

豪　放

观化匪禁，吞吐大荒。由道返气，素处以强。
天风浪浪，海山苍苍。真力弥满，万象在旁。
前招三辰，后引凤凰。晓看六鳌，濯足扶桑。

精　神

欲返不尽，相期愈来。明漪绝底，奇花初胎。
青春鹦鹉，杨柳楼台。碧山来人，清酒深杯。
生气远出，不著死灰。离形得似，庶几斯人。

超　诣

匪神之灵，匪几之微。如将白云，清风与归。
远引莫至，迹之已非。少者道气，终与俗违。
乱山乔木，碧苔芳晖。诵之思之，其声愈稀。

飘　逸

落落欲往，矫矫不群。缑山之鹤，华顶之云。
高人惠中，令色细缊。御风莲叶，泛彼无垠。
如不可执，如将有闻。识者已领，期之愈分。

流　动

若纳水輨，如转圆珠。夫岂可道，假体为愚。
荒荒坤轴，悠悠天枢。载要其端，载同其符。
超之神明，反之真无。往来真宰，是之谓乎。

道　统

世皆知诗之为，而莫知其所以为；知所以为者情性，而莫知所以情性。夫如是，而诗远矣。远之几不失乎！

心之色为情，天地日月星辰江山烟云人物草树，响答动悟，履遇形接，皆情也。拾而得之为自然，抚而出之为几造。自然者，厚而安；几造者，往而深。厚而安者，独鹤之心、大龟之息、旷古之世、君子之仁；往而深者，清风泡泡而同流，素音于于而再往，乘碧景而诣明月，抚青春而如行舟，由之而得乎性。

性之于心为空，空与性等。空非离性而有，亦不离空而性。必非空非性，而性固存矣。今有人，行绿阴风日间，飞泉之清，鸣禽之异，松竹之韵，樵牧之音，互遇递接，如别区宇，省揖备至，畅然无遗，是有闻性者焉。自是而尽世之所谓音者，无不得之。

而于闻性，无一物分，复有欲求其所以闻之而性者，犹即旅舍而觅过客往之，久矣。故取之非有其方，得之非睹其窍。惟翛然万物之外，云翠之深，茂林青山，扫石酌泉，荡涤神宇，独适冲真，犹春花胚胎，假之时雨，夫复不有一日性悟之分耶？

集之一指，诗也。三造，所以发学者之关钥。十科，所以别武库之名件。四则，条达规律，指述践履。二十四品，含摄大道，如载图经。于诗不必尽似，品不必似，而或者为诗之尤。抑真人而后知诗之真，知诗之真而后知一指之非真，而非真之真，备是一指矣。

诗　遇

诗得诸遇，斯有自然。然而遇者，往往不属于常情，必其胸中有以绝乎众见，入乎无有，俯而就之寻常，故其天性流行，随地自在。

倘然一遇，犹之故人，即其语□契阔，是何有于少□造作。

尝闻古人两句三年，一吟双泪。是盖未至天性，必乎造而出之，熏陶变炼，切磋分寸，雕刻华藻，面目非无所悦于人性，而遇之者远矣。逸士高僧，绝尘谢俗，隐居山林，周旋惟道，日积月化，犹如仙家炼神出顶。虽曰未忘乎有形，而其相去四大已远。故一遇而托之语言，是若菜羹瓜食，倍有余味，而世间厌饫粱肉者，未尝一相接也。

吾于苏州佳处，仅遇一二矣。浩然落日池上，王维悠然南山，皆其遇也。其曰桃花流水，别有天地，是又若云汉昭回，仙山缥缈，尘缘烟火，望之邈焉。彼固非有绝乎人，而往者有不逮，处之者不自知其深，后之者自不同其遇。

少陵平生风俗、政化、君臣、父子、颂咏、兴歌，哀怨流离，自情性以至江山风月，惟在目接而成之，似无非其固有者。是如春风，世间一出而皆遇也。

由是观之，遇不同者，然亦无不同也。善遇者，当有遇乎性也。

怀悦刊本《诗家一指》（原文）

说　明

卷前有魏骥《诗家一指序》，题作于成化二年（1466）八月，卷末有怀悦《书诗家一指后》，款"成化二年岁次丙戌九月既望嘉禾怀悦谨识"。怀悦，字用和，号铁松，嘉禾（今浙江嘉兴）人。景泰至成化年间在世。曾以漕粟入官。

《诗家一指》一卷为怀悦刻，题"嘉禾怀悦用和编集"。这是目前所见最早的以《诗家一指》之名刊刻的论诗专集，是书收录《诗家一指》《诗代》《品类之目》《当代名公雅论》《木天禁语》《严沧浪先生诗法》等。故以第一篇之名为此诗法汇集之名。

原刻本已佚，现存朝鲜翻刻本：一藏日本国会图书馆，卷首有嘉靖三十年（1551）朝鲜尹春年《诗家一指序》；一藏日本名古屋市蓬左文库，无尹序。

以下文字为《诗家一指》一卷中第一篇《诗家一指》之文字。

总　论

乾坤之清气、性情之流至也。有气则有物，有事斯有理。必先养其浩然，存其真宰，弥纶六合，圆摄太虚，触处成真，而道生于诗矣。

诗有禅宗具摩醯眼，一视而万境归元，一举而群魔荡迹。超言象之表，得造化之先，夫如是，始有观诗分。观诗要知身命落处，与夫神情变化、意境周流、亘天地以无穷、妙古今而独往者，则未有不得其所以然。由是可以明十科、达四则、该二十四品，观之不已，而至于道。

夫求于古者，必法于今，求于今者，必失于古。盖古之时、古之人，而其诗如之，故学者欲疏凿情尘，陶汰气质，遣其迷妄，而反其清真。未有不如是而得其所以为诗者。

学下手处，先须明彻古人意格声律，其于神境事物，邂逅郁折，得其全理于胸中，随寓唱出，自然超绝。若夫刻意创造，终亏天成。苟且经营，必堕凡陋。妙在著述之多，而涵养之深耳。然当求正于宗匠名家之道，庶几可以横绝旁流者也。

十　科

意　作诗先命意，如构宫室，必法度形制已备于胸中，始施斤铁。此以实验取譬，则风之于空、春之于世，虽暂有其迹，而无能得之于物者，是以造化超诣，变化易成，立意卑凡，情真愈远。

趣　意之所不尽而有余者之谓趣，是犹听钟而得其希微，乘月而思游汗漫，窅然真用。将与造化者周流，此其趣也。

神　其所以变化诗道，灌炼性情，会秀储真，超源达本，皆其神也。

情　是由真心静想中生，不必尽谕，不必不谕。犹月于水，触处自然。神于诗为色为染。情染在心，色染在境。一时心境会至，而情出焉。

气　其于条达为清明，滞著为昏浊。情贵乎流通，虚往无碍，盛大等乎空量，熹微蔼如春和，然非果有所自，而生之者愈不可知。

理　有所兴起而言也。故凡一事之感，一物之悟，皆兴起也。而其悲欢通塞，总属自然，非有造设，惟不尽所以尽之。兴，犹王家之疆里也。

力　今之发足，将有所即，靡不由是而达。然犹有所未至，非日积之功未深，则足力之病进。于诗且然，非寻思之未深，则材力之病进，要在驯熟，如与握手俱往。

境　耳闻目击，神寓意会，凡接于形似声响，皆为境也。然达其幽深玄虚，发而为佳言；遇其浅深陈腐，积而为俗意。复如心之于境，境之于心。心之于境，如镜之取象；境之于心，如灯之取影。亦各因其虚明净妙，而实悟自然。故于情想经营，如在图画，不着一字，窅乎神生。

物　凡引古证今，当如己造，无为彼夺，缘妄失真，其如窅然色之胶青，空然水之盐味，形趣泯合，神造自如。

事　诗指其一而不可著，复不可脱。著则落在陈腐窠臼，脱则失其所以然，必究其形体之微，而超乎神化之奥。

四　则

句　一诗之中，妙在一句为诗之根本。根本不凡，则花叶自然殊异，复如威将示权，奇兵翕合，君子在位，善人皆来。

字　一字之妙，所以含趣之微。一诗之根，所以生一字之妙。故夫圆活善用，如转枢机，温清自然，如瞻佩玉。

法　病在腐，在浮，在常，在暗弱，在生强，在无谓，在枪棒，在嘴爪，在不经，犹陶家营器，本陶一土，而名状等差非一。然有古形今制之别，精朴浅深之殊，贵各具体用形制之似尔。诗则诗矣，而名制非一。汉魏高古，盛唐风流，西昆秾冶，晚唐华藻，宋氏乖镂，洎西江诸家，造立不等，气象差殊，亦各求其似者耳。

格　所以条达神气，吹嘘兴趣，非音非响，能诵而得之，犹清风徘徊于幽林，遇之可爱；微径萦纡于遥翠，求之愈深。

二十四品

中篇秘本，谓之发思篇。以发思者，动荡性情，使之若此类也。偏者得一偏，能者兼取之，始为全美，古今李杜二人而已。

雄　浑　杜少陵

大用外腓，真体内充。返虚入浑，积健为雄。
俱备万物，横绝太虚。荒荒油云，寥寥长风。
超以象外，得其寰中。持之匪强，其来无穷。

冲　淡　孟浩然

素处以默，妙机其微。饮之太和，独鹤与飞。
犹之惠风，荏苒在衣。阅音修篁，笑日载归。
遇之非深，即之愈希。脱有形似，握手已违。

纤　秾　王维

采采流水，蓬蓬远春。窈窕深谷，时见美人。
碧桃满树，风日水滨。柳阴路曲，流莺比邻。
乘之愈径，识之愈真。如将不尽，与古为新。

沉　著　杜子美

绿衫野屋，落日气清。脱巾独步，时闻鸟声。

鸣雁不来，之子远行。所思不远，若为平生。

海风碧云，夜睹月明。如有佳语，大河前横。

高 古

畸人乘真，手把芙蓉。泛彼浩劫，窅然空踪。

月出东斗，好风相从。太华夜碧，人间清钟。

虚伫神素，脱然畦封。黄唐在独，落落玄宗。

典 雅　揭曼硕

玉壶买春，赏雨茅屋。坐中佳士，左右修竹。

白云初晴，幽鸟相逐。眠琴绿阴，上有飞瀑。

落花无言，人淡如菊。书之岁叶，其曰可读。

洗 炼　范德机

犹矿出金，如铅得银。超以炼冶，绝受缁磷。

空潭写春，古镜照神。体素储洁，乘月反真。

载瞻星辰，载歌幽人。流水合日，明月前身。

劲 健　杜子美

行空如神，行气如虹。巫峡千寻，走雷连风。

饮其乳强，蓄微牢中。喻彼行健，是谓存雄。

天地与立，神化攸同。期之非实，御之以终。

绮 丽　赵子昂

神存富贵，始轻黄金。浓尽必枯，浅者屡深。

露余青山，红杏在林。月明华屋，画桥碧阴。

金尊酒满，伴客弹琴。取之自足，良殚美襟。

自　然　孟浩然

俯拾即是，不取诸邻。俱道适往，著乎成春。
如逢花开，如瞻岁新。真子不夺，强得易贫。
幽人空山，过尔采蘋。薄言情语，悠悠天钧。

含　蓄

不著一字，尽得风流。语未涉离，离不堪忧。
是有真宰，与之沉浮。如绿酒满，花时返秋。
悠悠空尘，匆匆海沤。浅深聚散，万取一收。

豪　放

观花匪禁，吞吐大荒。由道以气，处德以强。
天风浪浪，海山苍苍。真力弥满，万象在旁。
前招三辰，后引凤凰。晓看六鳌，濯足扶桑。

精　神

欲返不尽，相期愈来。明漪绝底，奇花初胎。
青春鹦鹉，杨柳楼台。碧山来人，清酒深杯。
生气远出，不著死灰。妙造自然，伊谁为裁！

缜　密

是有真迹，如不可知。意象欲出，造化已奇。
水流花间，清露未晞。要路屡远，出行为迟。
语不欲犯，思不欲痴。犹春于绿，明月雪时。

疏　野

唯性所宅，真取弗羁。拾物自富，与率为期。
筑室竹屋，脱帽看诗。但知旦暮，不辨何时。
倘然适意，必有所为。若其天放，如是得之。

旷　达　古选

生者百岁，相去几何。欢喜苦短，忧愁实多。
何如尊酒，日往烟萝。花覆茅檐，疏雨相过。
倒酒既尽，杖藜行歌。孰不有古，南山峨峨。

清　奇　范德机

娟娟群松，下有漪流。晴雪满竹，隔溪渔舟。
可人如玉，步屧寻幽。载瞻载止，空碧悠悠。
神出古意，淡不可收。如月之曙，如气之秋。

委　曲　白乐天

登彼太行，翠绕羊肠。杳霭流玉，悠悠花香。
力之于时，声之于羌。似往已洄，如匪幽藏。
水流漩洑，鹏风翱翔。道不自器，与之圆方。

实　境

取语甚真，计思匪深。忽逢幽人，如见道心。
晴涧之曲，碧松之阴。一客荷樵，一客听琴。
性情所至，妙不自寻。遇之似天，泠然希音。

悲 慨

大风卷水，林木为摧。意苦欲死，招舌不来。

百岁如流，富贵冷灰。大道日丧，若为雄材？

壮士拂剑，浩然弥哀。事事落叶，满雨荒苔。

形 容

绝伫灵素，少回清真。如觅水影，如写阳春。

风云变态，花草精神。海之波澜，山之璘珣。

俱似大道，如契同尘。离形得似，庶几斯人。

超 诣

匪神之灵，匪几之微。如将白云，清风与归。

迷引莫至，临之已非。少有道气，终与俗违。

乱山乔木，碧苔芳晖。诵之思之，其声愈希。

飘 逸

落落欲往，矫矫不群。缑山之鹤，华顶之云。

高人惠中，令色絪缊。御风莲叶，泛彼无垠。

如不可执，如将有闻。识者已领，期之愈分。

流 动

若纳水輨，如转丸珠。夫岂可道，假体遗愚。

荒荒坤轴，悠悠天枢。载要其断，载同其符。

超之神明，友之冥无。来往千载，是之谓乎。

普说（外篇）　四段

世皆知诗之为，而莫知其所以为；知所以为者情性，而莫知其所以为情性。夫如是而诗道远矣。远之不失乎心，心之于色为情，天地、日月、星辰、江山、烟云、人物、草木，响答动悟，履遇形接，皆情也。拾而得之为自然，抚而出之为机造。自然者，厚而安；机造者，往而深。厚而安者，独鹤之心、大龟之息、旷古之世、君子之仁；往而深者，清风泡泡而同流，素音于于而载往，乘碧景而暗明月，抚青春之如行舟，由之而得乎性。

性之于心为空，空与性等。空非离性而有，亦不离空而性。必非空非性，而性固存矣。夫今有人，行绿阴风日间，飞泉之清，鸣禽之美，松竹之韵，樵牧之音，互遇递接，知别区宇，省摄备至，畅然无遗，是有闻性者焉。自是而尽世之所谓音者，无不得之于闻性。

无一物不有欲求，其所以闻之而性者，犹即旅舍而觅过客往之，久矣。故取之非有其方，得之非睹其窍。翛然万物之外，云翠之深，茂林青山，扫石酌泉，荡涤神宇，独还冲真，犹春花初胎，假之时雨，夫复不有一日性悟之分耶？

集之一指，所以返学者迷途，三造，所以发学者之关钥，十科，所以别武库之名件，四则，条达规键，指真践履，二十四品，所以摄大道如载图经。于诗未必尽似，亦不必有似，而或者为诗之尤。抑真人而后知诗之真，知诗之真而后知一指之非真，而非真之真，备是一指矣。

晦庵论诗，所谓读诗须沉潜讽咏，义理咀嚼，滋味方有所益，须是先将那诗来吟咏四五十遍了，方可看注，看了注又吟咏三四十遍，便意思自然，融液浃洽，方有是处。诗全在讽咏之功。

看诗不必着意里面而分解，但凭涵泳自好，古人意思温厚宽和，道得言语，自恁地好。

诗看义理外，更看他文章，诗者，古之乐章也。亦如今歌曲，虽然，音节却不同也。

三造　三段中分关键　细义　体系

（共有二十六条，选取《六一诗话》《中山诗话》《后山诗话》《吕氏童蒙训》《竹坡诗话》《蔡宽夫诗话》《西清诗话》《阳陵室中语》《韵语阳秋》《白石诗话》《沧浪诗话》《诗人玉屑》《金针诗话》等文字撮合而成，下略）

怀悦《书诗家一指后》

禅家有一指之传，非取义于指也，盖以明夫心之无二也。诗家一指之喻，亦以诗法之传，本乎正宗而贵乎心法之好也。善哉，喻乎！余生酷好吟诗，然学而未能。江湖间每遇善诗者，辄叩其心法，举不可得。一旦偶获是编，其法以唐律之精粹者采其关键以立则焉。若曰双抛、单抛、内剥、外剥、钩锁联欢、一字贯穿之类，深有得乎诗格之体，足可为学吟者之矩度。自是日阅数四，稍觉有进。今不敢匿，命工绣梓，与四方学者共之，庶亦吟社中之一助耳。有志于学者幸毋忽焉。成化二年岁次丙戌九月既望嘉禾怀悦谨识。（此为朝鲜刊本《诗家一指》卷尾）

魏骥《诗家一指序》

余尝退自天官，归老于家，遂得放情丘壑，日与山林狗鸟麋鹿相接，有烟霞泉石之趣。时或发于性情，形诸吟咏，幅巾藜杖，登高临深；或憩于茂林修竹之间，或坐于清风明月之下，怡然自得，而不知世之功名富贵为何事也。一日，嘉禾怀氏用和号铁松者，以书抵余，自言近得诗法一编，乃盛唐诸贤之作，择其精粹，订为诗格，名之曰《诗家一指》，欲绣诸梓，以便四方学者，乞文以弁其首。余惟诗自虞廷《赓歌》，实三百篇之权舆也。下逮汉、唐，则有五言七言古风排律长歌短什，春容浩荡，脍炙人口，诸家之体，可谓备矣。今铁松怀均，好之嗜之，而能乐之，如五谷之美，盖有得于诗之一指者欤？夫一指者，一贯之谓也。铁松得之而不藏之，是亦曾子一贯之唯，而复以告门人之忠恕者也。其贤乎哉！后之来者，尚当有应于铁松之用意云。成化二年龙集丙戌八月上浣资善大夫南京吏部尚书致仕萧山魏骥序。

（此在朝鲜刊本之卷首）

主要参考文献

新编名贤诗法　明正统年间史潜刻本　国家图书馆

诗家一指　怀悦刻本　朝鲜翻刻　日本国会图书馆

王　颋点校　虞集全集　天津古籍出版社　2007年

虞　集　道园学古录　明刻本　国家图书馆

　　　　伯生诗后　三卷　元至元刻本　北京大学图书馆

　　　　道园遗稿　六卷　元至正刻本　北京大学图书馆

　　　　道园类稿　五十卷　明初翻刻元至正本　国家图书馆

　　　　道园续稿　六卷　清钞本　国家图书馆

吴　澄　临川吴文正公集　一百卷　明刻本　国家图书馆

杨　载　杨仲弘诗集　八卷　明嘉靖十五年刻本　国家图书馆

范　梈　范德机诗集　七卷　明末汲古阁刻本　北京大学图书馆

黄　溍　黄文献公集　二十三卷　元刻明修本　国家图书馆

张　雨　句曲张外史诗集　六卷　明潘是仁刻本　北京大学图书馆

释大訢　蒲室集　十五卷　元至元刻本　国家图书馆

傅若金　傅与砺诗集　八卷　明刻本　国家图书馆

顾　瑛　玉山雅集　十卷（缺第八卷）　清初钞本　北京大学图书馆

赵　汸　东山存稿　七卷附录一卷　清康熙刻本　北京师范大学图书馆

欧阳玄　圭斋文集　十六卷　明刻本　北京大学图书馆

揭傒斯　揭曼硕诗集　三卷　明钞本　国家图书馆

揭文安公集　明钞本　国家图书馆

卞永誉　式古堂书画汇考　中国书画全书本　上海书画出版社

翁方纲　虞文靖公年谱　据清嘉庆虞文靖公诗集本　北京图书馆藏珍本文献丛刊

郭绍虞　诗品集解　人民文学出版社　1981年

祖保泉　二十四诗品校正　安徽教育出版社　1998年

孙昌熙　刘　淦校点　司空图诗品解说二种　齐鲁书社　1980年

张　健　元代诗法校考　北京大学出版社　2001年

方旭东　吴澄评传（上下）　南京大学出版社　2011年

邱江宁　元代奎章阁学士院与元代文坛　中国社会科学出版社　2013年

　　　　奎章阁文人群体与元代中期文学研究　人民出版社　2013年

姬沈育　一代文宗虞集　中国社会出版社　2008年

姜一涵　元代奎章阁及奎章人物　台湾联经出版事业公司　1981年